바람으로 그린 그림

바람으로
그린
그림

김홍신 장편소설

해냄

사랑과 용서로 짠 그물

뒤돌아보면 아카시아 잎을 떼면서 사랑을 점치던 어린 시절을 보냈고 철이 들어서는 사랑 때문에 천사가 되거나 악마가 된 적도 있을 것입니다. 아집이나 집착을 사랑인 줄 알고 원망하고 떼를 써보기도 했을 테고요.

사랑에는 단계가 있어 그 계단을 밟아야 하고 한 계단마다 의미를 깨닫고 성숙해 가는 것 같습니다. 결코 내 욕망을 앞세워서는 안 된다는 걸 사랑할 때는 잘 모릅니다. 나를 위해 사랑하는 게 아니라 상대에게 모든 것을 맞춰야 한다는 걸 알지 못하는 게 젊은 날의 사랑입니다.

상대는 내가 아니기에 내 마음을 몰라주는 건 당연한 일이라는 걸 오랜 세월이 지나서야 깨닫게 되었습니다. 그 모든 사랑의 경험이, 세월이 지나면서 그때와는 다른 새로운 시선과 안목을 갖게 해주었습니다.

지나간 사랑과 소중한 추억은 내게 더 나은 사랑을 하라고, 더 나은 삶을 살라는 가르침을 주었습니다. 그러나 지금 다시 사랑을 시작해도 결국 또다시 그때와 같은 실수도 하고 후회도 할 것 같습니다. 사랑이란 내가 사라지고 상대방만 남는 찬란한 무언가인지 모릅니다. 그런 연유인지 아직도 사랑에 대해서는 자신이 없습니다. 그 실체는 만질 수도 없고 확실하지도 않은 것 같습니다.

우리는 누구나 사랑의 전과자이기에 추억과 상처가 있기 마련이겠지요. 사랑이 고통스러워도 물러설 수 없는 것은 그 어딘가에 황홀함이 숨겨져 있기 때문입니다. 사랑의 상처를 추억으로 삼으면 향기가 되고 고통으로 여기면 후회만 남습니다.

평범하지 않은, 운명적인 남녀의 인연과 해독제가 없는 사랑 얘기를 써보고 싶었습니다. 제 추억을 일부 꺼내고 상상을 한껏 보태서 말입니다. 벼락같고 피뢰침같이 단번에 감전되는 사랑이 근사한 건 줄 알았는데 그 순간을 영혼의 창고에 쟁여두기 위해서는 사랑의 온도가 100도가 아니라 36.5도라야 한다는 걸 이제야 겨우 알아차렸습니다. 남녀 간의 뜨거운 열정으로 시작한 관계도 결국은 휴머니즘으로 발전해야 그 아름다움이 지속될 수 있다는 생각으로 원고지를 닦달했습니다.

바람은 그물에 걸리지 않습니다. 그러나 소설을 쓰면서 '사랑과 용서로 짠 그물에는 바람도 걸린다'는 글을 책상 앞에 써 붙였습니다. 이 소설을 읽는 분들은 바람도 걸려드는 사랑의 그물을 짜보았으면 합니다.

초당에서 김홍신

제1부

철조망

또는

성벽

그녀가 가는 곳 어디라도

분명한 것은 그녀가 본디 내 것이었다는 사실이다. 어둠 속에서, 우리 집으로 들어오는 골목길에서 그녀는 내 손을 힘주어 잡고 기어들어가는 소리로, 대죄를 고백하듯 떨리는 목소리로 내게 말했다.

"나…… 시집가게 됐단다."

마치 누군가 다른 사람의 소식을 전하듯이 말했다. 흔들리는 시선으로 말없이 서 있는 나를 끌어안고 잠시 내 이마에 입술을 댄 그녀는 울음을 참는 듯했다. 내 등을 몇 차례인가 토닥거리고 돌아서서 뒤도 돌아보지 않은 채 뛰었다.

그 순간 난 지구가 폭발하여 모든 게 사라졌으면 싶었다.

때론 이런 날이 올 수도 있다는 상상을 안 해본 건 아니다. 그녀를 위해서라면 내 마음을 다스릴 수 있을 것 같았다. 하지만 그렇지 않았다. 둘로 나누어진 나 자신이 서로 싸우기 시작했다.

그녀가 나와는 함께할 수 없다는데, 사랑하는 사람이 생겨 결혼을 하겠다는데, 그와 행복을 찾겠다는데, 그 사람이 나보다 더 좋다는데 내가 말릴 수는 없지 않은가. 내가 자리 잡을 때까지, 행복하게 해줄 수 있을 때까지 기다리라고 할수도 없다. 그 사람보다 내가 그녀를 더 사랑하는 건 맞지만 그렇다고 내가 그녀를 더 행복하게 해줄 자신은 없었다. 이젠 그녀가 불행해져서 돌아오기만을 기다리는 수밖에. 하지만 그녀가 불행해지는 건 내가 진심으로 바라는 게 아니다. 아니다. 불행해져야 한다. 그래야 내가 행복해진다. 그녀가 내게 돌아오면 따뜻하게 그녀를 감싸줄 것이다. 아니다. 이게 무슨 소린가. 모니카는 행복해야 한다. 아무 일 없이 잘 살아야 한다. 내 모니카…….

이대로는 예전처럼 살아갈 수 없다는 걸 예감했다. 큐피드의 화살을 맞으면 사랑하게 된다고 했지 한 방에 죽는다고 하지는 않았는데 이게 웬 날벼락인가. 어쩌면 지구상에서 나라는 존재는 이미 사라졌는지도 모른다.

이대로 죽을 수는 없다. 살 궁리를 해야만 한다. 그녀가 내 가슴에 꽂아놓은 비수 때문에 내 가슴에선 피가 흐르고 있다. 나한테 어떻게 이럴 수가 있단 말인가. 내가 뭘 잘못했는데? 분명 그녀도 날 사랑했는데……. 머릿속엔 온통 그녀뿐이었다. 내게는 모니카보다 더 아름다운 천사는 없다. 앞으로도 계속, 영원히 없을 것이다.

그녀와의 인연은 결코 예사롭지 않았다. 분명 하늘이 맺어준 인연이었다.

내가 성당에서 복사(服事)를 하던 중학생 시절, 그녀는 대학교 3학년이었다. 방학 때마다 성가대에서 피아노 반주를 맡고 있었던 그녀는 일찍 성당에 와서 청년들과 성가 연습을 하곤 했다. 멀리서 지켜보는 나에게 그녀의 뒷모습과 그녀의 피아노 연주는 가슴이 뛸 만큼 아름다웠다. 성모마리아님이 지금 이곳에 오신다면 아마 모니카처럼 생겼을 것 같았다. 흰 원피스가 잘 어울리는 날씬하고 큰 키에 흰 얼굴, 검고 큰 눈동자는 마주 보고 있으면 빨려 들어갈 듯했다. 긴 머리칼을 손가락으로 쓸어 올려 하나로 묶는 모습은 집에 와서도 자꾸 눈앞에 어른거렸다.

그런 모니카가 고등학교 2학년이 된 내게 다가와 성가대에 인원이 부족하니 다음 주부터 합류하라고 말했다. 내가 벌써 성가대를? 모니카가 나를 어른으로 대해주는 건가. 난 몹시 기뻤다. 하긴 나는 정신연령이 높은 것 같다는 얘기를 평소에 자주 들었다. 친구들 사이에 학교생활과 신앙생활에 대한 의문과 이성 문제에 관한 고민까지 내가 나서서 해결해 주곤 했기 때문이다.

주일 미사가 끝난 후 성가 연습을 하고 집에 갈 때까지 여러 성가대원과 함께 모니카와 난 자연스럽게 어울려 많은 시간을 보낼 수 있었다. 난 일주일 내내 일요일을 기다리곤 했다.

모니카와 나는 그렇게 긴 시간을 떨어져 바라보다 서서히 가까워졌다. 나보다 일곱 살이나 많은 여자니까 성당 친구들은 모두 그녀에게 누나라고 불렀지만, 난 고3 때부터 그녀를 부를 때 호칭을 생략했다. 때로는 그냥 모니카라고 불렀다. 그녀는 자신이 나를 세례명인 '리노'라 부르듯, 자신을 모니카라고 불러주는 게 좋다고 했다.

"그냥 모니카라고 불러."

장난기가 조금 섞여 있는 듯한 그 말은, 그녀가 나를 성인으로 대하고 싶어 한다는 표현이라고 생각했다. 그렇지 않고서야 나보다 일곱 살이나 많고 유치원 교사이며 성가대의 연주자인 모니카가 고등학교 3학년밖에 안 되는 내게 그럴 리는 없지 않겠는가. 물론 다른 사람들 앞에서는 모니카라고 부르지 않았다. 나도 그 정도의 예의는 지킬 줄 아는 남자였다.

그녀는 내가 하는 말에 귀 기울여주고 매번 웃어주었다.

내가 다른 사람들과 하는 얘기도 저만치 돌아서서 악보를 들여다보고 있던 그녀가 다 알아듣고 맞장구쳐주기도 했다. 내 마음을 어찌 그리 잘 이해하고 내가 바라던 말을 해주는지 신기했다. 그리고 난 그녀를 떠올리기만 해도 기분이 좋았다.

내 사랑은 봄이 소리 없이 오듯 그렇게 다가왔다. 눈에 티가 들어가 불편한 이유는 그것이 본디 내 것이 아니기 때문일 텐데, 그녀가 내 영혼 속에 들어와 나를 온통 독차지했는데도 나는 전혀 불편하지 않았다. 오히려 나를 점령해 버린 그녀의 독점을 만끽했다.

모니카가 왜 나를 좋아하게 되었는지를 생각해 본 적이 있다. 성가대의 다른 여자 대원들도 내게 다정하게 대하고 웃으며 한마디씩 농담을 하거나 여럿이 빵집에 갈 때도 나를 데려갔다. 신학대학 입학을 준비하는 학생은 뭔가 기구하고 애절한 사연이 있거나 평생 동정남으로 살게 될 것이라는 생각 때문에 호감을 갖는지도 모른다. 내게는 또래의 친구들과는 달리 남자로서 특별한 매력이 있는 게 분명하다. 자신감이 생겼다, 모니카 때문에.

2학년 겨울방학까지만 해도 나는 신학대학 진학을 준비하는 학생이었다. 성당에 다니는 사람들은 장차 신부가 될 학생들을 격려하고 간식이라도 대접하는 게 도리라고 생각하는 것 같았다. 신자들이 신학반 학생 세 명 중에 나를 가장 좋아한 것은 내가 공부를 잘하고 인물이 좋아서라기보다 다른 학생들과는 달리 외아들이었기 때문이다. 덩달아 우리 어머니도 남다른 신심을 가진, 독실한 신자라는 칭송을 받았다. 어머니에게는 그럴 만한 사연이 있었다.

우리 아버지는 삼 형제 중 둘째인데, 큰아버지에게는 자손이 없었다. 따라서 우리 아버지가 외아들을 두었어도 마땅히 큰집에 양자로 보내야 한다는 게 그 당시 문중 어른들의 강력한 주장이었다. 아버지는 말이 없었고, 끝까지 양자 보내기를 반대한 어머니는 결국 '양반 집안 망칠 여편네'가 되었다. 제사 지낼 때 술 취한 문중 어른 한 분이 우리 어머니에게 삿대질을 해대며 "인간 망종(亡種)이여!"라고 소리친 적도 있다.

나를 혼낼 때는 입이 열 개나 되던 어머니였는데, 그날은 무릎은 꿇었으나 표정은 길가에 서 있는 장승 같았다. 그런 어머니의 모습은 처연하기 그지없었다. 그리고 그날 밤에 어머니는 서럽게 울었다. 손바닥으로 내 등짝을 아플 만큼 때리더니 "하늘이 무너지고 땅이 꺼져도 내 새끼는, 내가 살아 있는 한 못 준다"라며 죄 없는 내게 마음속에 맺힌 말들을 퍼부었다. 어쩌면 그건 어머니를 적극적으로 옹호하지 않은 아버지를 향한 분노의 다른 표현이었을지도 모른다. 어머니는 내가 속을 썩이면 "누가 제 아버지 안 닮았다고 할까 봐,

저 녀석이 생긴 것부터 하는 짓까지 빼다 박았어"라며 푸념을 했다.

철들기 전 생각이긴 하지만 난 그런 어머니가 내 친어머니가 아닐지도 모른다는 생각을 자주 했다. 불면 날아갈까, 놓으면 꺼질까 아껴줄 것 같은 외아들을 머슴 다루듯 할 때가 많았기 때문이다. 엄동설한에 물을 길어 오라는 건 예사이고, 걸레를 빨아 던져주며 방과 마루를 말끔하게 닦으라고 호통을 쳤고, 두엄 치기나 화장실 청소까지 시도 때도 없이 일을 시켰다.

그런 어머니의 셈속을 알게 된 것은 이모 때문이었다. 어머니가 문중의 미움을 묵묵히 견디는 것은 외아들을 제대로 가르쳐 남 보란 듯이 출세시켜 어른들의 기를 꺾어놓겠다는 모진 마음에서 나온 행동이었다.

내가 유치원에 다닐 때 우리 세 식구는 베드로 신부에게 영세와 함께 세례명을 받았다. 신부님은 나에게 하늘의 일을 할 큰 자질이 있다며 세례명을 '리노'라고 지어주었다. 첫 번째 교황의 세례명이 베드로요, 두 번째 교황이 리노였기에 베드로 신부는 세례명을 지어주며 내게 "너는 반드시 나를 따르라"고 했던 것이다. 어머니와 아버지는 주임 신부의 기세에 눌린 데다 절에 다니다가 외아들을 성당 유치원에 보낸 바람에 어찌어찌하여 세례를 받았으니 신부님의 말을 쉽게 거역하기 어려웠을 것이다. 유치원에 다니는 어린것이 신학교를 가려면 아직 남은 세월이 적잖을 테니 그 사이에 뭐가 변해도 변하리라는 생각도 했을 테고.

  나와 친해진 모니카가 우리 집에 가끔 놀러 오면서 어머니의 눈빛이 달라지기 시작했다. 그녀가 고등학교 때 소문난 모범생이었고, 서울의 좋은 대학을 나왔다는 사실이 어머니를 자극한 게 분명했다. 어머니는 모니카에게 은밀한 약속을 제안했고, 내게는 끝까지 비밀로 해달라고 했단다. 은밀한 약속이라는 건 폭로하는 맛까지 달콤하기 마련이어서 모니카는 다시 나와 은밀한 비밀을 만들었다. 절대로 어머니가 눈치채지 않게, 우리 두 사람만의 비밀로 하자고 했다.

  어머니의 은밀한 속셈은 놀랍게도 내가 신학대학을 포기하고 의과대학에 가서 돈을 잘 버는 의사가 되길 바란다는 것이었다. 누구에게도 말한 적은 없지만 나는 베드로 신부가 떠난 뒤 새로운 주임 신부 탓을 하며 신학대학 가는 것에 회의를 품고 있었다. 거기다 계집애들의 향긋한 머릿결과 봉긋한 가슴과 나풀대는 치마 아래로 희끗희끗 보이는 허벅지와 재잘거리는 목소리가 내 잔잔한 마음을 들쑤시고 있었다. 열여덟 살 사내 녀석이라면 뇌가 사타구니에 있다고 해도 지나친 말은 아닐 것이다.

  어머니의 간곡한 청은 모니카가 나를 설득하여 의대에 지원할 수 있게 해달라는 것이었다. 그녀가 좋은 대학을 나왔으니 틈나는 대로 나를 가르쳐주면 반드시 보답하겠다는 약속까지 했다는 것이다. 혼기 꽉 찬 처녀가 남학생 집을 무시로 드나들면 시골에서 소문나기 십상일 테지만 어머니의 간절한 소망은 모니카의 심금을 울렸을 것이다.

모니카는 가끔 예상하지 못한 행동으로 나를 감동하게 했다. 오전엔 멀쩡하던 날씨가 오후에 느닷없이 빗발치거나 하면 모니카는 학교 정문 앞에서 우산을 들고 서 있었다. 날씨가 우중충하니 우산 가지고 가라고 해도 내가 들은 척도 하지 않고 학교에 가는 까닭을 어머니는 알지 못했다. 어느 날인가, 비가 오는데 모니카가 보이지 않았다. 나는 우산을 같이 쓰고 가자는 친구의 말을 귓전으로 흘린 채 느릿느릿 걸어서 모니카네 집으로 갔다. 모니카는 보이지 않았다. 한 시간쯤 지나서 대문으로 들어선 모니카는 흠뻑 젖은 몸으로 마루에 걸터앉아 떨고 있는 나를 안방으로 데려가 아버지의 잠옷을 주고는 젖은 내 옷가지를 전기난로에 말려주었다. 모락모락 김이 피어오르는데, 모니카의 얼굴에 땀이 흘렀다. 빨갛게 상기된 얼굴에 긴 머리를 올려 묶은 그녀의 자태는 천사와 같았다.

처음 만났을 때는 손에 닿지 않는, 저 멀리 하늘 위에 있는 성모마리아 같던 그녀가 어느 순간부터 내 마음의 보물 창고에 들어앉았다. 그렇다고 모니카가 늘 천사 같은 건 아니었다. 성가대 청년들과 어울리거나 곱게 화장한 채 화사한 옷을 입고 어딘가 다녀오면서 무슨 일 때문에 외출했는지 말해주지 않거나 친구들과 어울려 늦은 시각에 외출할 때는 내 마음을 질투로 불타오르게 하는 악녀 같았다.

어머니와 은밀한 약속을 했다는 걸 밝힌 순간부터 모니카는 내게 어머니의 소원을 들어주는 게 효도이며 한 번뿐인 청춘을 허비하지 말고 의미 있게 보내야 한다고 채근했다. 내심 바라던 소리였지만 짐짓 어깃장을 놓았다. 그래야 그녀와 더 깊고 많은 얘기를 할 수 있다는 생각에 왜 신학대학을 포기해야 하느냐고 물었다. 모니카는 소리 내어 웃으며 내 볼을 살짝 꼬집었다.

"리노처럼 잘생기고 매력 있는 사람은 속세에서 할 일이 많거든."

내가 너무 민감한 건지 모르지만 그녀는 늘 나를 귀엽다고 했지 잘생겼다고는 하지 않았었다. 잘생겼다는 말……. 무슨 의미일까.

"리노는 외아들에 집안의 종손이니 집안을 일으켜야 하고, 결혼해서 아이를 낳아야 하고……. 아이 낳으면 참 예쁠 거야."

기분이 좋으라고 하는 소리일 텐데, 나는 가슴 한쪽이 허전했다. 그녀의 말을 뒤집고 다시 짜 맞추어도 나와 미래를 함께한다는 의미는 찾을 수가 없었다.

"난 결혼하지 않을 거야."

속내를 감추려고 한 말이었다. 모니카가 아니면 결혼하지 않겠다는 뜻이었다.

"여자들이 절대 그냥 두지 않을 텐데 뭘……."

"나는 신학대학 간다니까."

마음에 없는 소리였다. 이미 나는 신학대학에 대한 미련을
접은 상태였다. 모니카를 떠보고 싶어서 해본 소리였다.

"그만한 실력에 열심히 하면 의대에 합격할 테고, 여학생들
이 줄을 설 텐데……. 리노는 신부님보다 아픈 사람을 치료
하는 의사가 훨씬 어울려. 꼭 그렇게 될 수 있을 거야."

"모니카랑 결혼하라면 모를까……."

모니카는 눈을 크게 뜨더니 미소를 지었다. 싫은 기색은
아니었다.

"아! 내가 좀 늦게 태어나거나 리노가 좀 일찍 태어날 것이
지……."

어찌 보면 듣고 싶은 소리였고 어쩌면 실망스러운 소리이
기도 했다. 사랑하면 됐지, 나이가 무슨 상관이란 말인가. 여
성의 평균 수명이 길다고 했으니 연상의 여자와 연하의 남자
가 결혼하는 것이 합리적인 것일 텐데.

그렇듯 내 영혼을 송두리째 앗아간 모니카가 결혼한다고
폭탄선언을 한 것이다.

이건 정녕 지구가 궤멸할 일이고 마땅히 하늘이 무너져야
할 사건이다. 그녀는 자신의 결혼식 날 내가 죽는 꼴을 보게

될 것이다. 그래서 평생을 후회하게 만들 것이다. 우리의 사랑이 얼마나 지극하고 아름다웠는지 그녀가 깨달을 수 있게 만들 것이다. 이제는 내가 살아 있어야 할 이유가 몽땅 사라졌다. 마음속으로 수없이 외쳤다.

"날 사랑하긴 한 거냐!"

아니다. 간절히 원하고 애절하게 갈구하면 이루어진다고 했다. 난 어떻게 되어도 그만이다. 그녀의 몸 어디든, 머리칼이든 손끝이든, 착 달라붙어 따라갈 수만 있다면 미물이 되어도 그만이라고 생각했다. 아니 아주 작은 먼지가 되어 그녀의 가슴에 찰싹 붙어 있고 싶었다. 그녀가 없으면 나 같은 건 없는 거니까. 그녀가 가는 곳이 어디라도 따라가고 싶었다.

사랑을 도덕으로 가를 수 있을까

망설이고 망설이다가 미루고 미루다가 이제는 말할 수밖에 없었다. 결혼식 날짜를 잡은 지 한 달 만에 겨우 입을 열었다. 리노에게 내가 결혼한다고 말하는 순간 그가 받을 충격이 어쩌하리라는 걸 알면서도 더는 미룰 수가 없었다. 결혼을 포기한다면 모를까, 혼사를 앞두고 사라질 수도 없는 노릇이었다.

집안 어른들 성화에 맞선을 보았지만 썩 내키지는 않았다. 은행원이라는 안정된 직업을 가졌고, 인물이며 집안 내력이며 부족한 게 없는 사람이었다. 그 남자의 나이가 나보다 일곱 살이나 많다는 게 흠일 수도 없었다. 남자 쪽에서 그토록 적극적으로 청혼하지 않았으면 이번 혼사는 이루어지지 않았을 것이다. 나는 안다, 내가 달갑지 않게 여기며 시간을 끌었던 것이 남자를 더 애태웠다는 것을. 굳이 그 남자가 싫었다기보다 리노에 대한 복잡한 마음이 정리되지 않았기에, 고등학교 3학년밖에 안 된 사내 녀석에게 마음을 주었던 그 애틋한 사연을 쉽게 지워버릴 수가 없었기 때문이다.

리노의 외모는 다비드 조각상을 연상케 했다. 이목구비의 윤곽이 뚜렷하고 큰 눈에 오똑한 콧날이 반듯했다. 다부진 체격, 예쁜 얼굴에는 귀여운 면이 있었지만 생각이 깊고 어른스러운 구석이 있다. 밝고 다정한 면도 있었지만 때론 진지하게 인생을 고민하며 신학대학에 가서 신부가 되고 싶다고 했다. 왜 리노에게 끌렸는지, 왜 일곱 살이나 어린 고등학생에게 마음이 쏠렸는지 논리적으로 설명하기 쉽지 않지만 리노에게는 나이를 의식할 수 없을 만큼 의연하고 어른스러운 면이 있다. 가끔은 나보다 연상으로 여겨질 만큼 카리스마가 있고 진지하게 속마음을 털어놓고 싶게 만드는 매력이 있다. 내 얘기를 잘 들어주고 판단력도 밝아서 내 문제를 의논할 수 있는 상대였다.

그러나 우린 더 이상 진전될 수 있는 사이가 아니었다. 단둘이 손을 잡고 걷기는커녕 놀이공원에도 갈 수 없는 어정쩡한 거리의 사람들이었다. 언제까지 리노가 이 힘든 인연을 이어갈 수 있을까. 우린 결국 남의 손가락질을 받다가 헤어질

게 분명했다. 리노가 어른스럽긴 하지만 그런 걸 이겨낼 만큼 세상 경험이 많은 건 아니었다. 리노를 보호해야 한다, 더 어려운 일을 겪지 않고 남들처럼 축복받으며 제 길을 찾아갈 수 있도록. 하지만 세상을 향해 외치고 싶은 말이 있다. 내가 리노에게 마음과 생각이 닿아 있는 것이 세상 윤리에 어긋난다면, 사랑은 어떤 면에서 부도덕한 부분이 있는 것이다.

리노 어머니가 부탁하지 않았더라도 나는 리노가 신학대학에 가서 신부가 되겠다는 게 달갑지 않았다. 그 집안의 사연을 리노 어머니에게서 들었기 때문이기도 했지만, 신부가 된다면 리노는 결국 기울어져가는 집안을 돌보지 않은 것을 후회할 것 같았다.

그는 기질상 주변 사람을 도와주며 살 수 있는 사람이 되어야 한다. 늙으신 부모님을 두고 성당에 들어가 독야청청 수절하며 산들 행복할 것 같지 않았다. 남들처럼 좋은 여자를 만나서 자식을 낳고 평범한 행복을 누려야 한다고 생각했다. 실력 있는 의사가 되어 안정된 가정을 꾸리며 존경받는 인물이 되면 좋을 것 같았다. 일곱 살이나 많은 내가, 리노가 그렇게 될 수 있게 이끌어주는 게 도리라고 생각했다.

리노는 성당의 모든 신자들에게 친근하고 붙임성 있게 대했지만 유독 내게는 좀 더 친밀하게 대했다. 하루는 이런 일이 있었다. 미사 후 성가 연습이 끝나고 성가대원들에게 사탕을 나눠주는 일을 리노가 맡은 적이 있었다. 그는 앞줄부터 차례로 한 사람당 사탕 10개씩을 나눠주다 말고 내 치마 위에는 20~30개를 수북이 쏟아놓고 지나갔다. 옆자리 언니들이 리노에게 야유를 보냈지만 그는 못 들은 척 뒷줄로 가서 나머지 대원들에게 사탕 10개씩을 나눠주고 유유히 사라졌다. 나는 그저 웃어넘겼지만 그날부터 그의 행동을 유심히 보게 되었다. 유치원 담장을 넘어와서 풍금을 가르쳐달라고 떼를 쓰거나 불쑥 집으로 찾아와서 쪽지를 던져놓고 가는 리노의 장난이 싫지 않았다.

그날은 내 평생 잊을 수 없을 것 같은 생일이었다. 퇴근 후 집에 돌아와 방문을 열고 들어서자 상자 두 개가 놓여 있었는데 큰 상자에는 갖가지 들꽃이 담겨져 있었고 작은 상자에는 종이학이 가득 담겨져 있었다. 내 방을 가득 채운 외로움을 꽃향기와 종이학이 몰아내고, 자신들을 좀 봐달라고 아우성치고 있었다. 꽃 상자 안 노란 편지지에는 리노가 지은 시가 있었는데, 제목으로 '모니카, 신이 주신 선물'이라고 쓰여 있었다.

영혼과 영혼을 포개어도
그치지 않는 서러움

지금 당장 하나가 아닌 걸

슬퍼하지 말자

네 심장에 박힌 사랑 꺼내서
내 영혼을 쪼개고 쪼개
감싸 안고 살련다

그래 우리 둘이
깊은 산으로 들어가
촛불 두 자루 켜고
이마에 고운 입술 대고
가지런히 누워
천년의 비밀을 나누자

밤사이 우리는 들끓자
아침에 눈떠 이슬을 마시자
그리고 천천히 영혼을 포개자

　진심이 느껴지는 그의 시는 내 가슴을 울렁거리게 했다. 이
토록 순수한 영혼의 리노를 좋아하지 않을 수가 있을까? 사
람들은 모른다. 나만이 그의 아름다운 영혼을 알아볼 수 있
다. 어쩌면 내가 리노를 사랑할 수밖에 없는 전생의 인연이
있었을지 모른다는 생각을 그때부터 하게 되었다.

하늘이여, 사랑하는 게 죄가 되나요? 리노를 사랑하는 게 윤리적 모순인가요? 사랑에 나이가 절대 가치인가요?

처음에는 그를 향한 내 마음이 어떤 건지 알 수 없었지만 어느 순간 내가 그를 온 마음을 다해 사랑하고 있다는 사실을 깨달았다. 정확히 짚을 수는 없지만, 지난여름부터 내 가슴 깊은 곳에서 장밋빛 꽃이 피기 시작한 것 같다.

아름다운 것을 보면 리노에게 보여주고 싶었고 맛있는 음식을 먹을 때도 그의 얼굴이 떠올랐다. 길을 걷다 상점에 걸린 멋진 셔츠와 청바지를 보아도 리노 생각이 나곤 했다. 재미있는 얘기를 들어도, 감동적인 내용의 글을 읽어도 빨리 리노를 만나 전해주고 싶었다.

여름 날 해거름 녘에 모자를 깊게 눌러쓴 리노가 문이 열린 내 방 안으로 들어섰다. 그는 등 뒤에서 내 어깨를 끌어안았다. 마치 그런 손길을 기다렸던 것처럼 나는 가만히 있었다. 마냥 즐겁기만 한 것도 아닌 설명할 수 없는 여러 가지 감정이 밀려왔다.

"왜 그래? 할 얘기가 있나? 좋은 일이 생겼나 보네."

내가 그의 손을 풀고 슬쩍 밀어내며 말했다.

"오늘 내가 비밀을 만들었지. 맞혀봐."

그 순간 나는 긴장했다. 성가대 지휘자인 리노네 음악 선생의 얘기가 느닷없이 떠올랐다.

"리노는 성당과 학교에서는 양처럼 순하지만 성당이나 학교를 벗어나면 성난 늑대 같을 때가 있죠. 나는 녀석과 한동네에 살아서 어려서부터 그 녀석을 잘 알아요. 녀석이 신부가 된다면 성직 사회가 조금 시끄러울지도 몰라요. 아무튼 리노, 저 녀석은 함부로 건들면 땅벌처럼 누굴 쏠지 몰라요."

성가대 지휘자와 반주자로 허물없이 지내는 사이였기에, 이것저것 꼬치꼬치 캐물었다.

"어렸을 때부터 성당에 얼마나 열심히 다니는지, 새벽 미사를 빼놓지 않고 다녔어요. 복사 노릇도 얼마나 열성으로 잘 했는지 다들 리노가 신부 되는 걸 당연하다고 생각할 정도였지요. 그런데 동네를 휘젓고 다니며 꼬마 대장으로 군림할 때는 무서울 정도로 겁이 없고 어린애 같지 않았거든요."

리노가 때로 장난기가 심하다는 건 알았지만 그렇게 강한 면이 있다는 것은 알지 못했다. 나를 등 뒤에서 끌어안은 리노가 비밀을 만들었다는 얘기와 음악 선생의 말이 뒤엉키며 갈등이 생겼다. 지금 이 공간 안에는 건장한 사내와 방금 샤워를 한 나뿐이었다. '비밀'과 '늑대'라는 낱말이 왜 뒤엉켰는지 모른다. 설마 그럴 리야 없겠지만, 바로 옆에는 침대까지 놓여 있으니 비밀과 늑대란 단어가 떠오르는 게 당연했는지 모른다.

"무슨 비밀인지 내가 어떻게 알아. 어서 말해 봐."

"모니카를 위해서 만든 비밀이라니까."

"뭔데 그래?"

"눈을 감고 기다려봐."

나는 그 순간 리노가 영화나 드라마에서처럼 입맞춤을 하려는지도 모른다는 생각을 했다. 그렇게 되면 리노를 내가 어떻게 대해야 할지 난감해질 것이었다. 리노는 나를 다시 끌어안았다. 내 머릿속은 절로 마구 분탕질하고 있었다.

"모니카를 안고 있으니까 참 좋다. 정말 좋다, 천당에 온 듯이."

"이거 놓고 어서 말해 봐."

나는 짐짓 짜증스러운 듯 말했다. 리노는 팔을 풀어주며 나를 돌려세웠다. 깊게 눌러썼던 모자를 살짝 들어 올렸다. 웃음기 가득한 눈빛으로 리노는 조용히 말했다.

"모니카의 소원을 들어주려고, 신이 주신 선물한테 나도 진짜 선물을 하려고⋯⋯."

느닷없이 입술이라도 훔치면 어쩌나 했는데 리노는 모자를 벗어 던지고 쑥스러운 듯 웃었다. 세상에, 가지런하고 다복하던 리노의 눈썹 자리가 훤했다. 면도칼로 깨끗하게 밀어버린 눈썹 자국이 푸르스름했다.

"왜 이런 거야? 이게 뭐야? 눈썹이 왜 이래?"

귀여운 얼굴이 아니었다. 눈썹이 사라진 리노의 모습이 낯설고 기이해 보였다. 리노는 웃기만 했다. 마치 눈썹이 사라진 얼굴을 자랑이라도 하는 듯했다.

"무슨 일 생겼어?"

리노는 고개를 끄덕이며 내 쪽으로 얼굴을 가까이 들이밀었다.

"모니카를 위한 비밀이라고 했잖아. 그래도 모르겠어?"

눈썹을 면도칼로 밀어버린 것이 마치 내 탓이라도 되는 것처럼 말했다.

"정말 모르겠다."

"바보……."

리노는 눈썹 있던 자리를 손가락으로 문지르며 눈을 흘겼다.

"모니카가 의대 가라고 했는데 지금 내 실력으로는 의대에 갈 수 없잖아. 그래서……."

"그래서 눈썹을 싹 없앤 거야? 밖에 안 나가고 공부만 하려고?"

나는 그 순간 가슴이 울렁거렸다. 마치 고대하던 사람에게서 사랑 고백을 들은 것처럼 심장이 요동쳤다. 부끄러운 듯 눈을 감은 리노는 연신 고개를 끄덕였다. 불과 며칠 전만 해도 리노는 신부님과 약속한 대로 신학대학에 가고 싶다고 했다. 나는 리노의 손을 잡았다. 리노는 민망한 듯 웃기만 했다.

"의대 갈 거야."

리노가 단언하듯 말했다. 나는 리노를 끌어안았다. 두 팔로 리노를 안고 있는 내 눈가에 물기가 서렸다. 리노는 고개를 숙여 내 어깨에 얼굴을 묻었다. 내가 울고 있다는 걸 리노는 알았다. 콧속으로 스며든 눈물 때문에 훌쩍이지 않을 수 없었다.

"울지 마. 바보같이."

리노가 손으로 내 눈물을 닦아주었다. 서러운 마음도 일어났다. 나이가 엇비슷하다면 얼마나 좋을까라는 생각도 했다. 그러면 내 입술을 리노의 입술에 포개었을지도 모른다.

리노를 화장대 의자에 앉히고 눈썹연필을 꺼냈다. 푸르스름한 눈썹 자리가 까칠했다. 눈썹을 정성으로 그려주었다. 금방 사람이 달라 보였다. 사람의 얼굴에서 눈썹이 없다는 게 얼마나 기이해 보이는지 모르지 않았지만 리노의 얼굴에서 눈썹이 사라지자 그가 몹시 낯설었다. 연필로 눈썹을 그렸지만 아무리 보아도 리노의 얼굴 같지 않았다. 리노는 거울을 보고 이렇게 말했다.

"우리 집에 가서 모니카가 하도 졸라서 내가 신학대학을 포기하고 의대 가려고 눈썹을 밀어버린 거라고 얘기해 줘. 그래야 모니카 체면도 서고 나도 돌아다니지 않고 공부만 할 수 있을 테니까."

나는 고개를 끄덕였다. 리노는 친구도 많고 공부도 제법 잘하는 축에 속했다. 서글서글하고 장난기 많으며 어느 누구에게든 편하게 대하는 성격이었다. 시험공부를 하다가도 친구가 불러내면 거절하지 못해 한다는 소리가 "나를 필요로 하는 친구가 있다는 건 기쁨"이라고 너스레를 떨곤 했다. 눈썹까지 깎았으니 친구들과 어울리는 건 자제하겠지만 리노의 성격으로 미루어 다부지게 딱 자르지는 못할 것 같았다.

"정말 공부할 거지?"

말해 놓고 보니 리노의 결심을 의심한 듯해서 얼른 말꼬리를 이었다.

"리노는 정말 많은 사람들에게 존경받는 진짜 훌륭한 의사가 될 거야."

"좋은 의사가 될지는 모르지만, 천당 가는 건 포기해야 할 거야."

"왜?"

"신학대학 가서 신부가 되겠다고 약속하고서 어떤 여자 꼬임에 빠져 배신했으니 하느님 기분이 좋을 까닭이 있을라고. 아담이 하와의 꾐으로 에덴에서 쫓겨났는데……. 그래서 인류가 재미나게 살게 된 거겠지만."

우리는 웃었다. 어떻게 될지는 모르지만 리노와 아주 특별한 인연이 시작될 것 같다는 예감이 들었다. 하늘만이 알 수 있는 기막힌 사연이 생길 것 같았다. 리노는 사람의 마음을 빼앗아가는 아주 특별한 매력이 있다는 생각도 했다. 기도할 게 많거나 바라는 게 많으면 그 인생은 무겁다고 했는데, 지금 내 마음은 그냥 무거운 게 아니라 천근이나 되는 바위를 얹어놓은 것 같았다.

나는 일생 동안 신앙생활을 하며 소박하게 살고 싶었다.
꿈 많은 여고 시절에 잠깐이지만 수녀가 되고 싶었던 것도
그렇게 살고 싶었기 때문이었다. 하늘에 지금 묻고 싶은 게
있다. 일생을 하느님께 바치려고 했던 나에게 왜 이런 시련을
주는 거냐고. 세상을 뜨겁게 달구는 여름은 소리 없이 다가
오는데 어찌해서 내 마음에는 얼음 덩어리가 가라앉아 있는
지 모른다. 이 얼음 덩어리의 정체를 나는 어느 정도 알고 있
었다. 어린 남자, 귀여운 장난꾸러기 리노가 내 가슴 밑바닥
에 자리 잡고 있다는 것을. 그는 내 모든 것을 가치 있게 만
들기도 하고 또한 가치 없게 만들어버리기도 했다. 작은 배가
파도에 출렁이듯 내가 흔들렸다. 어지러웠다. 알 수 없는 것
들을 토해낼 것 같기도 했다. 이건 멀미였다. 울렁거리는 마
음을 추스르려고 기도를 했다. 그러나 소금을 삼킨 듯 목이
말랐다.

리노가 사랑을 고백한 날, 사랑이란 단어를 한마디도 사용
하지 않았지만 "모니카만 보면 내 모든 것이 흔들려서, 어지
러워서, 용광로에 풍덩 빠져서 내가 흔적도 없이 사라질 것
같아서, 무서워"라고 했을 때 나도 흔들렸다. 하마터면 "나도
그래"라고 말할 뻔했다.

리노는 그가 본 적도 없는 누나와 내가 닮았다고 했다. 리노가 태어나기 7년 전에 리노의 누나가 태어났지만 돌잔치를 한 뒤에 죽었다고 했다. 리노 어머니는 갓난아기 때 죽은 딸아이가 세상에서 가장 예쁘고 잘생겼다고 했다. 사랑하던 존재가 사라지면 더 애절하고 더 소중한 것을 왜 모르랴만 아명을 '아쟁'이라고 지을 만큼 매우 아끼고 사랑했다는 걸 느낄 수 있었다. 리노 어머니는 지금도 딸아이 얘기를 할 때면 눈물을 글썽거렸다. 그럴 수밖에 없는 사연이 있었다.

리노 어머니가 농사일을 거들러 나간 사이에 아쟁과 동갑내기인 시누이의 딸 수련이 대청마루에서 놀고 있었는데 체격이 좀 더 큰 수련이 아쟁을 밀었다고 했다. 댓돌에 머리를 찧고 토방 아래로 굴러떨어진 아쟁이 자지러지게 울었고 이웃집 할머니가 달려와 무슨 약인가를 먹여서 한참을 어르다가 간신히 재웠다고 했다. 저녁 무렵에 아쟁의 머리에 생긴 상처뿐 아니라 아쟁이 눈을 제대로 뜨지 못하는 걸 알아챈 어머니가 시어머니에게 물었다가 저 혼자 놀다가 마루에서 굴렀다는 말만 들었다. 경기가 심한 딸아이를 업고 아랫동네 의원 집을 찾아가 통사정을 했지만 큰 병원에 가보라며 손쓸 때를 놓쳤다는 말에 하늘이 뒤집어지고 땅이 꺼지는 것 같았다는 것이다.

그랬을 것이다. 시집온 지 다섯 해 만에 낳은 딸아이였고 꽤나 예쁜 짓을 많이 하던 때였으니 어찌 세상 무너지는 참

변이 아니었으랴. 나중에야 이웃집 할머니에게서 수련이 밀어서 굴러떨어진 것이고 아쟁이 자지러지게 울기에 급한 대로 경기 약을 먹인 거라고 들었다. 그 할머니는 바로 병원에만 갔어도 살릴 수 있었는데 정말 안타깝다고, 자기 잘못인 양 가슴 아파했다.

그때부터 어머니는 분가를 결심했고 무던히도 자식을 갖고 싶어 안달을 했다. 절에 가서 치성 드리는 것만으로는 부족하다고 생각했는지 점쟁이 집도 들락거리고 용하다는 무당에게 굿도 했다. 그러다가 리노를 일곱 해 만에 얻었으니 얼마나 끔찍이 아꼈겠는가.

어머니에게 영향을 받은 탓인지 리노도 더러 누나 타령을 했다. 본 적도 없으면서 아쟁 누나가 나를 닮았다고 했다. 돌잔치 때 찍은 흑백사진을 보면 아쟁은 눈망울이 크고 귀엽게 생긴 아이였다. 그렇지만 그것만으로 성장한 모습을 유추할 수 없음에도 리노는 아쟁이 꼭 나처럼 생겼다고 우겼다. 하긴 리노가 그렇게 생각하게 만든 것은 리노 어머니였다.

유치원 봄 소풍을 끝내고 집에 가는 길에 이것저것 먹을거리가 잔뜩 생겼기에 나누어 주려고 리노의 집으로 갔을 때였다. 리노가 내 손을 잡고 어머니에게 장난스럽게 물었다.

"엄마가 봐도 예쁘게 생긴 거 같지?"

리노 어머니가 고개를 끄덕였다.

"누굴 닮은 것 같아?"

"느이 아쟁 누나와 꼭 닮은 데다 참 이쁘네."

그 순간 내 가슴에 꽃이 피었다. 정말 꽃이 활짝 핀 듯했다. 호적에 올렸던 이름 대신 아쟁이라는 아명으로 지금도 부르는 까닭은 국악기를 좋아하는 리노 어머니가 딸아이의 울음소리라도 듣고 싶을 만큼 딸을 그리워하기 때문이라고 했다. 아쟁은 아직도 엄마를 부르고 있고 엄마는 아직도 아쟁의 미소와 눈물과 비명을 간직하고 있었다.

"처음에 모니카를 봤을 때 낯설지 않고 누굴 닮았다고 생각했어. 그래서 리노에게 느이 누나가 살아 있으면, 나이도 같은 데다 생김새도 비슷할 것 같다고 혔지. 그랬더니 쟤가 뭐라는지 알어?"

"뭐라고 했어요?"

"쟤가 좀 생뚱맞은 데가 있잖여. 그럼 데려와서 딸을 삼든가……. 또 뭐라더라……."

말꼬리를 흐렸다.

"또 뭐라고 했어요?"

"쟤한테 물어봐. 내 입으로는 말 못 혀."

소리 내어 웃는 그녀의 표정은 영락없이 장난칠 때의 리노 같았다. 묻지 않았는데 리노는 손바닥으로 제 눈을 가린 채 말했다.

"며느리 삼으면 아쟁 타령 그만하게 돼서 참 좋을 거라고 했지 뭐."

내가 눈을 흘겼지만 리노와 그녀는 뭐가 그리 재미있는지 소리 내어 웃었다.

"쟤한테는 말 안 했지만, 내가 부지런을 떨어서 아쟁도 좀 더 일찍 낳았으면 그런 일이 안 생겼을 테고, 리노도 일찍 낳았으면 우리 집에 경사 났을 거여."

이런 걸 두고 한술 더 뜬다고 하는지 모른다. 리노가 내게 누나라는 호칭을 사용하지 않는 계기가 된 사연 중 하나이기도 했다. 리노의 생김새는 아버지를 닮았지만 성격은 어머니를 닮은 듯했다. 리노 어머니가 나를 딸 대하듯 했기에 나는 무람없이 리노네 집을 드나들 수 있었다. 사랑은 오는 게 아니라 부르는 것인지 모른다. 리노는 틈만 나면 자꾸 나를 부르곤 했다.

집에 가겠다는 리노를 붙잡은 것은 눈썹 그리는 법을 가르쳐주고 싶었을 뿐 아니라 리노가 좋아하는 생선과 오늘 캐온 나물을 먹이고 싶었기 때문이다. 저녁상 머리에 머루주도 한 잔을 놓았다. 그동안 리노를 아이 취급한 것이 미안해서 이제부터는 청년 대접을 해주고 싶었다. 길 건너 빵집에 가서 케이크를 한 개 사 왔다. 과일도 예쁘게 깎아 접시를 채웠다. 상 위에 케이크를 올려놓고 굵은 초 한 자루에 불을 붙였다.

"내 생일 같네."

아까보다 그린 눈썹이 눈에 익숙해진 리노가 밝게 웃었다.

"인생을 바꾸기로 한 첫날이니까 무엇이든 기념이 되었으면 좋겠다."

"의대 가면 해달라는 거 다 해줄 거야?"

나는 얼른 대답하지 않았다. 그러겠다고 하는 순간 리노의 요구 사항이 내가 감당하기 쉽지 않은 걸로 바뀔 수 있다는 생각을 했다.

"그럼, 당연히 다 해주지."

하지만 내 생각과 다르게 이런 말이 쏟아져 나왔다.

일곱 살이나 어린 리노에게 마음을 빼앗긴 나는 누구에게도 그 사연을 말할 수 없었다. 아마 누군가 알게 된다면 걱정하며 말렸을 것이다. 만일 두 사람이 결혼까지 간다고 해도 결국 남자란 자기보다 어린 여자에게 눈을 돌릴 거라거나 연상의 남자를 만나야 사랑받고 행복하게 살 거라고, 나중에 뒤통수 맞지 말고 평범한 길을 찾아 행복을 누리라고 할 것이다.

그렇게 남몰래 하는 사랑이어서 더 달콤하다는 생각도 했었다. 눈썹을 깎아 푸르스름한 눈 언저리가 어색한 리노가 안쓰럽고, 내가 가진 것을 다 주어서 그를 행복하게 해주고 싶은 마음뿐이었다. 사람의 체온은 36.5도일지 모르지만 내 마음의 온도는 몸이 델 만큼 뜨겁다. 그럴 때마다 나는 죄를 짓는 듯했다. 리노의 부모님도 내가 이러고 있는 줄은 모르실 텐데. 만일 아신다면 일곱 살이나 어린, 그것도 고교생에게 할 짓이냐고 야단치실 것이다. 사랑에 무슨 나이가 대수냐는 생각도 하지만, 그런 생각조차도 죄가 되는 듯했다.

저녁 밥상을 치우고 여동생 혜경에게 리노를 데려다주고 오겠다고 했더니 혜경이 장난스럽게 눈을 찡긋하며 말했다.
"잘하면 내가 리노한테 형부라고 부르게 생겼네."
나는 들은 체도 하지 않고 리노를 데리고 나왔다.
혜경과 나는 비밀이 없는 사이였다. 어려서부터 혜경과 나는 그날 있었던 일을 모두 얘기하고 무슨 일이든 상의했고 말이 잘 통했다. 혜경은 누구든 내가 좋아하는 사람이면 저도 덩달아 좋아하곤 했다. 그런데 리노는 은근히 경계했다. 대놓고 말한 적은 없었지만 눈치로 보아 리노를 달가워하지 않았다. 내 마음이 리노에게 쏠려 있다고 생각하는 것 같았다. 어디서 주워들었는지 모르지만, 더러 리노가 드세다거나 어렸을 때 말썽꾸러기였고 행실 나쁜 여학생과 사귄 적이 있었다는 얘기도 했다. 내가 리노를 챙기면서 그 애에게 소홀하게 대했나 싶어 더 마음을 쓰는데도 혜경은 서운하게 생각하는 것 같았다. 어떤 때는 혜경도 리노를 좋아하는 게 아닌가 싶기도 했다. 직장에서 들어온 선물이나 읽어보고 마음에 드는 책을 리노에게 주는 걸 보면 리노를 싫어하는 것 같지는 않았다. 어쨌거나 한집에 사는 혜경 때문에 리노가 집안 출입하는 게 신경 쓰일 수밖에 없었다.

그런데 리노네 집에서는 내가 드나드는 걸 좋아했다. 리노 어머니는 나를 아예 한 식구처럼 대했다. 목장에서 기거하는 우리 부모님이 일일이 챙겨줄 수 없다는 걸 알기에 김치며 밑반찬을 잘 챙겨주었다. 그걸 두고 혜경은 짓궂게 시비를 걸었다.

"사람들이 언니보고 뭐라는 줄 알아?"

나는 혜경의 입에서 무슨 말이 나올지 알기에 일부러 딴청을 부렸다. 혜경은 내 마음을 아는지 더는 말하지 않았다. 나도 그런저런 소문이나 비난을 어찌 모르겠는가. 가깝게 지내는 성가대 친구들 중에도 나와 리노가 누나와 동생 사이가 아니라는 소문이 돈다며 조심하라고 귀띔하거나 사실이냐고 캐묻는 사람이 있었다. 혜경도 그런 얘기를 들었을 것이다. 속상한 마음에 언니인 나를 믿고 투정을 부리는 거라고 생각했다.

"의대에 합격하면 저기 저 달을 따달라고 할까?"

리노가 보름달에 가까워진 달을 올려다보며 말했다.

"지금부터 사다리를 만들기 시작해야겠다."

이렇게 말해 놓고 내가 참 분위기 없는 여자라는 생각을 했다.

"모니카와 내가 외국에 가서 살면 참 좋을 텐데……."

리노는 그렇게 말할 권리가 있다는 듯이 말했다. 리노 어

머니는 리노가 "신학대학을 포기하고 의대 진학을 하겠다"라
고 하자 얼굴이 보름달처럼 환해졌다. 외아들 둔 어머니가 반
색을 할 만도 했으리라. 큰아버지에게 양자로 보내라는 문중
어른들의 호령에도 절대 그럴 수 없다고 버텨온 어머니였으
니 오죽했으랴. 집안의 종손이니 어찌하든 장가들어 자손을
보아 대를 이어야 할 리노가 신학대학에 진학하여 신부가 되
겠다고 했을 때, 속으로 얼마나 애가 탔겠는가. 엉겁결에 신
심이 깊은 여자로 소문이 나는 바람에 속절없이 반승낙을
하게 된 것을 생각하면 자다가도 벌떡 일어나 가슴을 두드려
야만 했던 어머니가 아니던가. 어떤 때는 그래 이것이 하느님
의 뜻이고 가문의 영광일 수 있다고 생각하다가도 이내 고개
를 저으며 손자들을 잘 키워서 문중 어른들에게 보란 듯이
자랑을 하고 싶은 마음이 굴뚝같았다고 했다. 리노 어머니의
보름달 같은 표정도 잠시뿐이었다. 리노 어머니는 이내 눈물
을 흘렸다. 그러더니 내 손을 힘주어 잡고 말했다.

"아이고, 우리 아쟁이 환생했나 보네. 우리 아쟁이 살아온
것 같아."

눈물 흘리는 것도 전염되는 게 분명하다 싶게 나도 눈물이
핑 돌았다.

"고맙네, 정말 고맙네. 우리 집안도 살리고 리노도 건졌네.
살렸고말고, 건졌고말고……."

마치 내가 망한 집안을 일으키고 물에 빠져 허우적거리는

리노를 건져냈다는 듯이 말했다. 가슴에 쌓이고 맺힌 게 많았던 듯했다.

"내가 죽을 때까지 모니카랑 같이 살면 얼마나 좋을까. 내가 죽어도 모니카를 못 잊을 겨."

리노 어머니는 듣기 민망할 만큼 나를 칭송하기 시작했다. 리노는 뭐가 그리 재미있는지 연신 웃기만 했다.

"너는 평생 모니카를 업고 다녀야 한다. 보물이 생기면 부모 생각 말고 모니카에게 줘야 혀. 그게 인간의 도리여."

거나하게 술 취해 들어온 리노 아버지는 한술 더 떴다.

"저 사람, 아쟁 타령 그만하게 됐으니 이참에 모니카를 우리 딸 삼자구. 이렇게 좋은 날 어찌 그냥 지날 수가 있나. 여보, 오늘 그 술 한잔 해야겠네. 이럴 때 마시려고 그렇게 아낀 거 아녀?"

리노 아버지가 말하는 그 술은 나도 알고 있었다. 십여 년 전에 집안 조카가 성못길에 산삼 다섯 뿌리를 캤는데, 백년 근이라 해서 꽤 비싼 가격으로 팔 수 있었지만 조상의 음덕으로 여겨 집안 어른들께 한 뿌리씩 드렸다는 미담이 신문에 소개된 적이 있었다. 바로 그 산삼으로 담근 술이었기에 그리도 술을 좋아하면서도 당신 입에는 대지 않고 집안 큰 잔치 때 겨우 몇 잔을 덜어내어 어른들께 바쳤다고 했다.

"우리 집 큰 경산데 아껴서 뭘 하겠수."

아직 리노가 학생이니 나중에 의대에 입학할 때 마시자고 했지만 리노 어머니는 "괜찮여. 이건 약주여. 약! 몸에 약이 되는 겨" 하며 단단히 동여맨 산삼주 병뚜껑을 열어버렸다. 술을 못 마시는 건 아니었지만 한 일 없이 대접받는 게 민망했던 탓인지 낯이 달아올랐다. 네 사람은 작은 술잔에 석 잔씩이나 마셨다. 리노 얼굴도 분홍빛이 되었다. 내 얼굴과 심장이 온통 붉은 꽃다발이 된 듯했다.

작은 촛불 켜놓고

내가 눈썹을 깎아버리고 의과대학 입시를 준비한다는 소
문은 삽시에 성당 안팎으로 퍼졌다. 친구들은 두 패로 나뉘
어져서 내가 신학대학에 가는 것이 옳다는 패와 드디어 제정
신을 차려 사람답게 살게 돼서 좋다는 패가 생겼다. 눈썹을
깎으면 집 안에 틀어박혀 공부만 하게 될 거라고 생각한 내
판단이 잘못되었다는 걸 간파하는 데 그리 오랜 시간이 걸리
지 않았다. 친구들은 집에 있는 나를 불러내는 게 우정이라
도 되는 양 닦달을 했다. 하긴 책을 펼쳐놓으면 글자가 눈에
들어와도 그 위에 모니카의 모습이 펼쳐지거나 친구들의 얼
굴이 떠오르곤 했다. 『춘향전』에서 이몽룡이 공부하려고 책

을 펼치면 춘향이가 보인다고 했다더니 그게 이거로구나 싶었다. 푸르스름한 내 눈썹 자국을 쳐다보던 상현이 대단한 걸 발견했다는 듯이 말했다.

"너는 버림의 미학을 완성한 거야. 버려서 더 찬란해진 거라구. 눈썹이 없어도 봐줄 만하다는 것은 네가 잘생겼다는 증거이고, 신부가 되지 않고 결혼해서 널 닮은 자식을 낳는 것은 대한민국을 부강케 하는 것이고, 의사가 되어 고통받는 사람들을 돌보는 것은 확실하게 천국 가는 티켓을 맡아놓은 거니까. 우리 경축하러 나가자."

나를 잡아끄는 상현의 손을 뿌리쳤다.

"이런 모습으로 나가면 사람들이 뭐라고 하겠냐?"

"너는 지금 종교개혁을 한 마르틴 루터와 같은 반열이니까 당당하게 모자 벗고 거리를 휘젓고 다녀야 한다니까 그래."

녀석은 공부보다 책 읽는 걸 좋아한 덕인지 말로 이길 수 없는 유식쟁이로 통했다.

"내가 봐도 내가 이상해 보이는데……."

"네가 유행을 한발 앞서서 이끌고 가는 거라고 생각해라."

녀석은 억척스럽게 나를 데리고 나갈 궁리만 했다.

"눈썹을 그려도 내 얼굴 같지 않다니까."

"그럼 붕대를 감고 나가자. 이마를 다친 걸로 알 테니까."

친구들이 기다리고 있으니 마냥 버틸 수는 없는 노릇이었다.

비상 구급함을 열어 붕대를 꺼냈다. 상현이 꼼꼼하게 눈썹 자리가 안 보이도록 붕대로 머리를 감아주었다.

"이렇게 하고 나가면 다친 줄 알겠지만 좀 이상해 보이니까 빨간 약을 이쯤에 칠해 놓자. 그럼 어디 다친 줄 알겠지."

상현이 시키는 대로 포비돈 요오드를 오른쪽 귀 언저리에 발랐다. 누가 보아도 조금 다친 걸로 알 것 같았다. 대문을 열고 나가다 말고 나는 다시 들어올 수밖에 없었다. 눈을 깜빡일 때마다 붕대가 슬금슬금 기어 올라가서 눈썹 자리가 드러났기 때문이다. 깎은 눈썹 자리의 짧은 눈썹이 눈을 깜빡일 때마다 붕대를 위로 밀어 올렸다. 그래서 이마 양쪽에 반창고를 붙여 붕대가 눈썹에 밀려 위로 올라가지 않게 고정시켰다.

"이렇게까지 하고 꼭 나가야 하는 거냐?"

내가 타박하듯 말하자 상현은 거드름을 피우며 대꾸했다.

"다친 몸으로 친구를 만나러 가는 너는 의리의 화신이자 우정의 보증수표가 아니겠냐. 여자 애들은 네가 신학대학을 포기하고 죄책감으로 벽에 머리를 짓찧은 사내다운 사내라고 생각할 거다. 그래서 수많은 여자애들이 너의 눈썹이 되어 주려고 바짝바짝 달려들 거야. 너는 이제 사내들에게는 시대를 앞서가는 체 게바라 같은 혁명가이고, 여자애들에게는 모성 본능을 불타오르게 하는 청춘스타가 되는 거지. 부럽다……."

후텁지근한 여름 햇살을 피해 관촉사 옆 숲길에서 반나절을 놀자던 친구들은 아무래도 물놀이가 낫겠다며 탑정 저수지 쪽으로 자리를 옮기자고 했다. 드넓은 저수지를 따라 조붓한 도로가 이어져 있어서 드라이브 코스로 제법 알려진 곳이었다. 나를 환영한다는 핑계였지만, 방학에도 입시 공부에 매달려야 하는 고달픈 청춘을 달래기 위한 술과 안주가 마련되어 있었다. 평소 같으면 입시에 대한 정보나 간섭 심한 부모에 대한 불만, 성적 채근하는 선생에 대한 비판이나 여학생들에 대한 다양하고 엉뚱한 평가로 시끌시끌했을 텐데, 오늘은 관심이 내게 집중되다시피 했다. 상현이 주선한 자리였으니 더욱 그럴 수밖에 없었다.

유치원 때 친구가 된 상현은 내가 신학대학에 가는 걸 가장 반대했다. 또렷한 논리가 있는 것도 아니었다. 제일 좋아하는 친구를 하느님에게 빼앗기지 않으려는 몸부림 같은 것이라고 녀석은 주장했다. 친구들 모두 상현의 생각에 동조했지만 신학반에서 같이 라틴어 공부를 했던 경진은 내가 신학대학을 포기한 것이 죄를 지은 거라고 했다. 신학대학에 가기로 신부님과 약속을 했고, 신학반에 들어와서 무료로 신학과 라틴어를 배웠으며, 신학반 학생이란 것 때문에 성당이나 학교에서 여러 가지 혜택을 받았기에 이제 와 신학대학을 포기한 것은 죄가 된다는 주장이었다. 내가 신학반을 탈퇴한 것은 아니지만, 의대 진학으로 방향을 틀었으면 개학한 뒤에 정식으로 절차를 밟아야 한다고 했다. 경진의 주장은 억지소리가 아니었다.

물론 내게도 변명거리가 있었다. 신부님은 신학반 학생들에게 어떤 경우에도 강요하는 법이 없었다. 더러 호기심으로 신학반에 들어왔다가 슬그머니 빠져나가는 애들도 있었지만 신부님은 일절 뒷말을 하지 않았다. 신학반에 들어올 때부터 언제든지 그만두고 싶으면 출석하지 않는 것으로 의사 표시를 하라고 했다. 신부님 앞에서 얘기하기 어렵고 하기 싫은 것인데도 굳이 매달리거나 억지로 따라오지는 말라는 뜻이었다. 나는 두어 달 전부터 드문드문 성경 공부를 하러 다녔다. 내 심중에 있던 의지를 슬그머니 드러낸 셈이었다. 성경 공부를 담당하는 수녀님이 내게는 말 못 하고 어머니에게 무슨 일 있느냐고 물었다. 어머니는 "그놈 속은 하느님도 모를 겁니다"라고 했다. 어머니가 자랑하듯 내게 말한 뜻을 나는 대충 알아들었다. 이제 웬만하면 신학대학을 포기하는 게 어떠냐는 의미였다.

경진과 친구들의 입씨름은 쉽게 끝나지 않았다. 어른들 말처럼 술이 웬수였다. 말다툼은 성질 급한 상현이 소주병을 깨뜨리면서 불꽃처럼 번졌다. 덩치 큰 경진이 상현을 밀어 물에 빠뜨렸고, 말싸움은 몸싸움이 됐고, 치고받은 상현과 경진은 피투성이가 되었다. 우리는 어찌 그리 빨리 경찰차가 달려왔는지 알지 못한 채 지서로 끌려갔다. 조사를 받는 중에 가게 주인이 신고했다는 걸 알았다. 우리가 싸우게 된 이유는 문제될 게 아니었지만 학생 신분으로 술을 마셨다는 것은 용서받기 쉽지 않은 것이었다. 학부모와 학생주임 선생님이 달려온 뒤에야 우리들은 풀려났다. 고등학교 3학년이 아니었으면 제법 엄한 벌을 받았을 텐데, 반성문 10장과 봉사 활동 8시간을 채우는 것으로 일단락되었다. 우리들은 상현이 읍장의 아들이고 신부님이 지서에 와서 용서해 달라고 했으며 모니카의 사촌 오빠가 경찰관이었기에 그 정도에서 매듭지어졌다는 걸 나중에 알았다.

그날 저녁에 우리 집에서 밥을 먹던 모니카가 어머니에게 말했다. 어머니의 끊임없는 걱정과 한숨 소리 때문이었겠지만 나는 느닷없이 행운의 사나이가 되었다.

"리노가 하도 친구들을 좋아해서 여기 있으면 방학 내내 공부를 못 할 거 같아요. 그래서 제가 저희 목장으로 데리고 가서, 거기서 조용히 공부하게 하고 싶은데, 어머니 생각은 어떠세요? 의대 가려면 정말 열심히 공부해야 하거든요."

어머니의 반응은 짐작한 대로였다.

"나야 좋지. 논밭 뙈기를 팔아서라도 어디 가둬둘 데가 있으면 끌고 가야 할 판인걸."

"그럼 내일 아침에 데리고 가도 될까요?"

"그나저나 부모님께서 뭐라고 하지 않으실라나?"

"저희 부모님께서 리노를 좋아하시니까 걱정하지 마세요. 목장에 별채도 있고 하니까요."

"한 달 동안 데리고 있으려면 쌀이며 반찬이며……. 내가 푼푼하게는 못 줘도 성의껏 장만할 테니 그런 줄 알고……."

모니카가 어머니 말에 펄쩍 뛰듯 말했다.

"어머니도 참……. 숟가락 하나만 얹으면 된다니까요."

"그래도 사람의 도리가 있는 겨."

"자꾸 그러시면 제가 어떻게 리노를 데리고 가겠어요."

"사람이 염치는 있어야지."

"정 주고 싶으시면 리노가 의대에 합격하면 곱빼기로 주세요."

"아이고, 저렇게 착해 빠져가지고……. 참, 남 주기 아깝네. 우리 아쟁이 살아온 거 같어."

어머니의 아쟁 타령이 시작되면 아무도 말릴 재간이 없었다.

"그럼 이 집을 팔아서라도 모니카 호적을 파오라니까 그러네."

아버지가 이렇게 거들지 않았으면 어머니의 아쟁 타령은 늘어질 뻔했다. 모니카가 대문을 열고 나가는 순간 어머니는 나를 보고 의미심장한 말을 했다.

"아이고, 저걸 좀 더 일찍 낳았으면, 그랬으면 얼마나 좋았을 겨……."

'내 말이……'라고 나는 말하고 싶었다.

책과 참고서와 옷가지들을 싸면서 내 마음은 자꾸 들뜨기만 했다. 한 달 동안 모니카와 함께 지낼 수 있다는 것은 꿈도 꾸어본 적이 없는 벼락같은 행운이었다. 목장의 별채는 모니카의 부모님이 목장을 조성할 때 지은 부엌 달린 방 한 칸이라고 했다. 모니카의 부모는 새로 지은 본채에 머물고 별채는 거의 비워둔다고 했다. 차마 묻지 못했지만 방학 한 달 동안 별채에 나 혼자 있게 내버려두지는 않으리라고 생각했다. 어쩌면 한 번이라도 모니카를 안아볼 수도 있을 것 같은 설렘으로 입꼬리가 자꾸만 올라갔다. 인연의 끈은 실과 같다지 않은가. 자칫 잘못하면 끊어질 수 있기에 소중하게 다루어야 한다고 했다. 방학 한 달 동안에 실이 엉키거나 끊어지지 않아야 한다는 걱정도 했다.

어머니는 밤이라도 지새울 것 같았다. 밑반찬과 모니카 부모님에게 보낼 선물을 챙기느라 경황이 없었다. 어머니는, 모니카를 생각해서 부모님께 인사 잘하고 태도를 바르게 하며 밥 먹을 때 소리 내지 말라는 것에서부터 공부에 매진해서 반드시 보답해야 하며…… 등등 인간의 도리에 대해서까지 늘어놓았다. 하긴 큰집이나 친척집이 아니고는 아들을 맡겨본 적이 없으니 걱정이 이만저만이 아니었을 것이다.

별채는 오두막집이란 표현이 걸맞은 집이었다. 방보다 부엌이 더 큰 구조였다. 목장을 만들 때 급하게 지은 집이라고 했는데도 제법 튼실해 보였다. 부엌이 넓은 것은 땔감과 여러 가지 농기구들을 보관해 두기 위해서였다고 했다. 우리 집에서 가져온 반찬에다 손님 대접을 한다며 마련한 음식으로 저녁 밥상은 잔칫상 같았다. 모니카의 어머니는 아무 걱정 말고 편히 지내고 뭐든 필요한 게 있으면 말하라고 했다. 꼭 의과대학에 들어가서 훌륭한 의사가 되라는 격려도 잊지 않았다.

"공부하는 것도 봐줘야 하니까 제가 별채에서 리노를 데리고 있을게요."

밥상머리에서 모니카가 말했다.

"그게 낫겠다. 혼자 있으면, 귀양살이도 아니고 얼마나 적적하겠어."

모니카 어머니의 대꾸는 상상조차 하지 못했던 것이었다. 그 순간 내 심장 어디쯤에 불꽃이, 성냥을 턱 그은 듯이 불꽃이 튀는 걸 느꼈다. 한 달 동안 모니카와 한방에서 지내게 된다는 건 정녕 천복이 아니고 무엇이란 말인가. 그러나 다른 한편으로는 배짱 좋게 나와 함께 지내겠다고 하는 모니카에게 무슨 특별한 복안이 있는 게 아닌가 하는 생각을 했다. 장차 의사가 될 귀한 손님이 왔다며 집에서 담갔다는 머루주를 한 잔 따라준 모니카 아버지는 내 손을 잡고 말했다.

"그냥 내 집이다 생각하거라. 우리는 아들이 없으니 아들이다 생각하고, 뭐든 필요한 게 있으면 모니카에게 말해. 그래야 우리도 편하지."

본채와 별채의 거리는 어림잡아 2백 미터쯤 떨어져 있었다. 목장 입구에 들어서면 오른쪽으로 별채가 있고 길 따라 언덕으로 올라가면 기역자형으로 지어진 본채가 있었다. 언덕을 넘어가면 소 우리와 그리 넓지 않은 과수원이 있고, 그 옆으로 소먹이용 풀을 키우는 널찍한 밭이 펼쳐져 있었다.

모니카와 별채로 걸어 내려오는데 별빛이 유난히 밝았다. 밤에는 목장 입구의 전등이 꺼지고 본채 쪽의 외등만 가로등 구실을 했다. 높다랗게 걸린 외등 주변에는 갖가지 날벌레들이 춤사위 자랑이라도 하는 듯했다. 별똥별이 사선을 그으며 떨어졌다. 어렸을 적에 마당에서 별똥별을 보면 시험을 잘 보거나 뭔가 재수 좋은 일이 생긴다고 믿었다. 목장에 들락거리는 자동차 바퀴 자국이 있는 곳만 빼고 억센 풀이 자라고 있었다.

걷다 말고 모니카가 내 손을 잡았다.

"이다음엔 내가 아플 때 리노한테 가서 치료받으면 참 좋겠다. 의사가 되면 몸만 고치는 의사가 되지 말고 마음 고치는 의사가 돼야지. 내 마음의 병도 리노가 고쳐주면 좋겠다."

나는 그 순간 참으로 묘한 기분이 되었다. 모니카에게, 그리 밝고 명랑한 모니카에게도 마음의 병이 있다는 게 이해할 수 없었다. 모니카의 마음속 병이 어떤 거냐고 물을 수가 없었다.

"누군들 마음의 상처가 없는 사람이 있을라구. 그걸 이기려고 애쓰고 극복하다 보면 오히려 멋진 인생을 살게 되는 거 아닐까?"

뭔가 알고 한 소리는 아니었다. 복잡하게 얽혀 있는 생각들을 주워들은 얘기들과 섞어 유식한 척 조합해서 말했다. 그러면서 내 마음의 갈등을 떠올려보았다. 신학대학을 포기하고 의대를 선택하면서 합격할 자신이 없어진 것부터 엊그제 친구들과 놀다가 감정 상한 것이며 모니카를 생각하면 불현듯 치솟는 남성성과 머리가 좋지 않아 공부하기 벅차지만 내색할 수 없다는 것들이었다. 그러나 가장 큰 괴로움은 모니카에 대한 소유욕이었다. 그런데 이런 열정이 마음의 병일까? 가르쳐주지 않아도 성숙한 사람이면 누구에게라도 생길 수밖에 없는 생득적인 것인데, 사랑이 병이라면 세상에 마음의 병을 앓지 않는 사람이 있겠는가.

"그럼 내 마음의 병은 모니카가 치료해 줘야지."

"뭔데?"

"말 못 해."

"좋아하는 여자가 생겼구나?"

하늘을 올려다보았다. 수많은 별이 금방이라도 우수수 쏟아질 것 같았다. 목장을 지키는 개 짖는 소리가 산울림을 만들고 풀벌레 소리가 도랑물 흐르는 소리를 삼킬 듯 시끄러웠다. 침묵은 걸음을 더디게 했고 어둠을 놀라게 하려는 듯 반

덧불이가 꽃춤을 추고 있었다. 뜨거운 햇살은 별들에게 자리를 내주고 사라졌지만 그 열기는 한 자락 남겨둔 밤이었다. 버스 정거장까지 걸어갔다가 목장으로 돌아와 마당을 한 바퀴 돌며 흘린 땀으로 인해 그냥 잠자리에 들기는 싫었다. 본채에 샤워할 곳이 있지만 첫날부터 거기에서 샤워하겠다고 말하기가 편치 않았다.

"저 개울물 깨끗하지? 오늘 땀 많이 흘렸는데……."

"그쪽에 씻을 만한 데가 있어. 나도 더러 거기서 씻는데, 산에서 내려오는 물이라 더위가 싹 가실 만큼 차가워."

모니카가 산모퉁이를 가리켰다.

"무섭지 않아?"

"일꾼들이 목욕도 하고 빨래도 하던 곳이야. 밤엔 무서우니까 혜경이랑 같이 다녔어. 어떤 때는 혼자 가서 무섭기도 했지만 밤에 짐승 말고는 얼씬거릴 사람이 없으니까 그런대로 할 만했지."

"설마 누군가 날개옷 가져가라고 일부러 그러는 건 아니겠지."

"내 나이 되면, 누군가 그래주기를 바라지 않겠니?"

"오늘, 딱 좋네. 내가 저만치서 노릴 테니까, 어때?"

"의뭉스럽기는……."

오두막집에 와서 이부자리를 펴놓고 모기약을 뿌렸다. 냄새가 심해서 밖으로 나가야만 했다.

"어서 목욕하고 오는 게 좋겠다. 오늘은 어차피 공부도 머리에 안 들어올 테니까."

"모니카가 먼저 해. 난 나중에 할게."

"그러지 뭐."

낮에는 후텁지근해도 밤에는 시원한 곳이었다. 산골인 데다 개울이 목장을 휘감듯 해서 여름밤은 선선했다. 모니카가 군말 없이 그러자고 할 때 기분이 참 묘했다. 나를 믿어주는 건 좋은데 나를 남자로 생각하지 않는 것 같아서 자존심이 스윽 긁혔다. 황소라도 때려잡을 나이에 모래라도 삭힐 청춘이라고 했건만 모니카는 망설이지 않았다.

우리는 수건을 들고 손전등으로 오솔길을 비추며 개울 쪽으로 갔다. 걸음을 옮길 때마다 풀벌레 울음소리가 그쳤다가 우리가 지나가고 나면 또 되알지게 울었다. 우는 게 아니라 노래 부르는 것이라고 하지만 아무리 들어도 우는 것 같았다. 사람이 그렇게 연신 뭔가 읊어대면 노래한다거나 글을 읽는다거나 사랑 고백을 한다고 했을 것이다.

"리노는 여기서 지키고 있다가 내가 교대하자고 하면 그때 오는 거야."

모니카가 명령하듯 말하고 앞서 걸었다.

"그냥 서 있으면 되는 거야? 사방을 돌아다니며 감시해야 하는 게 맞을 텐데."

손전등 불빛이 내 얼굴을 향했다.

"딴생각하기 없기이이……."

모니카는 작은 소리로 메아리 흉내를 내며 모퉁이를 돌았다. 서너 걸음만 더 가면 모니카가 옷 벗고 개울물 속으로 들어가는 걸 볼 수 있을 것 같았다.

"지금부터 노래 불러줘."

모니카가 노래 부르라고 하는 뜻을 왜 모를까마는 나는 짐짓 모른 체하며 말했다.

"나는 알다시피 음치거든."

"그러면 목욕 안 한다아아……."

"무슨 노래를 부르라는 거야?"

"찬송가 말고오오오……."

"밤에 으슥한 데서 노래 부르면 귀신이 나올 텐데."

"피리 불어야 나온다구. 얼른 불러."

"나도 사내야. 보라고 하기 전에는 안 본다. 이따 내가 목욕할 때도 노래 부를 거지?"

"무슨 남자가 저래."

"다음에 우리 서로 바꿔서 태어나자구우우우……."

나는 모니카처럼 메아리 흉내를 냈다. 모니카가 키득키득 웃었다.

"정말 우리 바꿔서 태어나보자. 재미날 거야."

"나이는 얼추 비슷하게 맞추자구."

"안 돼. 성만 바꾸고 나이는 요 정도 차이가 나야 더 재미있잖아."

"노래 부를게."

노래를 부르면 내가 어디쯤 있는지 알기 마련이다. 모니카
도 더러 따라 부르기도 했다. 나는 노래 부르면서 모니카의
말을 거역했다. 모니카의 벗은 몸매, 모니카의 따뜻한 체온,
모니카의 가슴과 은밀함과 속옷을 연상했다. 딴생각하기 없
기라는 말이 끝나기 무섭게 떠올린 것들이, 모니카가 옷을
벗고 물속으로 들어갔다는 생각을 한 순간부터 줄곧 멈추어
지지 않았다.

노래 한 곡이 끝나고 다음 노래를 생각하는데 모니카가 말
했다.

"딴생각하는 거지?"

나는 잠시 뜸을 들였다가 대꾸했다.

"했다. 어쩔래?"

"나쁜 거시기이이……."

"나에게 자유를 달라고 소리 높여 외치는 바입니다. 대한
독립 만세에에에……."

노래 세 곡이 끝나기 전에 모니카의 손전등 불빛이 흔들렸
다. 목욕을 끝낸 그녀는 내가 서 있던 바위에 올라서더니 단
한 발짝도 움직이지 않을 테니 걱정 말고 목욕하라고 했고,
나는 이런 기회에 건장하고 당당한 사내의 몸을 어둠 속으로
라도 봐두는 것이 일생일대의 행운일 거라고 했다.

내가 목욕하는 동안 모니카도 노래를 불렀다. 찬송가와 유

행가 그리고 유치원 선생답게 동요를 불렀다. 개울물은 차가웠다. 물이 가슴께까지 오는 깊은 곳으로 들어가 온몸을 적실 때는 오싹한 한기를 느꼈다. 머리까지 감고 수건으로 차가워진 몸을 다독거렸다. 오솔길을 걸어 내려오는데 모니카가 내 등을 툭 치며 말했다.

"나도 딴생각했다."

"무슨 생각을 했다는 거야?"

"알아맞혀봐."

"나하고 비슷한 거겠지 뭐."

"천만에, 천만에, 천만의 말씀. 내가 남자였으면 달려와서 아리따운 여자가 벗어놓은 옷을 가지고 도망쳤을 거다. 여자가 애원하면 그때 못 이기는 척하고 돌려주면 되잖아. 오늘 보니까 리노는 배짱이 없더라 이거지. 약 오르지?"

"그건 선녀와 나무꾼 시절의 얘기지. 지금은 목욕할 때 옷 감추지 않고 마구 벗겨가지고 도망치는 걸로 바뀌었다구. 복수전을 기대하시라."

"남자는요, 도둑놈 소리는 들어도 괜찮지만 치사한 인간 소리는 들어선 안 된다구요. 알았슈?"

갑자기 높임말을 쓰는 모니카의 장난기는 더 이상 말대꾸를 하지 못하게 했다. 부엌문을 열고 들어가면 방과 통하는 작은 문이 있다. 불편하더라도 밤에는 부엌에 신발을 벗어놓고 작은 문으로 들어가야만 했다. 밤에 들여다볼 사람은 없겠지만 길가의 오두막집 마루 밑에 남자와 여자 신발이 놓여 있는 것이 마음 쓰였던 모양이었다. 방엔 아직도 모기약 냄새가 남아 있었다.

"들창을 열어놓을까?"

내가 눈짓으로 들창을 가리켰다.

"산골이라 새벽에는 찬 기운이 들 거야. 재작년인가, 여기서 들창 열어놓고 잤다가 혜경이랑 여름 감기로 엄청 고생했다니까."

이부자리 두 채가 나란히 깔려 있는 방, 뭔지 모르게 서먹서먹했다. 한 번도 같은 방에서 밤을 지내본 적이 없었는데, 더구나 나란히 이부자리를 펴고 자야 한다니 설명할 수 없는 불편함이 내 마음을 휘감았다.

"돌아서. 뒤돌아보기 없기."

모니카가 티셔츠와 트레이닝 바지를 펼쳐 들고 말했다.

예상했던 레이스 달린 원피스형 잠옷이 아니었다. 내가 입은 옷과 다를 게 없는 헐렁한 바지와 회색 티셔츠였다. 색깔도 화사하지 않았다. 공부하는 데 방해가 될 수 있다며 천장에 각목을 덧대어 커튼을 칠 수 있게 해주었으니 그냥 커튼을 치고 옷을 갈아입어도 될 텐데 굳이 뒤돌아서라고 했다. 그만큼 나를 편하게 대하는 건지 나를 남자가 아닌 어린 동생 취급하는 건지 아리송했다. 여러 가지 생각으로 머릿속이 마구 뒤엉키고 마음도 얽히고설키고 있지만 그래도 이게 정상이지 싶었다.

"옷 갈아입어."

모니카가 벽을 보고 돌아앉았다. 나는 얼른 옷을 갈아입고 물었다.

"뭐든 모니카의 허락을 받아야 하는 거야?"

"당연하지. 여기는 내 영역이고 내가 왕초인데."

"한 달 동안 고분고분할 생각을 하니 되게 서럽네."

"만해 한용운 시인이 그랬잖아. 복종은 아름다운 거라고."

"그건 사랑하는 사람에게 복종하는 게 그렇다는 거잖아."

"리노는 나를 미워하는 거야?"

사랑하는 거냐고 물었으면 고개를 끄덕였을 텐데, 모니카는 내게 미워하는 거냐고 물었다. 남자는 단순한 사고 능력을 가져서 주어진 상황에 단순하게 대응하지만 여자는 동시다발적으로 사고하는 능력이 있어서 한꺼번에 다양한 것을 생각할 수 있다고 한다. 나도 친구들 사이에서 제법 순발력과 재치가 있다고 했지만 모니카의 순발력과 센스는 따라갈 재간이 없었다.

"오늘은 그냥 자고 내일부터 이 시간표대로 한 달을 알차게 살아보자. 나도 한 달 동안 공부하며 유치원 교재 만들고 그림 그릴 거니까."

그녀가 책상 앞에 붙여놓은 시간표는 그녀처럼 곰살맞았다. 아침 6시에 일어나서 운동하고 세수한 뒤에 7시에는 본채에서 밥을 먹고 산책한 후 8시 반부터 공부를 시작하라는 시간표를 보고 나는 웃음이 났다. 학교 시간표를 베낀 듯했다. 오후 시간표도 비슷했다. 저녁밥을 먹고 2시간 반을 공부하고 밤 10시 반에는 잠자리에 들어야만 했다. 우리 어머니 표현대로라면 모니카는 나무랄 데가 없이 성정이 곰살맞고 매무새는 깔끔하고 하는 짓은 두루 찬찬했다.

나는 그녀가 붙여놓은 시간표를 보며 '불가피한 사랑'이라는 말을 떠올렸다. 연상의 여자가 연하의 남자에게, 이루어지기 어려운 것을 알면서 저리 정성을 쏟는 것은, 불가피한 사랑을 의식하지 않고는 할 수 없는 일일 것 같았다. 방학 기간 한 달 동안 단칸방에서 함께 기거하기로 작정했다면, 코흘리개 어린애도 아니고 신체 건강한 남자와 한방에서 살기로 마음먹었다면, 어찌 불가피한 사랑을 예감하지 않겠는가. 성숙한 여인이 말이다. 내 마음은 이미 촉촉하게 젖었다.

나란히 놓여 있는 두 개의 이부자리를 볼 때부터 내 두뇌 속 어딘가에서 폭약이 쟁여지기 시작했다. 그것은 내 몸 구석구석으로 번지고 있었다. 폭약이 시도 때도 없이 저절로 터질 때마다 나는 조금씩 바스러져가고 있었다. 나는 안다, 거부할 수도 저항할 수도 없는 사랑에 내가 초토화될 것을. 내게는 필설로 다 표현할 수 없는 결핍이 존재하고 있었다. 온몸에 숨어 있는 결핍, 머릿속과 영혼에 숨어 있는 결핍은 달콤한 사랑이었다. 그건 마땅히 한 여자에게 무서운 속도로 다가가는 것이었다. 그녀에게서 결핍을 채우고 그대로 산화할 수 있기를 갈망했다. 그녀에게서 사랑한다, 너만을 사랑한다는 속삭임을 듣고 싶었다. 책에서 읽었든 친구들에게서 들은 경험담이든 남자와 여자가 사랑을 하면 으레 그럴 거라고 생각했다.

"오늘은 첫날이니까 일찍 자는 게 좋겠다. 얼른 기도하고 서로 원하는 걸 하느님께 빌어야지. 리노가 훌륭한 의사가 되어야 하니까."

모니카가 무릎을 꿇었다. 나도 묵주를 들고 무릎을 꿇었다. 내 소리 없는 기도가 저절로 녹음되어 다시 들을 수 있게 된다면 어떨까? 부끄러워서 차마 듣고 싶지 않을 것 같았다. 나는 오래전부터 일기를 썼다. 어렸을 적에는 선생님의 강요로 마지못해 썼지만 중학생 때부터는 습관처럼 썼다. 지금도 일기를 쓰지만 남이 볼 수도 있다는 가능성 때문에 솔직하게, 구체적으로 쓰지는 않았다.

나를 아랫목에 눕게 하고 모니카는 윗목에 누웠다. 모니카는 전등을 끄고 손가락보다 가느다란 초에 불을 당겼다. 그녀는 마치 어둠을 두려워하는 듯 내게 말했다.

"나는 오래전부터 작은 등불을 켜고 자. 깜깜하면 괜히 무서워. 습관이겠지만."

나는 다르다고, 그렇지 않다고 말하고 싶었지만 꾹 참았다. 나는 작은 불빛이라도 있으면 잠이 쉽게 들지 않는 편이었다.

어차피 오늘 밤은 깊게 잠들 수 없을 것 같은 예감이 들었다.

"참 묘하다. 어쩌다 우리가 한방에서, 그것도 이부자리를 나란히 펴고 같이 자게 되었을까. 오늘은 억지로 자려고 하지 마. 그냥 좋은 생각을 하다 보면 잠들겠지 뭐."

모니카도 나와 비슷한 생각을 하고 있는 것 같았다.

"아까 무슨 기도 했어?"

좋은 생각을 하자는 모니카의 말에 나는 더 묘한 것들이 떠올라 이렇게 물었다.

"솔직하게 말해도 돼?"

"당연히 그래야지."

"여러 가지 부탁드리는 기도를 했어. 그리고 기도를 마무리하면서 오늘부터 리노는 남자가 아니다, 리노는 오늘부터 여자다, 리노는 당분간 어린애다, 리노는 당분간 신학생이다……, 뭐 그런 거였어."

그러고는 소리 내어 웃었다. 민망해서 그랬는지 장난치는 건지 알 길이 없었다. 모니카가 나를 남자가 아니라 여자로 생각하기로 했고, 어린애나 신학생 취급을 한다는 것은 나를 남자로 생각하지 않겠다는 선언인 것이다. 모니카는 나를 믿고는 있겠지만, 막상 건강한 청년인 내가 외딴집 단칸방에서 한 달 동안, 모니카의 부모 외에는 방해할 수 있는 게 아무것도 없는 상황에서 혹시 돌변할지 모른다고 의심할 수도 있을 것이다.

작은 촛불을 켜놓고 잠들려고 애를 썼다. 누구라도 이런 상황에서 마음 편히 곤하게 잠들 수는 없을 것이다.

"세상에서 최고의 가치가 뭔지 알아? 돈도 명예도 권력도 인물도 실력도 아니야. 최고의 가치는 내 곁에 있는 사람들을 나를 인정해 주는, 내 사람으로 만드는 거야. 손을 내밀어 상대를 내 사람으로 만들면 그걸 인연이라고 하고 그 인연을 잘 갈무리하여 함께 같은 곳을 바라보고 걷다 보면 비로소 진실한 인생의 동지가 되는 거지. 나 혼자로는 부족한 것투성이지만 내 인연과 함께하면 우주에서 가장 존귀한 최고의 가치를 갖게 되는 거야."

모니카의 잔잔한 목소리를 들으며 나는 느닷없이 '금지된 사랑'이라는 말을 떠올렸다. 모니카의 말은 뭔가 의도하는 게 있는 것 같았다. 너와 나는 사랑해서는 안 되는 사이라는 의미 같았다. 나는 서먹서먹한 분위기를 바꾸기 위해 모니카의 첫사랑 얘기를 해달라고 졸랐다.

"내게는 첫사랑이 없는 거나 마찬가지야. 연기 같은 것이었으니까. 리노는 첫사랑이 참 근사했을 것 같은데. 그렇지?"

첫사랑이 연기 같은 것이라는 모니카에게 더 채근할 수가 없었다. 무엇인지 모르지만 애틋한 사연이 있어서 일부러 말하지 않는 것 같았다.

"초등학교 4학년 늦가을 무렵에 바로 우리 옆집에 살던 여자……"

"애개개, 어린 게 뭘 안다고……"

"내 얘기가 끝날 때쯤이면 감동받게 될 거야."

"그럼 귀담아들어야겠다. 궁금해 죽겠네. 얼른 말해."

"어머니가 계주로 운영하던 열댓 개의 계가 한꺼번에 깨지면서 어머니는 빚쟁이 등쌀에 한동안 사람을 피해 다녔어. 동네도 시끄럽고 읍내도 시끄러웠는데, 일을 수습할 동안 어머니는 새벽에 집을 나갔다가 오밤중에 들어오곤 하는 바람에 나는 혼자 밥을 찾아 먹고 학교에 다녔어. 그때 우리 이웃집에 세 들어 살던, 논산 훈련소 군의관네 처제가 건빵도 주고 반찬도 챙겨주고 내 숙제도 거들어주고……. 어떤 날은 찬밥 먹는 게 안쓰럽다며 밥도 해주고 내 옷도 빨아줬어. 어린 마음에도 그녀는 천사였지. 어찌 좋아하지 않고 배길 수 있었겠어. 어머니가 빚잔치를 하고 수습이 될 무렵에 군의관네가 전출 가게 됐고 그녀도 훌쩍 떠나버렸어."

모니카가 웃었다.

"지금도 보고 싶겠다."

내가 모니카를 가리켰다.

"세월이 흘러 신기하게도 그 여자와 눈이 꼭 닮은 여자를 만났잖아."

"내가 닮았다고. 정말……?"

"정말 닮았어. 동그란 눈……. 내가 처음부터 괜히 좋아한

게 아니라니까."

"어머니는 내가 아쟁을 닮았다고 하고 리노는 그 여자 눈을 닮았다고 하고, 그럼 나는 뭐지? 닮아서 좋아한다는 것은 내 존재가 마치 그림자 같아서 별로 달갑지 않아."

모니카는 이렇게 대꾸했지만 싫은 기색은 아니었다. 군의관의 아내가 그녀를 해강이라고 불렀기에 그녀 이름이 해강일 거라고 생각하고 있었다. 어쩌면 해강이 아니고 혜강일지도 모른다. 동네 사람들 말로 시집갈 나이가 되었다고 했으니 지금쯤 시집가서 아이 낳고 오순도순 살 것 같다.

눈을 감았는데도 촛불이 일렁이는 걸 느낄 만큼 내 머릿속은 한시도 쉬지 않고 갖가지 생각들이 경황없이 드나들었다. 하루에 오만 가지 생각을 한다거나 팔만 사천 가지 생각이 얽힌다는 게 이런 거구나 생각했다. 모니카는 세 뼘밖에 안 되는 거리에 누워 있다. 이불 밖으로 손을 내밀면 닿는 거리였다. 모니카의 숨소리는 고르지 않았다. 촛불은 여전히 일렁였다. 풀벌레 소리와 도랑물 소리는 더욱 애잔했다. 자는 척하려니 자꾸만 침이 고였다. 침 삼키는 소리를 들키지 않으려고 하면 할수록 소리가 더 커지는 듯했다. 천장을 보고 누워 있다가 등을 돌려 누웠다. 기다렸다는 듯이 모니카도 등을 돌렸다.

"왜? 잠이 안 와?"

모니카가 물었지만 나는 대답하지 않았다. 왜 잠이 오지 않는지, 왜 잠들지 못하는지 차마 말할 수가 없었다. 솔직한 게 죄가 될 수도 있고 솔직한 게 화가 될 수도 있다는 생각을 했다. 침묵은 1.5킬로그램밖에 안 되는 뇌를 혹사시키는 도구였다. 뇌에서 빠져나오지 못한 온갖 생각과 상상력이 뇌를 폭파시킬 것만 같았다. 치유 방법은 딱 두 가지뿐이라는 생각도 했다. 하나는 강력한 수면제요, 또 하나는 마음속에 있는 것을 그대로 표현하는 것이었다. 내 뇌 속에는 악마와 천사가 전쟁을 시작했다. 격렬하게 싸우고 있었다. 하느님도 말릴 수 없는 치열한 전쟁이었다. 나는 악마의 편을 들고 싶었다. 천사는 고작해야 윤리와 도덕 따위를 거느리고 다니지만 악마는 그 밖의 모든 것들, 못되고 나쁜 것들뿐 아니라 재미있고 신나고 즐거운 것들도 꽤나 많이 거느리고 다닐 것 같다.

복잡하고 알 수 없는 것들과 치열하게 다투었지만 승패를 가를 수 없을 즈음에 모니카가 돌아누우며 물었다.

"왜 못 자는 거야?"

"남의 말 하기 없기……."

"나 때문에 리노가 잠을 못 자면, 내가 본채로 올라가서 잘까?"

"안 돼."

"왜?"

"그냥."

"그냥이 어디 있어. 알아듣게 말을 해야지."

"지금 올라가면 부모님이 뭐라고 생각하시겠어. 내가 못살게 굴었거나 귀찮게 했을 거라고 생각하시겠지."

모니카의 웃음소리가 의외로 컸다.

"우리 부모님은 내가 은장도를 차고 다니는 줄 알고 있으니까 걱정 마."

나는 웃지 않았다. 웃을 만큼 생각이 정리되어 있지 않았다.

"우리 서로 왜 잠을 못 자는지 구체적으로 얘기해 보지 않을래?"

말없이 돌아누워 있는 내게 자꾸 말을 거는 그녀도 잠 못 드는 까닭을 정리하고 싶어 하는 것 같았다.

"은장도가 어디 있는데?"

나는 엉뚱한 소리를 했다.

"내 마음에 있지."

"무섭다."

"겁낼 것 없어. 녹슬어서 빠지지도 않을 테니까."

모니카의 말을 어떻게 해석해야 할지 가늠할 수가 없었다. 혹시 오늘 밤에는 사용하지 않을 테니 마음대로 하라는 것인지, 은장도를 사용할 필요가 없을 만큼 나를 믿는다는 것인지 분간하기 어려웠다.

"촛불을 끌까?"

침묵과 침 삼키는 소리와 연신 싸우고 있는 내게 모니카가 물었다.

"그러지 뭐."

"화났어?"

나는 대답하지 않았다. 모니카가 화났느냐고 물어보기 전까지 나는 이 상황에 대해 화가 났다는 생각을 하지 않았지만, 대꾸할 말을 생각하면서 내 속에 화가 올라왔다는 걸 알았다. 물론 이게 화낼 일도 아니고 화를 내는 것이 더 이상하다는 걸 알면서도 화가 올라오는 걸 부정할 수가 없었다. 나는 이불을 내 얼굴 위로 끌어당겨 덮었고 모니카는 촛불을 껐다.

"잘 자야 해. 그래야 공부도 잘되고 목표한 학교에 갈 수 있잖아. 자장가 불러줄까?"

나는 여전히 대꾸하지 않았다.

"아이고, 이 바보……."

모니카는 내 귓불을 잡고 내 이마에 가볍게 입술을 댔다. 태어나서 처음으로 사랑이 달콤하다는 게 어떤 것인가를 알게 되었다. '황홀'이란 단어도 떠올랐다. 모니카는 이불 위로 내 가슴을 토닥거렸다. 어머니가 갓난아이를 재우는 모습이 연상됐다. 이런 걸 행복이라고 하는 것인지 모른다. 나는 지금 천국에 오른 것이다. 천국은 그리 먼 곳에 있는 게 아니라 한 뼘도 안 되는 곳에, 손을 내밀어 바로 잡을 수 있는 곳에 있었다.

비극적인 사랑이 남긴 흔적

밤 깊도록 우리는 둘 다 쉽게 잠들지 못했다. 내가 목장으로 리노를 데려왔고, 의대에 가려면 부지런히 공부하게 해야 하는데 잠을 못 자면 공부가 될 리 없다. 하지만 내가 본채로 가면 부모님이 이상하게 생각할 수도 있었다. 어린애가 아닌 리노와 나란히 이부자리를 깔고 누워 있으니 예상치 못한 잡념이 내 머릿속을 가득 채웠다.

목장에 가자고 한 것은 즉흥적 발상이었다. 리노가 눈썹을 깎지 않았다면 그런 생각을 했을 리 없을 것이다. 목장에 오면 별채에 두 사람이 있을 만한 곳은 단칸방뿐이니, 둘이 한 방에서 나란히 잘 수밖에 없다는 걸 알면서도 그 순간에는 오직 리노를 의대에 보내겠다는 생각뿐이었다.

어느 달 밝은 밤에 샛강 둑길을 걷는데 리노가 둥근 달을 가리키며 이렇게 말했다.

"얼마 전 꿈에 한 번도 본 적이 없는 아쟁 누나가 정말 따뜻하게 나를 안아줬어. 꿈에서 내 몸이 점점 불덩이가 되어갔는데, 눈을 뜨니까 정말 내가 불덩이가 되었더라니까. 그날부터 몸살감기가 얼마나 지독했는지, 죽는 줄 알았어. 그런데 솔직하게 고백하자면 우리 아쟁 누나가 모니카로 변했다가 아쟁으로 변하더라구."

내 뇌는 다시 어지럽게 가동되기 시작했다. 리노와의 관계를 생각하다 보면 결국 두 사람의 출생 연도와 나이, 연상과 연하를 보는 세속의 시선 따위가 내 마음을 불편하게 한다. 성경에서는 아담이 만들어진 다음에 하와가 만들어졌다고 했다. 그래서 남자가 여자보다 한 살이라도 많은 것이 자연스럽게 여겨졌는지 모른다. 하지만 옛 왕가에서는 연상의 여자를 며느리로 간택했다거나 일부 양반가에서도 연상의 여자를 며느리로 들이지 않았나. 아무튼 여성의 평균 수명이 길기 때문에 연상의 여자와 연하의 남자가 결혼하는 게 합리적인 것 같다.

리노의 이마에 내 입술이 닿았을 때 나는 가슴이 뛰었지만 한편으론 긴장했다. 리노가 와락 달려들지도 모르기 때문이었다. 그래도 나는 멈출 수 없었다. 그 정도의 표현도 안 하고 배길 수가 없지 않은가. 나도 모르게 한 행동이었다. 아무것도 두려울 게 없었다. 내가 그런 행동을 할 거라고는 전혀 예상하지 못했다. 리노는 나에게 자신감을 주었다. 내가 긴장했던 건 어쩌면 리노가 그런 나를 거부할지도 모른다는 생각 때문이었을 것이다. 그리고 내 행동이 윤리적으로 아무런 문제가 없는지 생각하지 않을 수 없었다. 리노는 아직 어리고 그런 그를 이끌어준다는 구실로 내 마음대로 흔들어놓아서는 안 되는 것이다. 아무리 중심을 잡으려고 해도 자꾸 리노 쪽으로 내 마음이 기울고 있다. 리노와 함께 있어도 늘 즐겁고 행복한 건 아니다.

그 순간 나는 윤리적 딜레마라는 단어를 떠올리고 말았다. 뒤엉킨 생각들과 헝클어진 마음을 개울에 씻어낼 수는 없었다. 침 삼키는 소리를 들키지 않으려고 애써 돌아누워 자는 척하거나 몸을 뒤척여 이불자락 스치는 소리까지 신경 쓰던 리노가 고요해진 걸 느꼈다. 리노가 새근새근 잠들었다.

이마에 입술을 대었을 때, 만약 리노가 내 얼굴을 끌어당겼다면 어찌했을까. 밀어냈을까. 아니면 내버려두었을까. 리노를 목장으로 데리고 올 때는 이렇게까지 마음이 복잡해질 줄은 예상하지 못했다. 리노가 잠들기 전에 한 말이 밤새 머리에서 떠나지 않았다.

"아, 지금 딱 죽어도 좋아."

리노를 재우려는 의도만은 아니었다. 내 의견대로 이곳까지 따라와주고 내가 주는 밥도 잘 먹고 만들어준 시간표대로 착한 어린아이처럼 열심히 공부하겠다는 리노가 너무 예뻐서 그저 내 마음을 표현하고 싶었다. 그러나 이런 내 마음이 점점 더 커져서 주체할 수 없을지도 모른다는 두려움이 몰려왔다.

조심조심 일어났다. 어느새 촛불은 꺼졌고 어둠 속에서 리노를 깨우지 않으려고 달팽이처럼 느리게 이불을 걷고 숨소리를 죽이며 일어났다. 살그머니 문을 열고 부엌에 내려가서 물을 마시고 다시 달팽이처럼 방으로 들어왔다.

'남자가 자고 있네.'

창으로 쏟아져 들어오는 달빛에 희미하게 보이는 리노의 잠든 모습은 천사처럼 아름다웠다.

어느새 리노는 남자였다. 남자는 새근새근 자고 있었지만 내 마음 한구석이 든든하기도 했다. 동생 같고 친구 같고 연인 같은 리노와 한방에 있으니 세상 두려운 게 없었다. 깊이 잠들어 있는 저 남자는 뭔가 끌어당기는 게 있다. 그걸 설명하기는 어렵지만 나를 지탱해 주는 힘을 느낄 때가 많았다. 리노는 언제나 차분하게 내 말을 끝까지 들어주고 내게 용기를 주고 나를 가치 있는 사람으로 만들어주었다. 그런 그와 나도 모르게 거리가 좁혀지고 이제는 그보다 더 가까워지고 싶어 하는 것이다.

잠결에 왁자지껄한 새소리를 들었다. 새벽에 동녘으로부터 쏟아지는 여명을 받은 산새들의 잔소리는 참으로 되알졌다. 산새들도 할 말이 무척 많은 것 같다. 그렇지 않고서야 저리 새벽마다 기를 쓰며 지껄이고 노래 부르고 목청을 다듬지는 않을 것이다. 새들도 사람처럼 사연이 많을까. 새들도 사랑을 하느라 저러는 걸까. 사랑 몸살을 왜 밤에 하지 않고 동틀 무렵에 하는 걸까. 사람은 하루를 사랑으로 마무리하고 새들은 하루를 사랑으로 시작하는 걸까. 어쩌면 새들은 사랑이 행복해서 새벽에 하고 사람은 사랑이 두려워서 밤에 하는 것인지도 모른다.

햇살이 문틈을 비집고 들어왔다. 시계를 보니 조금 더 누워 있어도 괜찮을 것 같았다. 농장 일꾼들의 밥상을 치운 뒤에 우리 식구들이 식사를 해야 하니 아직 여유가 있는 편이었다. 리노는 아직 자고 있었다. 어디선가 밤꽃 냄새가 나는 것 같았다.

고개를 들어 리노의 잠든 얼굴을 쳐다봤다. 아무런 근심 걱정 없는, 어린아이같이 천진한 표정이었다. 속눈썹이 유난히 짙고 길었다. 인중이 깊고 선명했고 입술은 도톰했다. 관상을 볼 줄 안다는 농장 일꾼 아저씨가 리노를 살펴보다가

툭 던진 말이 내 머릿속에 남아 있었다.

"고독살이 있어! 역마살도 있고! 고달픈 신세 면하려면 붙잡아줄 사람이 있어야 해……."

지금 리노를 붙잡아줄 사람은 나밖에 없다는 생각에 골몰하게 만들었다.

밥상머리에서 아버지가 리노에게 밤새 불편하지 않았느냐, 뭐든 필요한 게 있으면 말하라, 모기는 없었느냐, 새소리와 개울물 소리에 시끄럽지 않았느냐고 이것저것 물었다. 리노는 씩씩하게 대답했다.

"푸욱 잘 잤습니다. 여기가 체질에 맞는 것 같습니다."

그러면서 슬쩍 내 눈치를 보았다. 리노는 지금 거짓말을 하고 있다. 밤새 잠들지 못해 오래 뒤척였다는 걸 나는 알고 있다. 뭐든 불편하다고 하면 방을 옮기라고 할까 봐 하는 소리였을 것이다. 어머니와 내가 설거지하는 사이에 리노는 목장 구경을 하러 아버지를 따라 나섰다. 개숫물을 버리면서 어머니가 내게 말했다.

"잠을 못 잤으면 말해라. 불편하거나 신경 쓰이면, 안채에 빈 방이 있으니까. 리노는 방학 동안 계속 데리고 있어야 하니까……."

어머니는 뭔가 말하려다 마는 눈치였다.

"잘 잤어. 잠 못 잘 이유가 뭐가 있겠어. 리노는 착한 아이야."

어머니는 속내가 들킨 사람처럼 웃었다.

"신학교를 정말 포기한 거냐?"

"그렇다니까. 리노 어머니가 걱정하시길래 내가 설득했어."

"요즘 애들은 겉보기와 다르게 엉뚱한 데가 있다고들 하는데……. 리노는 착하긴 하지……."

나는 어머니의 말 속에 여러 가지 의미가 숨겨져 있다는 걸 알아챘다. 어머니는 직감으로 우리 혈관 속에 뜨거운 피가 흐르고 있다는 걸, 외로움과 이끌림을 감추고 있다는 걸, 어젯밤에 잠 못 들었다는 걸 알았는지 모른다. 어머니는 그 누구보다 나를 가까이서 지켜보고 이해해 주는 사람이다. 대학 시절에 몹시 아프고 죽고 싶을 만큼 큰 상처를 받았을 때, 결혼은 왜 해야만 하는 거냐고 어머니 앞에서 폭백한 적이 있었다. 그때 어머니는 내가 생각했던 것보다 훨씬 더 너그럽게 나를 이해해 주고 위로해 주었다. 어머니는 언제나 나를 믿어주고 지지해 주는 후원자였다.

어머니는 내 아픈 얘기를 얼추 다 알고 있었다.

대학을 졸업하면 해를 넘기지 않고 따뜻한 봄날에 결혼하기로 양가가 약속했었다. 우리 집에서는 이준걸의 집안이 재력이 있고 신랑감이 훤칠한 용모에다 의과대학 졸업 후 큰 병원에 근무한다고 좋아하면서도 속으로는 은근히 걱정을 하던 참이었다.

약혼 날짜가 다가올 무렵, 나는 이준걸에게 나 말고 깊게 사귄 여자가 있다는 걸 알았다. 그녀는 과거의 여자가 아니라 현재의 여자였다. 그녀는 간호대학 출신의 간호사였고, 그녀의 배 속에 이준걸의 아이가 자라고 있다는 사실도 알게 되었다. 나는 졸업 후 중학교에서 교편을 잡고 있었고 그날도 밤늦도록 학교에서 수업 준비를 하고 있는데 그녀가 찾아와 울면서 살려달라고 했다. 그녀가 살려달라는 것은 배 속의 아이만이 아니었다. 그녀는 이준걸이 자신을 떠나면 살아갈 수 없다고 애원했다.

이준걸은 두 여자를 동시에 사랑하는 재주꾼이었다. 매사에 주도면밀한 남자였는데, 어쩌다가 그녀 배 속에 비밀 한 덩어리를 키웠는지 모른다. 그녀는 절박해 보였다. 임신했다는 진단서를 가져와 보여주면서 병원에서 그리 멀지 않은 곳의 허름한 원룸에서 그와 동거하다시피 했다는 얘기도 했다. 준걸은 부모의 강권으로 곧 약혼을 해야 하니 헤어지자고 일방적으로 통보했다고 했다. 상견례를 한 것은 준걸의 뜻이었지 부모의 강권은 정녕 아니었다. 오히려 우리 집에서는 형편이 기운다는 생각에 조심스러워했고 준걸의 부모는 떼쓰는 아들의 뜻을 마지못해 따르는 분위기였다. 그녀의 말로는 자기 말고 또 다른 여자가 있었는데 그녀도 임신한 적이 있으며 그녀와 헤어질 때는 심하게 싸워 경찰서에 간 적도 있다고 했다.

나는 방망이질하는 가슴을 억누르고 그녀와 함께 준걸을 만났다. 부정해 주기를 바라고 아니라고 우겨주기를 기대했다. 준걸은 그 자리에서 그녀의 따귀를 후려치고 머리채를 잡았다. 그녀는 도망가지 않았다. 차라리 죽여달라고 대들었다. 아랫배를 내밀고 배 속에 있는 애도 죽여달라고 덤볐다. 얼마나 절박했으면 그러랴 싶었다. 눈을 부라리며 씩씩거리던 준걸이 느닷없이 그녀의 배를 걷어찼다. 그녀는 배를 부여잡고 쓰러졌다. 나는 그 순간 그에게 모질게 대들었다. 그는 화를 참지 못하고 내 머리채를 잡고 발길질을 했다. 구경꾼들이 모여들자 그는 얼른 자리를 피했고 나는 그녀를 일으켜 자리를 옮겼다. 그녀는 그래도 준걸 오빠를 사랑한다고 울먹였다. 나는 이것들이 연극을 하는 게 아닌가 하는 생각까지 했다.

이후 준걸은 며칠 동안 연락 두절 상태였다. 그리고 어느 날 밤에 내 자취방으로 찾아와서는 문을 잠갔다.

"걔는 깨끗하게 정리하기로 했으니 빨리 약혼식을 하자."

미안하다는 말 한마디는 할 거라 생각했지만 그런 말은 없었다. 나는 이미 마음 정리를 했으니 헤어지자고 했다. 준걸은 평소 그답지 않게 잘못했다며, 다시는 이런 짓을 하지 않겠다며, 그 계집애가 재산을 보고 의도적으로 접근한 거라며, 바로 결혼식을 올리자며, 죽을 때까지 나만을 사랑하기로 맹세한다며, 무릎 꿇고 울기 시작했다. 하지만 나는 이미 정나미가 떨어진 상태였다. 그의 말을 곧이곧대로 믿어줄 수 없었다. 그가 지금 이 순간에도 거짓말을 하고 있다는 걸 알았다. 그의 아이를 임신한 여자가 어젯밤에도 내게 와서 털어놓은 말은 충격이었다. 준걸네 집은 손이 귀하다고 했다. 준걸이 군대에 가지 않은 것은 삼대독자였기 때문인데, 아이를 낳아주면 주거용 오피스텔을 사주고 생활비를 대준다는 약속을 받았다고 했다.

나는 차마 그녀에게서 들은 얘기를 할 수가 없었다. 나를 찾아와 그런 얘기를 했다고 하면 또 그녀를 모질게 다룰 것만 같았다. 몇 번이나 애원하는 준걸에게 더 이상 속지 않겠으며 헤어지는 것이 옳은 결정이라고 말했다. 들고 온 소주를 병째로 벌컥거리며 마시는 준걸의 눈빛은 굶주린 짐승 같았다. 덜컥 겁이 났지만 그의 말을 들어줄 수는 없었다. 참을 일도 덮어질 일도 아니었다. 하루라도 빨리 잊고 싶을 뿐이었다.

나가달라고 해도 버티기만 하던 준걸은 내 팔을 비틀어 잡고 옷을 벗기려고 했다. 내 방으로 들어오기 전에 전작이 있었는데 들고 온 소주 한 병을 다 마셨으니 많이 취한 상태가 분명했다. 건장한 사내의 완력을 막으려니 정신이 하나도 없었다. 그가 강제로 내 속옷을 끌어내리고 스스로 바지를 벗는 사이에 나는 엉겁결에 책상 위에 있던 가위를 집어 들었다. 준걸은 주춤 물러서더니 시니컬하게 웃었다. 어디든 찔러

보라는 시늉까지 했다. 찌르려고 한 것은 아니었다. 강제로 당하지 않으려는 몸부림이었다.

"어디, 찔러봐라."

준걸은 이렇게 말하며 천천히 다가섰다. 가위 든 오른손에서 나도 모르게 기운이 빠졌다. 준걸이 바싹 얼굴을 들이밀자 나는 가위를 놓쳐버렸다. 기다렸다는 듯이 나를 침대에 눕히고 달려들었다. 죽을힘을 다해 버티는 수밖에 없었다. 머리채를 잡아도, 팔을 비틀어도, 무릎으로 배를 찍어도, 목을 졸라도, 나는 기를 쓰고 그의 몸을 피했다. 이렇게 당하느니 차라리 죽어버리고 싶었다. 할퀴고 꼬집고 몸을 비틀어보았지만 사내의 성난 몸은 사정없이 치밀고 들어오려고 했다. 준걸이 소주병을 깨뜨렸다. 날카로운 소주병이 내 얼굴을 금방이라도 찌를 기세였다.

"네 얼굴을 못 쓰게 만들면 어떤 놈도 너 같은 년을 데려가지 않을 거야. 내 말 안 들으면 평생 후회하게 만들어줄 거니까 얼굴 멀쩡하려면 시키는 대로 해라."

술기운을 빌린 겁박인지 정말 앞뒤 못 가리고 찌르려는 건지 분간할 수 없는 절박한 상황이었다. 내가 몸부림치며 움직이면 날카로운 소주병이 얼굴을 긁을 것이 분명했다. 내가 할 수 있는 것이라곤 있는 힘을 다해 소리 지르는 것뿐이었다. 얼굴이 찢기고 온몸에 상처가 생겨도 좋다는 오기가 생겼다. 이런 인간에게 짓밟히느니 차라리 죽는 게 낫겠다는 독기가 올라왔다. 바락바락 악을 썼다. 누군가 방문을 두들겼다. 준걸이 멈칫했다. 밖에서 소리치는 사람은 집주인 아주머니였다. 아주머니는 힘껏 문을 두드리며 경찰에 신고하겠다고 소리를 질렀다. 준걸은 그래도 깨진 소주병을 놓지 않았다. 나는 더 큰 소리로 울부짖었다. 굵은 남자 목소리도 들렸다.

문이 벌컥 열렸다. 준걸은 그제야 마지못한 듯 소주병을 내려놓았다. 아주머니가 내 옷매무새를 추슬러 주었고 건장한 남자는 준걸의 허리띠를 잡아 밖으로 끌고 나갔다. 경찰관 두 명이 달려온 것도 그 무렵이었다. 아주머니가 소독용 알코올로 내 얼굴을 닦았다. 거울 속의 내 얼굴에는 작은 상처가 서너 군데 보였다. 발악을 하며 버틸 때 나도 모르게 상처가 생긴 것 같았다. 그럴 수밖에 없었으리라. 겁박하는 사내에 맞서는 내 몸부림이 상처를 만들 수밖에 없었을 것이다.

준걸이 경찰서로 끌려가고 나도 두어 시간쯤 지나 경찰서에 가서 조사를 받았다. 준걸은 아직 술이 덜 깨서 나와 마주치지 않았지만, 경찰서에 와서도 연인끼리 싸운 게 왜 처벌 대상이 되느냐고 큰소리치며 대든다고 했다. 정말 대답하기 싫은 질문들, 나를 비참하게 만드는 이런저런 질문들이 구역질 날 만큼 싫었지만 대답할 수밖에 없었다. 경찰관의 마지막 질문에 나는 한동안 아무 말도 하지 못했다.

"처벌을 원합니까?"

마치 내가 처벌을 원하면 죄를 물을 것이고 처벌을 원하지 않으면 훈방할 것 같은 질문이었다. 아주머니는 이런 폭력이 어찌 피해자에게 물어보고 처벌할 일이냐며, 마땅히 처벌해야 한다고 거들었다. 나는 좀 더 생각해 보겠다며 휴게실에서 목을 축였다. 나이 지긋한 사복 경찰관이 내 옆에 앉더니 이런저런 위로의 말을 했다. 고마운 마음에 커피 한 잔을 대접해 드리겠다고 했더니 종일 이것저것 마셨다는 말로 사양하던 경찰관이 말문을 열었다.

"혈기가 팔팔한 사내 녀석이 술 마시고 성질에 못 이겨서 그랬나 본데……. 잘못했다, 죽을죄를 졌다, 다시는 그러지 않겠다고 다짐을 하네. 맨 정신이면 그랬을라구. 레지던트로 병원에서 밤낮없이 진료하고 공부하다 보면 오죽이나 스트레스가 심하겠어. 아닌 말로 저렇게 반성하고 죄를 뉘우치면 처벌받아 봤자 벌금 몇 푼일 텐데……. 저 성질에 처벌받았다고 앙심 품으면 연약한 여자가 감당하기도 그렇고……."

나이 든 경찰관이 무슨 마음으로 나를 설득하는지 알 것 같았다.

"이런 것은 빨리 잊어버리는 게 좋아. 처벌하려면 또 경찰서 와야 하고 조서 받고 대면까지 하게 되고, 했니 안 했니, 그랬니 안 그랬니 하며 입씨름을 하는 것도 쉽지 않지. 그러니 사과받고 그냥 용서해 버려. 경찰 생활 오래하다 보면 꼭 뒤탈을 걱정하게 되더라고. 어쨌거나 전도가 양양한 젊은 의사 아닙니까. 지나고 보면 참 별거 아닌데……."

그가 왜 나를 찾아왔는지 알 것 같았다. 얼핏 준걸의 어머니를 창밖으로 보았기에 벌써 여기저기 손을 썼을 거라는 짐작을 했다. 준걸이 경찰서로 잡혀갈 때부터 나는 어떤 결과가 나올지 어느 정도는 짐작했다. 준걸의 아버지가 검찰 고위 인사라는 걸 알았기 때문이다. 준걸이 소주병을 깨어 들고 겁박을 할 때도 내 머릿속에 복잡하게 얽혀든 것은 그가 인턴 시절에 폭력 사건으로 연행되었을 때 생각보다 쉽게 풀려났다는 사실이었다. 준걸은 승전고를 울리고 돌아온 장군이나 된 듯, 아버지가 해결해 줘서 오히려 경찰들이 대우를 해주었다고 자랑처럼 그때 일을 말하곤 했다.

나는 고개를 저었다. 그러고 싶지 않았다. 나이 든 경찰관은 혀를 찼다. 집요하게 설득하는 그에게 나는 준걸의 친척이라도 되느냐고 묻고 싶었다.

"진단서를 보니까 심하게 다친 것도 아니고, 싸우다가 병원에 가면 의사들이 대충…… 손톱 자국만 있어도 상해 진단서를 그냥 2주, 3주 막 발행해 준다는 걸 경찰은 다 알거든요."

나는 대꾸하지 않았다. 그는 투덜거리며 일어섰다. 그리고 내 가슴에 못 박는 소리를 했다.

"사랑하는 사람 마음 돌려보려고 그랬대요. 연인끼리 그럴 수도 있는 거 아닙니까. 결혼해서 사는 사람들도 죽네 사네 싸우다가도 하룻밤 자고 나면 언제 그랬느냐며 잘만 살잖아.

그만한 남자 만나기 참 쉽지 않아. 집안 좋지, 인물이 빠지나, 실력이 모자라나, 요즘 의사 남편 만나려고 결혼상담소가 만원이라지 않습니까. 인생이란 한번 삐끗하면 벼랑이라고 하잖아."

그에게서 받은 명함을 그가 들고 온 자판기 커피잔에 넣어버렸다. 그는 그런 나를 슬쩍 쳐다보더니 고개를 저었다. 저쪽 테이블에서 눈치채지 않게 기다리던 주인아주머니가 다가와 무슨 낌새라도 챘는지 목소리를 낮추어 말했다.

"저쪽 집에서 손을 쓴 모양인데, 저 인간이 돈을 처먹었거나 높은 데서 지랄을 떨었거나 그랬겠지. 보나 마나 뻔한데 뭘. 절대로 기죽으면 안 돼."

아주머니 말이 아니더라도 내 들끓는 분노를 삭이기 위해서는 준걸을 처벌해야만 했다. 조서를 작성하는 형사에게 반드시 처벌을 원한다고 말했다. 형사는 대꾸하지 않았다. 준걸이 아직 술이 깨지 않아 제대로 조사하지 못했으니 내일 한 번 더 올 수 있느냐고 물었다. 오기 싫다고 했지만 형사는 두 사람의 주장이 다르면 대질심문을 해야 한다고 했다. 내가 폭행당하는 걸 본 목격자도 두 명이나 있었고, 상해 진단서도 받아올 수 있는데 대질심문을 하겠다는 것은 아무래도 나이 든 형사의 술수 같았다. 지고 싶지 않았다. 그들의 술수에 굴복당하지 않겠다는 오기가 꿈틀거렸다. 순간 뇌리를 스치고 지나가는 것은 신문 기자로 일하는 대학 선배의 얼굴이었다. 창피를 무릅쓰고 하소연이라도 하고 싶었다. 조서를 받고 나오는데 나이 든 형사가 현관에서 기다리고 있다가 정말 듣기 싫은 한마디를 했다.

"싸움이란 게 일방적인 싸움이 있나? 이준걸 씨도 다쳤더라구. 병원으로 상해 진단서 끊으러 간다더라구요."

그러면서 명함 한 장을 내밀었다. 주인아주머니가 무슨 생각이 들었는지 그 명함을 낚아채듯 받았다. 경찰서를 빠져나와 큰길 쪽에서 택시를 기다리며 아주머니가 분통을 터뜨렸다.

"그럴 줄 알았지. 개도 안 물어갈 인간들. 진단서 끊어서 맞고소를 하겠다 이거지. 더러운 놈의 세상, 힘 있는 놈들만 살판이 나는 세상이야…… 개 같은 놈의 세상……."

이튿날 새벽에 자취방으로 들이닥친 것은 아버지와 어머니였다. 집에 연락한 적도 없는데 이게 무슨 사연인가 싶었다. 다짜고짜 고소를 취하하고 시골로 내려가자는 것이었다. 부모님의 말을 거역할 수가 없었다. 대한민국은 명색이 민주국가지만 실상은 그렇지 않다는 말을 실감했다. 아버지의 사업체인 목장과 이리저리 얽히고설킬 수밖에 없는, 미움을 받거나 꼬리를 밟히면 고역을 치러야 할, 목구멍이 포도청이라 굽실거려야 할 경찰서와 세무서 쪽 사람들이 성화를 부렸다고 했다. 심지어는 아버지 사업과 바로 연결되는 축산업협동조합 간부까지 원만하게 수습하라고 귀띔을 했다고 했다. 어머니는 나를 끌어안고 눈물을 흘렸다. 아버지는 그런 어머니를 외면한 채 연신 담배를 피웠다.

"다 이 애비가 못나서 그런 거니까, 애비를 원망해라. 이놈의 세상⋯⋯."

아버지도 어머니를 따라 울 것 같았다. 고소를 취하하라는 말에 울컥해서 "못난 년이지만 그렇게 세상에 무릎 꿇고 살기 싫어요. 이번 일은 간섭하지 마세요"라고 하는 내 말에 끓어오르는 감정을 아버지는 이를 악물고 견디는 눈치였다. 결국 나는 아버지의 말을 따르기로 하고 주섬주섬 짐을 쌌다. 경찰서에 도착하자 나이 든 형사는 코빼기도 안 보이고 어제 조서를 작성했던 형사가 의미심장하게 한마디 했다.

"출세하세요. 돈을 많이 벌든지요. 세상이 다 그렇고 그러네요. 어디 산에 올라가서 소리라도 질러보고 잊어버리세요. 가슴에 넣어두면 병이 되니까요."

나는 형사에게 몇 번이나 고맙다는 인사를 하고 조사실을 빠져나왔다. 출세하고 싶었다. 간절하게 세속적인 성공을 하고 싶었다. 할 수만 있다면 사법 고시에 합격하고 싶었다. 하지만 내 실력이나 전공으로는 고시 준비를 할 수 없다는 사실도 알고 있었다.

고소를 취하했음에도 이준걸의 해코지는 집요했다. 주변 친구들의 말을 들어보면 제 잘난 줄 아는 준걸이 나한테 차였다는 사실을 수치스럽게 여겨 견디지 못한다고 했다. 학교를 그만둘 수 없는 상황이라 자취방을 정리하고 이모네 집으로 옮겼지만 준걸은 수시로 찾아와서 행패를 부렸다. 학교까지 찾아와 학생들 앞에서 시비를 걸기도 했다. 결국 나는 견딜 수 없어서 부모님이 계시는 고향으로 돌아왔다. 대학 재학 중 교직 과목을 이수했고 교생 실습을 마친 후 중등교원으로 사회생활을 시작한 참에 남자를 잘못 만나 중등교사 생활을 포기하고 고향에서 유치원 교사로 일하게 될 줄은 상상조차 해본 적이 없었다.

시골로 내려갔으니, 더구나 고향 동네이니 설마 여기까지는 찾아오지 않을 것이라고 생각한 것은 오산이었다. 참다못한 아버지가 신고하여 준걸이 경찰서로 연행되었지만 폭력을 행사한 것은 아니고 좋아서 고백하러 갔다는 주장을 뒤집을 만한 게 없다며 훈방 조치를 했다. 그때도 아버지는 자신의 처지를, 시골에서 목장이나 하는 신세를 비관하며 술을 마셨다. 아버지는 눈물을 애써 감추며 내 손을 잡고 말했다.

"내 딸이지만 아무래도 네가 똑똑하고 예뻐서 그런 거니까. 사람이 인물 좋으면 반드시 구설이 따르고 출세하면 관재수가 따른다고 했다. 살다 보면 알게 되겠지만 이런 우여곡절이 사람을 딴딴하게 하고 험한 세상 헤쳐나가는 지혜가 되는 법이다. 그러니 마음 다부지게 먹고……."

아버지보다 더 심란한 것은 어머니였다. 이모에게 들은 말이 있었기 때문이다.

"시집은 다 간 줄 알라고 해. 신랑이 누구든지 찾아내서 온 갖 얘기 죄다 해서 하늘이 두 쪽 나도 쪽박을 깨줄 거니까."

이런 말을 준걸이 했다는 것이었다. 나도 그 말에 마음이 편치 않았다. 여염집의 평범한 딸인 내가 과분한 남자를 만날 궁리를 하지는 않더라도, 적어도 순탄한 결혼 생활은 할 수 있을 거라고 생각해 왔기 때문이다.

준걸은 정신과 치료를 받아야 할 사람이라는 신부님의 말씀이 있었지만 그의 행동을 막을 방법이 떠오르지 않았다. 준걸의 친구들도 준걸이 괴팍해진 것은 어려서부터 아버지의 기대가 커서 뭘 해도 인정을 받지 못해 늘 괴로워했고 자라서는 의사 국가고시에 낙방하고 아버지에게 된 꾸중을 들으며 마음을 다친 때문이라고 했다. 준걸도 아버지와 갈등이 심하다고 말한 적이 있었다. 의과대학에 합격하지 못하고 재수하면서 아버지와의 갈등이 심해졌다고 했다. 아버지의 폭력에 저항하려고 수면제를 다량으로 복용하는 오기를 부려 치료를 받기도 했으며, 삼대독자여서 군대에 가지 않아도 되는데 자원입대를 신청했다가 집안이 시끄러워지기도 했다. 그렇게 아버지와 갈등을 겪으며 가출까지 했던 준걸은 마음을 잡고 공부하여 의대에 합격했고, 졸업 때도 우수한 성적이었다. 그런데도 의사 고시에 낙방했으니 별난 녀석이란 말을 들을 만도 했으리라.

어느덧 그가 일 년 넘게 찾아오지 않았으니 어쩌면 마음을 잡았을 것도 같았다. 임신했던 여자와 헤어지고 새로 만난 디자이너와 연애한다는 소문도 들어 안심이 되었다.

목장은 늘 일손이 달리기 마련이어서 거들어줄 일이 많았다. 부엌살림을 도와주는 나이 많은 아주머니가 있지만 어머니는 온종일 종종걸음을 했다. 일꾼들 밥 지어 먹이는 것도 큰 일이었고, 설거지에 세탁거리도 보통 많은 게 아니었다. 집 안 청소며 시장 보는 일이며 금전 출납도 어머니 차지였다. 나는 방학하면 곧장 목장으로 달려갈 수밖에 없었다. 바쁠 때는 주일에 성가 연습도 빠지고 목장*일을 거들었다. 일손이 달리든 한가하든 낮에는 어머니를 돕느라 본채에 있어야만 했다.

리노의 공부를 방해하지 않으려고 저녁 식사가 끝나면 나는 본채에서 설거지를 하고 TV를 시청하거나 책을 볼 생각이었다. 가능하면 리노 혼자 공부하는 시간에는 별채에 내려가지 않았다.

목장에 내려간 다음 날 오후, 일꾼들 새참을 챙겨준 뒤에 간식거리를 가지고 별채로 내려갔다.

"공부 잘 돼?"

마루에 걸터앉으며 이렇게 물었다.

"나는 비로소 아벨라르와 엘로이즈의 비극적 사랑의 고통을 절절히 깨닫게 됐어."

"무슨 소리야? 그거 금서라는데, 공부는 안 하고 언제 그걸 읽은 거야?"

"헤……."

리노가 장난스럽게 웃으며 말끝을 흐렸다.

가톨릭 성직자인 아벨라르 신부가 나이 어린 미모의 엘로이즈를 제자로 맞으면서 비극적인 사랑이 시작되어 두 사람은 비밀 결혼을 하고 아이까지 낳는다. 인간의 본질에 대한 철학적 사고와 종교적 갈등과 사랑에 관한 고뇌가 함축되어 있는 그 책을 리노가 읽었을 거라고는 생각하지 못했다. 다시 생각해 보니 그 어떤 책보다 리노의 관심을 끌 만한 책인 듯했다.

"하라는 공부는 않고 딴생각하면 내쫓길 줄 알아."

"아이고, 무섭다. 텃세가 심할 줄은 알았지만."

"한번 생각해 봐. 신학대학 포기하고 의대 간다고 했는데, 만약 잘 안 되면 사람들이 뭐라고 할지. 우리가 친하게 지내는 걸 아는 사람들이 쓸데없는 소리 할 걸 생각하면 내가 괜히 여기로 오자고 했나 싶기도 하고……. 신부님이나 학교 선생님들도 지켜볼 거 아냐. 그러니까 이번 기회에 최선을 다해서 실력을 보여줘야 돼."

"공부가 뭐 마음먹은 대로 되는 거야? 하는 데까지는 해보겠는데. 누군들 공부하기 싫어서 안 하겠냐고. 온 세상 학생들이 다 공부 잘하면 그게 어디 살 만한 세상일까."

"아이고, 말은 청산유수네요. 혹시라도 내가 옆에 있어서 불편하거나 공부하는 데 분심이 들면 말해. 본채에 방이 더 있으니까. 어젯밤에 잘 못 자는 거 같던데."

"나는 둔해서 어디서든 잘 자고 잘 먹고 잘 논다니까 그러네."

"뭐든 필요한 게 있으면 말하고, 불편한 건 참지 말고. 그냥 편하게 내 집이라 생각해도 돼. 부모님이 리노를 저렇게 좋아할 줄 몰랐거든."

그 말은 사실이었다. 간식거리는 물론 비싼 과일이며 음료수까지 챙겨주면서 리노가 공부에만 집중할 수 있게 해주라고 당부를 하셨다.

"공부하다가 쉴 참이면 본채로 올라와. 그리고 밤에는 내가 열 시쯤 내려올게. 새벽에 일어나려면 열한 시쯤에 자는 게 좋겠지?"

"그러지 뭐."

리노는 반가워하는 표정이었다. 그날 밤 열 시 반쯤에 별채로 내려갔다. 이부자리가 깔려 있었다.

"이건 뭐야?"

어젯밤과 달리 두 개의 이부자리 사이에 과일 담은 큰 그릇이 놓여 있었다.

"보면 몰라?"

"참 웃긴다."

리노는 장난스럽게 웃었다.

"아무래도 숨길 수 없는 게 본능이라고 했는데, 잠결에도 내가 자꾸 천사에게 다가가려고 하는 걸 알았거든. 그러니까 신경 쓰여서 잠도 설치고……. 나는 그렇다 쳐도 다 큰 처녀를 단칸방에 두고 걱정할 부모님도 그렇고, 모니카는 은근히 군사분계선을 긋고 싶어 하는 것 같고……. 나는 잠결에 뒤척이다 실수하지 않으려고 생각하면 마음이 콩닥거리고……. 그래서 저걸 놓으면 옷 빼앗기지 않은 선녀와 나무꾼이 될 수 있을 거니까. 그럴듯하지 않아?"

"작가가 되는 게 좋겠다. 그 정도면 소설을 정말 잘 쓸 것 같네."

나는 안다, 리노가 왜 저러는지. 한순간의 잘못된 판단으로 나를 잃을 수도 있다는 생각에 지킬 것은 지켜야겠다고 마음먹은 것이다. 점점 허물없이 가까워지다 보면 조심성이 없어질 수도 있고, 그러나 그래서는 안 된다는 것도 스스로 다짐하고 있으리라. 그만큼 리노는 어른스러웠다. 그렇게라도 먼저 장애물을 마련해 놓으면 스스로 절제할 수 있다고 생각했는지도 모른다.

"내가 여자로 보여?"

일부러 짓궂게 물었다.

"여자가 아니잖아."

"뭐라고?"

"옷 안 뺏기려고 옷 입고 목욕하는 선녀로 보여."

우리는 그날 밤부터 두 개의 이부자리 사이에 큰 과일 그릇을 놓고 잠을 청했다. 그것이 마치 철조망이나 높다랗게 쌓은 성벽이나 되는 것처럼.

제 2 부

...

소 리 내 어

울 수 있 는

자 유

존재는 결핍으로 이루어진다

하루에 팔만 사천 번이나 고뇌한다는 말을 나는 비로소 실감하기 시작했다. 사람은 누구나 평생 어지러울 만큼, 우주의 무수한 별만큼이나 생각을 많이 한다는 얘기도 떠올랐다. 공부하면서 걸핏하면 분심이 들었다. 신학대학에 진학해서 성직자가 되겠다는 결심은 내 선택이었다. 그러나 신학대학을 포기한 것은 자꾸 남의 탓이라는 생각이 들었다. 그렇다고 그것에 대해 후회하는 것은 아니었다. 굳이 표현하자면 의대에 갈 만한 실력이 아직은 부족하고 신학대학에 대한 작은 미련이 남아 있다는 정도였다.

성직자가 되겠다는 생각을 한 것은 철없던 어린 시절이었다. 초등학교 때 장래 희망을 묻는 선생님에게 마지막까지 대답하지 않은 아이는 나 혼자였다. 손을 들지 않은 녀석이 한 명 있다면서 누구냐고 했다. 나는 죄지은 것처럼 손을 들었다. 왜 손을 들지 않았느냐고 선생님이 물었지만 나는 쉽게 대답하지 못했다. 수십 개나 되는 장래 희망 직업 중에 '신부님'이 없었고 내 입으로 장래 희망이 신부라고 하면 애들이 시끄럽게 웃거나 놀릴 것을 짐작했기 때문이다. 선생님이 채근했고 나는 할 수 없이 시선을 바닥에 두고 대답했다.

"저는 신부님이 되고 싶습니다."

웃음바다가 될 줄 알았는데 조용했다. 쉬는 시간이 되어서야 왜 그때 조용했는지를 알았다. 내가 대답한 순간 선생님이 오른손 검지를 입에 대고 모두 조용히 하라는 몸짓을 했다는 것이다. 우리 반 아이들은 선생님의 그 몸짓이 매우 강력한 선생님만의 명령이라는 걸 알고 있었다. 그날 수업 종료 후에 선생님이 나를 교무실로 불러 왜 신부님이 되고 싶으냐고 물었다. 나는 선생님 앞에서 제대로 설명할 수가 없어서 "그냥 좋아서요"라고 대답했다. 선생님은 내 머리를 쓰다듬어주고 책상 서랍을 열어 열두 가지 색깔의 색연필과 동화책 세 권을 선물로 주었다. 열심히 공부 잘해서 꼭 훌륭한 신부님이 되라는 말도 하지 않았다. 내가 신학대학을 목표로 한 것은 고등학교 입학 무렵이었지만 그때부터 나도 모르게 이끌렸는지 모른다.

유치원 다닐 때 어머니를 따라 아버지와 나는 영세를 받았다. 주임 신부님은 철모르는 어린 유치원생의 세례명을 '리노'라고 지어주며 "너는 나를 따르라"고 분부했다. 어린 마음에도 그 말은 '신부님이 되어라'로 들렸다. 세례명을 지어준 베드로 신부님은 가톨릭 교단에서 첫 번째 교황이 베드로였고, 두 번째 교황이 리노라고 했다. 그런 얘기를 해주면서 "너는 나를 따르라"고 했으니 어머니는 감격한 듯이 어린 아들을 붙잡고 몇 번이나 자랑스럽게 말했다. 동네 사람들이나 친척들도 어머니의 자랑을 매번 들어야만 했다. 어쩌면 그 시절의 우리 어머니는 외아들을 성직자로 키우겠다는 생각을 했다기보다는 신부님이 내 자식을 크게 될 것으로 인정했다는 사실에 감동을 받았지 싶었다. 절에 다니고 무당 집을 자주 출입하던 어머니가 하느님이라는 어마어마한 존재와 그의 아들인 예수님에 대해 두려움을 갖기 시작할 때였으니 그런 생각을 했음직도 했다.

베드로 신부님은 나를 무척이나 귀여워해 주었다. 초등학교 때 복사 시험을 치러 합격하여 복사가 되었다. 신부님은 다른 복사보다 유달리 나를 아껴주었다. 수녀님도 나를 잘 챙겨주곤 했다. 그렇다고 신부님이 내게 신학대학을 권한 적은 없다. 고등학교에 입학한 뒤에 다른 지역으로 가신 신부님을 찾아가 스스로 신학대학에 가고 싶다는 말을 했다. 베드로 신부님은 나를 끌어안고 도닥거리며 모든 것은 내 자유

의지로 결정하는 것이니 마음이 굳어지면 가고 그렇지 않으면 언제든 포기하라고 했다. 어쨌거나 여자 때문에 신학대학을 포기했다는 소리는 듣지 말아야 했고 반드시 의대에 입학해야만 우리 얘기가 사람들 입에 오르내리지 않을 것이다.

처음에는 목장 별채의 단칸방에서 모니카와 둘이 자는 것부터 마음과 생각이 엉켜 공부가 제대로 되지 않았지만 며칠쯤 지나자 익숙해지기 시작했다. 그렇다고 마음이 개운한 것은 아니었다. 어쩌면 더 간절하게 모니카를 안고 싶다는 꿈을 꾸는지 모른다. 지금은 고등학생이니까 거리를 둘 수밖에 없을 것이다. 그러나 내가 의대에 들어가 대학생이 되면 나이와 신분을 뛰어넘어 좀 더 적극적으로 사귀어볼 수도 있을 것 같았다. 모니카는 내가 공부에 몰입할 수 있게 배려하려고 식사 때와 간식을 챙겨줄 때가 아니면 별채로 내려오지 않았다. 밤에는 열 시가 좀 넘은 시각에 내려왔다. 공부하다가 힘들면 산책을 하거나 개울에 가서 몸을 적시기도 했고 더러는 송전탑 있는 곳까지 올라가 목청껏 산울림을 만들어보기도 했다. 공부하겠다는 핑계로 왔지만 답답한 걸 숨길수가 없었다. 가끔 본채로 올라가 집에 전화를 걸거나 그 틈에 친구 녀석들에게 전화를 걸어 바깥소식을 듣곤 했다.
내 마음이 차츰 정돈되도록 만드는 통로가 또 하나 있었다. 모니카 몰래 쓰는 일기였다. 집에서 가져온 책과 참고서와 예상 문제집을 책상 위에 펼쳐놓으면 일기장 감출 데가 없었다. 그래서 꾀를 낸 것이 얇은 공책을 가로로만 접어 오려낸 일기장을 두툼한 참고서 뒷면에 대고 묵은 달력을 뜯어 겉표지를 쌌다. 남의 눈에는 참고서를 보호하려고 달력으로 싼 것 같지만 사실은 일기장을 숨기려는 것이었다. 혹시라도 들킬 염려가 있기에 일부러 다른 참고서까지 달력으로 전부 싸버렸다. 내 마음 달래기에 가장 좋은 도구였다. 내 욕망과 갈등과 번뇌와 가슴에 쌓이고 쌓이는 답답한 심정을 적어놓으면 어느 정도 갈증이 해소되는 것 같았다.

내 감정의 기복은 심했다. 모니카를 안아보고 싶은 불길 같은 욕정이 그려지기도 했고, 그래서는 안 된다는 이성적 판단이 억수로 싸우는 모습이 담기기도 했다. 더러는 모니카와 단둘이 깊고 깊은 산속으로 도망쳐 알콩달콩 살아갔으면 하는 상상을 해보기도 했다. 손가락질하는 사람들을 뒤로하고 모니카와 둘이 도망가는 꿈을 꾸다가 깨어난 적도 있었다. 새벽녘에 꿈에서 깨어나 얼마나 아쉬웠는지 모른다. 꿈에서라도 둘이 도망쳤더라면 얼마나 좋았을까 싶었다. 어떤 때는 모니카의 맨몸을 연상하기도 했다. 그녀의 가슴과 은밀한 곳, 보드라운 살결을 떠올릴 때마다 나는 '남자의 뇌는 사타구니에 있다'라는 말을 실감하곤 했다. 이런 내 속마음을 모니카가 모두 알게 된다면 실망할 것 같았고 죄책감도 들었다.

일기 쓰는 행위가 내게는 음란한 생각의 배설이거나 대리

만족일 수도 있었다. 다음 날 읽어보면 찢어버리고 싶은 충동을 받을 때도 있었지만 마치 내 추억을 찢어버리는 것 같아서 차마 그럴 수는 없었다. 일기장은 내 번뇌를 다독거려 줄 뿐 아니라 주체할 수 없는 욕정을 다스려주기도 했다. 무한대의 상상력을 펼쳐서 모니카를 내 것으로 만들거나 미래를 꿈꿀 수도 있었다.

일기장 속에서 모니카는 오롯이 내 뜻대로 따라주는 내 여자였다. 그렇게라도 해야만 옆자리에 누워 자고 있는 모니카를 지켜줄 수 있었다. 어쩌면 나를 지킬 수 있는 방어막인지도 모른다. 모니카의 속마음을 알 길은 없지만, 만일 내가 달려들면, 모니카가 나를 받아줄 수도 있다는 생각도 했다. 그렇지 않고서야 어찌 단칸방에서 둘만이 있을 생각을 할 수 있었겠는가. 그렇지 않을 수도 있다. 내가 달려들었다가는 모질게 뺨을 때리며 당장 집으로 가라고 소리 지를지 모른다. 공부하다가 집중이 되지 않으면 일기장을 펼쳐 몇 자라도 써놓으면 다시 마음의 갈피가 잡히곤 했다.

그런데 날이 어두워졌을 때 일기를 쓰면 묘하게도 '밤은 빨갛다'라는 생각을 하곤 했다. 빨갛다는 것은 색깔이 아니라 불꽃이거나 모니카의 입술이거나 열에 들뜬 육체의 소리였다.

우리 집 내 책상 서랍 맨 아래 칸은 열쇠 없이는 열 수가 없다. 언젠가 모니카가 무슨 비밀이 숨겨져 있느냐고 물었을 때 나는 '내 영혼의 보석을 숨겨둔 곳'이라고 대꾸했다. 서랍 속에는 오랫동안 써온 일기장이 들어 있었다. 모니카에 대한 애틋한 감정이 곳곳에 스며 있지만 읽을수록 내가 제법 글을 잘 쓴다는 생각을 하게 된다. 그런데 이곳 단칸방에서 쓴 일기는 종잡기 어려울 만큼 변덕스러웠다. 일기를 읽어보면 나는 금방이라도 폭발할 것 같았다. 불을 붙이면 바로 폭발해 버릴 폭탄이었다. 아니 어떤 때는 내버려둬도 저 혼자 뜨거워져서 터져버릴 것 같았다. 밤마다 그것은 상상 속에서만 폭발 직전의 폭탄이었다. 실제는 불발탄일 뿐이었다.

목장에 온 다음 날 일기의 제목은 '억겁의 인연'이었다. 겁 (劫)이란 사방이 1유순(由旬: 약 15킬로미터)이나 되는 큰 반석 (盤石)을 백 년마다 한 번씩 흰 천으로 닦아서 그 거대한 돌이 닳아 없어질 동안의 시간이라고 했다. 그렇게 반석 억만 개가 닳아 없어져야 비로소 사람과 사람이 만난다고 하지 않는가. 시간 단위로는 가장 길고 영원한 걸 뜻하고, 힌두교에서는 한 겁을 1칼파라 하여 무려 43억 2천만 년을 지칭하기도 한다.

나와 모니카는 그런 인연으로 만났다고 생각했다. 내 이마에 모니카의 입술이 닿는 순간은 억겁의 인연을 표증하는 행위의 순간이었다. 일기의 제목은 '억겁의 인연'이었지만 내 욕정은 '번갯불에 콩 구워 먹듯' 끓어오르곤 했다. 허망한 것인지 모르지만 간절히 원하면 이루어진다고 하지 않았는가.

공부하러 간 아들이 궁금했는지 어머니가 밑반찬이며 떡이며 과일을 바리바리 싸가지고 목장으로 오셨다. 모니카가 극구 말렸는데도 굳이 달려온 것은 보나 마나 한 달 동안 공밥 먹이는 게 미안했기 때문이었을 것이다. 또 이 녀석이 제대로 공부할 수 있는 환경인지 당신 눈으로 확인해 보고 싶었을 것이다. 어머니는 목장은 구경도 하지 않았다. 도착하자마자 모니카를 앞세우고 별채에 와서는 부산하게 쓸고 닦았다. 냉장고 속에는 이것저것 챙겨 넣었고 며칠 더 입어도 될 내 옷을 빨아서 빨랫줄에 널어놓았다.

"이 방에서 혼자 공부하고 혼자 자는 겨?"

어머니는 구석에 가지런히 개어놓은 이부자리 두 채를 보고 이렇게 물었다.

"모니카는 낮에 종일 목장 일 거들다가 잘 때만 내려와요. 유치원에서 꼬마들하고 씨름하는 게 훨씬 쉽대. 목장 일이 꽤 고단한가 봐."

"모니카가 여기서 자는 거여?"

"그럼."

어머니는 잠시 고개를 끄덕이더니 이내 이부자리를 턱으로 가리키며 말했다.

"어른들 계실 때는 꼭 누나라고 불러라."

뭔가 하고 싶은 말은 턱으로 가리킨 이부자리에 관한 것일 텐데 어머니는 말을 다른 데로 돌렸다. 나는 대답 대신 그냥 웃었다.

"뭐든지 불편하거나 신경 쓰이는 게 있거나 공부가 안 되면 말을 혀."

어머니는 마치 뭔가 걸리적거리는 게 있을 거라는 투로 말했다.

"다 편하고 좋아. 어른들도 잘해 주시고 모니카도 잘 챙겨 줘. 신경 쓸 거 하나도 없다니까."

어머니가 터놓고 말하지는 않지만 무슨 걱정을 하는지 대충 짐작할 수 있기에 이렇게 말했다.

"친구들이 불러내지 않고 돌아다닐 데도 없으니 공부하기는 좋아 보인다만……."

나는 어머니 마음을 전부 다 아는 척하는 게 좋겠다고 생각했다.

"다 큰 것들이 한방에서 자니까 신경 쓰이고 걱정되는 거지? 누굴 어린애로 아나. 우리가 조금이라도 이상해 보이면 어른들이 그냥 둘 것 같아? 엄마도 참 어지간하네."

"그런 게 아니고, 너희들은 친남매 같아서 혹시라도 남들 눈에 가시가 될까 싶어서 그런 거여. 아무리 봐도 모니카는 느이 아쟁이 누나를 빼다 박았어. 내가 낳지 않았는데 어쩌면 저리 닮을 수 있는지 알다가도 모르겠어. 신기하기도 하고 뭣에 홀린 듯싶기도 하고 말이여."

"언제는 우리 며느리였으면 좋겠다고 했잖아."

일부러 짓궂게 거들어보았다.

"그건 그렇지. 딸이면 좋겠고 며느리가 되면 더 좋고. 나이가 엇비슷하면 내가 졸라서라도 며느리 삼겠다만⋯⋯."

"연상의 여자가 나쁜 거야? 잘못된 거야?"

"이 녀석이⋯⋯. 누가 들을라. 지금은 딴생각 말고 제발 열심히 공부해서 의대에 꼭 들어가야 한다. 평생 혼자 사는 신부님 되는 것을 포기했으니 오죽 말들이 많은 줄 알아?"

어머니와 말다툼을 해봤자 득 될 게 없는 일이었다. 어느 어머니인들 그런 걱정을 하지 않겠는가.

어머니는 저녁 무렵에 모니카와 함께 출발했다. 모니카는 이튿날 아침에 유치원 행사가 있어서 다녀올 참이었으니 잘됐다고 했다. 유치원에 가서 준비하고 정리를 한 뒤에 느지막이 돌아오겠다고 했다. 막차를 타고 오면 밤 열 시 반쯤에나 올 수 있을 거랬다.

"나 없다고 농땡이 치면 안 돼. 공부 열심히 하면 맛있는 거 사다 줄 거고 안 그러면 국물도 없을 줄 알아."

"열심히 했는지 퍼질러 놀았는지 어떻게 알 건데?"

"내가 다 아는 수가 있지."

"본채에 감시자가 있다 이건데, 실컷 잠이나 자야겠다."

모니카는 장난기가 작동했는지 내 아랫배를 때리는 시늉

을 했다.

모니카가 없는 밤은 허무와 정적과 외로움과 쓸쓸함이 뒤
엉켰다. 외딴 섬에 갇힌 것도 같았고 무인도에 홀로 있는 느
낌이었다. 깜깜한 굴속에서 혼자 더듬거리며 잃어버린 뭔가
를 찾는 것 같기도 했다. 어쩌면 갑자기 땅이 푹 꺼지고 혼자
굴러떨어진 것 같은 절망감이 나를 휘감았다. 나는 참다못해
아랫마을 길가에 있는 가게까지 걸어 내려갔다. 과자와 컵라
면을 사고 가게에 시외전화 비용을 내고 모니카에게 전화를
걸었다. 모니카는 가게까지 내려와 전화를 건 내가 못마땅하
다고 했지만 싫지는 않은 모양이었다.

"공부 안 하고 딴짓했으니까 벌 받을 줄 알아."

그녀의 웃는 얼굴이 떠올랐다.

"궁금할 것 같아서……. 공부 열심히 한다는 걸 알려주려
는 기특한 생각을 몰라주는 게 더 큰 죄라는 걸 좀 알란 말
이야."

나는 일부러 투정 섞인 말투로 응수했다.

"내가 되게 보고 싶은 모양이네."

"안 보이니까 편하고 자유롭고 좋기만 하던데."

스스로도 속에 없는 말이란 걸 알면서 해본 소리였다. 보
고 싶지 않고서야 아랫마을 가게까지 와서 시외전화를 할 까
닭이 있겠는가.

"속이 다 보인다. 오늘만 참으셔. 내일 맛있는 거 사가지고

갈 테니까. 아침에 회의 끝나고 수녀님도 만나고 갈 거니까 보고 싶어도 꾹꾹 눌러 참으셔. 참, 내려올 때 우리 개가 짖지 않았어?"

"안 짖던데."

"녀석들도 리노를 좋아하는 게 신기하네. 웬만한 사람들은 우리 집 개들과 친해지기 쉽지 않거든. 올라갈 때는 살금살금 올라가. 개들이 짖어대면 본채에서 무슨 일인가 하고 내려올 수도 있으니까."

모니카는 그런 걱정까지 하고 있었다. 통화를 끝내고 느린 걸음으로 목장으로 돌아가는 길은 생각보다 멀었다. 내려갈 때는 퍽 가깝다고 생각했는데 올라갈 때 보니 먼 길이었다. 걸으면서 혼자 소리 내어 웃었다. 전화를 끊기 전에 모니카는 새벽에 일어나야 하니까 일찍 자야 한다며 노래 한 곡을 자장가 대신 불러달라고 했다. 나는 아는 노래가 없다고 버텼다. 남의 전화를 빌려 쓰는 데다가 수화기 들고 노래 부르는 것도 우스워 보였다. 몇 번을 졸라도 버텼더니 모니카는 "그럼 대한민국 사람이면 반주 없이도 누구나 부를 수 있는 애국가를 불러줘. 빨리!"하고 졸랐다. 나는 가게 주인이 들을 세라 목소리 낮추어 애국가를 불렀다. 엊그제 밤에는 내가 잠이 오지 않는다며 자장가를 불러달라고 떼를 썼다. 모니카는 유치원 교사답게 동요를 불러주었고, 언제든지 모니카가 원하면 내가 노래를 하기로 약속을 했다.

모니카가 없는데도 나는 이부자리 두 채를 폈다. 그녀가 있을 때처럼 과일 그릇을 이부자리 사이에 놓았다. 그리고 모니카의 이부자리에 누웠다. 그렇게 잠들고 싶었다. 내 존재는 결핍으로 이루어진 것 같았다. 내 육신과 내 영혼의 결핍을 채워줄 존재가 절실했다. 그 존재는 모니카뿐이었다.

나는 어려서부터 호기심 때문에 실수도 많았고 주먹다짐도 꽤나 많이 했다. 중학생 때까지 생활기록부에는 '호기심을 절제하지 못하는 기질이 농후한 편'이라고 적혀 있었다. 다행스럽게도 곧 반성하고 사과하는 좋은 성격이라고 했다. 어렸을 때의 나는 장난꾸러기에 말썽쟁이에 골목대장에 사고뭉치 취급을 받았다. 나는 학년이 올라가도 선생님들이 가정 통신문에 '절제하지 못하는 기질'을 계속 베껴 썼다는 생각을 지우지 못했다. 어린 마음에도 그 문장은 충격이었다. 그래서 절제하는 학생이란 평가를 받고 싶은 마음이 간절했고 신학대학에 가겠다는 결심을 한 순간부터 나는 성정이 착하고 잘 어울리며 잘 참고 남을 돕는 성격으로 바뀌었다. 초등학생 때의 그 사건 때문에 나는 선생님 눈에는 절제하지 못하는 녀석으로 보여 낙인찍혔을 것이다.

우리 문중에서는 나의 할아버지뻘이지만, 친척이라고 하기에는 꽤 먼 촌수의 어른이 있었다. 그의 집안은 아들만 다섯 명이었는데, 어머니는 그것을 몹시 부러워했다. 게다가 그 집 며느리가 낳은 자식 중에 어려서 죽은 아이 세 명도 아들이라고 해서 우리 어머니의 기를 못 펴게 한 집안이었다. 그 집안의 막내아들이 나와 동갑이고 같은 학교에 같은 반이니 내 생각에는 당연히 동무인데, 녀석은 내가 아저씨라고 부르지 않는다고 트집을 잡곤 했다. 하긴 우리 부모가 녀석의 부모에게 아저씨, 아주머니라고 했으며 나는 마땅히 할아버지, 할머니라고 불렀다. 내가 우리 동네 꼬마 대장인데 녀석에게 아저씨라고 부르는 것은 어린 마음에도 속이 부글부글 끓는 일이었다.

그날도 초등학교 운동장에서 축구를 하는데 녀석이 큰 소리로 "조카야!" 하고 나를 서너 번 불렀다. 우리 편이 내기에 져서 상대편에게 과자를 사주는 바람에 더 화가 치밀어 나는 녀석을 걷어차고 몇 대 때리는 것으로 속을 풀었다. 사달이 난 것은 녀석이 울면서 도망친 뒤였다. 녀석이 몰고 온 것은 네 명의 형이었다. 큰형은 내가 도저히 감당할 수 없는 열여덟 살이었고, 둘째 형도 열여섯 살, 그 밑으로도 모두 두 살 터울이었다. 녀석의 큰형이 녀석의 바로 위의 형을 내세웠다. 그 정도는 할 만하다 싶어 맞붙었고 조금 뒤에는 셋째 형이 달려들었다. 나는 결국 지고 말았다. 그러고는 둘째 형이 내 손을 꽉 붙들어 꼼짝 못하게 하고 녀석이 나를 때리는 것으로 결말이 났다. 나는 울지 않았다. 복수하겠다고 소리 질렀다. 코피 닦은 손수건이 시뻘겋게 물들었다.

누가 일렀는지 모르지만 우리 어머니가 학교 운동장으로 출두했다. 어머니 표정과 들고 온 빨랫줄과 방석으로 미루어 그냥 나타난 게 아니라 정녕 '출두'였다. 교무실에 있던 선생님과 동네 사람들도 구경 삼아 운동장으로 모여들었다. 우리 어머니의 행동이 기이했기 때문이다. 어머니는 눈물 글썽이는 어린 아들을, 불면 날아갈까 쥐면 꺼질까 싶은 애틋한 외아들을 운동장 울타리 옆에 있는 아름드리 플라타너스 나무 앞으로 끌고 갔다. 어머니의 성미를 아는 사람들이 이리 말리고 저리 달래보았지만, 어머니는 일제강점기에 심었다는 플라타너스 나무에 나를 기대놓고 빨랫줄로 칭칭 감았다. 그리고 방석 위에 가부좌를 틀고 앉아서 목청을 가다듬었다.

"하나밖에 없는 내 자식을 죽이고 싶으면 내 눈앞에서 죽이라고 해."

동네 사람들은 외아들 둔 어머니의 한을 어느 정도 알고 있었다. 어머니는 우리 문중에서 단단히 미움을 받았다. 아버지는 삼형제였고, 우리 아버지는 둘째인데 큰아버지에게는 자손이 없었다. 그래서 어른들이 문중 회의에서 나를 큰아버지에게 양자로 호적에 올리기로 결정했다. 우리 아버지는 어른들의 말을 거역할 수 없어서 약속을 했지만 어머니는 "차라리 나를 죽이고 입양시키라"고 버텼다. 명절이나 제삿날은 어머니가 문중 어른들에게 돌아가며 구박을 받는 날이었다.

하긴 어린 내게도 어머니를 설득하여 큰아버지네 호적에 이름을 올려야만 사람 구실을 한다는 엄포를 놓을 정도였다.

첫 아이는 사산했고, 둘째 아쟁은 친할머니 탓에 죽었으며, 칠 년 만에 겨우 하나 건진 외아들을 어떻게 남의 호적에 올릴 수 있느냐고 어머니는 항변했다. 대놓고 말하지는 않았지만 어머니는 할머니 실수로 죽은 아쟁에 대한 한 때문에 더욱 완강하게 버티는 것 같았다. 멀쩡한 외아들을, 할머니를 모시고 사는 큰아버지의 집으로 옮겨 가서 살게 하지는 않더라도 호적은 큰집으로 옮기라는 지엄한 분부를 어머니는 결사반대했다. 집안 잔치나 제사 때마다 어머니는 폭폭하게 울었다. 문중 어른들의 모진 소리가 잘 벼린 톱날 같다고도 했다. 그러면서도 억척스럽게 버티곤 했다. 그런 자식을 한집안입네 하는 집 자식들이 떼로 달려들어 두들겨 팼으니 어머니 표현대로 심정이 어찌 다리미로 지진 듯하지 않았을까.

외아들을 나무에 묶어놓은 어머니를 본 동네 사람은 말했다.

"오죽하면 저러겠느냐, 아들 많은 집안에서 자식 단속하지 않으면 아들 없는 집은 어쩌라는 거냐, 애들끼리 싸우는 게 다반사고 싸우면서 크는 건데 다 큰 것들이 우르르 달려들면 이 동네에서 어찌 애를 키우란 말이냐……."

어머니의 기세는 더욱 등등할 수밖에 없었을 것이다. 내가 당숙 할아버지라고 불러야 할 할아버지 내외가 나를 때린 다섯 형제를 앞세우고 다가왔다. 어머니는 외면한 채 혼잣말처럼 폭백을 했다.

"내가 서방질을 해서라도 아들 하나 더 낳을 테다. 죽기밖에 더할라구."

묶여 있던 내 가슴이 벌렁거렸다. 어렸지만 '서방질'이란 말이 무슨 뜻인지 얼핏 알아들었기 때문이다. 죽는다는 소리는 어머니가 늘 하는 소리니까 그러려니 하지만 어머니 입에서, 그것도 동네 사람들과 선생님들이 지켜보는 자리에서 큰소리로 '서방질'이라고 하니 내 마음이 졸아들 수밖에 없었다. 멀쩡한 우리 아버지를 두고 어머니가 공개적으로 "서방질을 해서라도 아들을 낳겠다"고 하니 날벼락을 맞은 것 같았다. 다섯 형제가 잘못했다고 빌고 할아버지와 할머니가 자식들 잘못 키운 걸 용서하라고 사정하고, 선생님들과 동네 사람들이 모두 거들고 나섰다. 어머니가 그제야 방석에서 일어났고 사람들이 나에게 달려들어 빨랫줄을 풀어버렸다.

어머니의 이런 무용담은 우리 동네의 전설처럼 떠돌았다. 동네 아이들은 어지간해서 내게 시비를 걸지 않았다. 대신나는 고달프게 되었다. 태권도장과 합기도장을 번갈아 다녀야만 했다. 하나만 배우면 안 되겠냐고 버텼지만 어머니는 완강했다. 누구한테 들었는지 합기도는 방어할 때 유리하고 태권도는 공격할 때 유리하다며 두 가지를 다 배우라고 했다.

나는 유도와 권투까지 배우라고 하지 않는 어머니가 그저 고맙게 느껴질 뿐이었다. 관장 말마따나 나는 운동 신경이 발달하여 매우 빠르게 적응했다. 중학교 1학년 때 태권도 2단에 합기도 2단을 따냈을 정도였다. 선생님이 내 생활기록부에 '절제를 못하는 기질'이라고 쓸 수밖에 없는 자잘한 사건은 꽤나 많았다.

주먹질이라면 제법 소문이 난 터수인데도 도전하는 애들이 생기기 마련이었고, 나도 참을성이 없는 성미였기 때문에 담임 선생님 눈에는 내가 절제 못하는 말썽꾸러기였을 것이다. 나는 '절제'라는 낱말을 내 인생의 숙제로 여겼다. 내가 신학대학에 진학하겠다고 했을 때 어머니가 펄쩍 뛰며 극구 반대하지 않은 까닭을 알 수 있었다. 어머니가 지금까지 내게 가장 많이 한 꾸중과 훈계의 핵심 단어는 '참지 못하는 성질머리'였다. 전교 어린이회장에 출마한 부잣집 녀석을 두들겨 패고 말썽이 나서 어머니에게 회초리를 맞으며 내가 대든 것은 어머니 탓이었는지 모른다.

"그 자식이 표를 얻으려고 애들한테 빵이랑 학용품을 돌렸단 말야."

"그게 너하고 무슨 상관인데? 네가 출마한 것도 아니면서."

어머니는 회초리를 치켜들고 말했다.

"엄마가 바르게 살라고 가르쳤잖아. 불의에 맞선 조상들 때문에 우리나라가 독립했다고 했잖아. 정의는 반드시 이긴다고 했잖아. 내가 배운 대로 했는데 왜 때려."

어머니는 눈을 부라리며 회초리를 들었지만 때리지는 않았다.

"그렇다고 때리는 것은 정의도 아니고 바른 것도 아니란 말이여. 얼마든지 말로 할 수 있고 선생님께 말씀드릴 수도 있잖어."

"엄마도 나를 때렸잖아. 얼마든지 말로 할 수 있잖아."

어머니 눈가에 미소가 스쳤다.

"이 녀석아, 말로 해야지 힘으로 해결하지 말라고 몇 번이나 말했어? 이렇게 말을 안 듣는데 어떻게 내버려둬."

어머니의 누그러진 말씨에 나는 울음을 터뜨렸다.

"나도 그 자식한테 몇 번이나 말했단 말야."

어머니는 그래도 회초리를 내려놓지 않았다. 나는 회초리 든 어머니의 손을 잡고 말했다.

"엄마는 내 친엄마 아니지? 내 말 맞지?"

어머니는 어이가 없는지 내 눈을 똑바로 쳐다보며 말했다.

"이 녀석이 못하는 소리가 없네. 여태 금이야 옥이야 키워놓으니까 어따 대고 헛소리를 하고 있어."

"친엄마 같으면 하나밖에 없는 아들한테 이렇게 하지 못할 거야."

나도 쌓인 게 적지 않았다. 어머니는 말끝마다 정직하고 거짓말하지 말고 바른 행동을 하고, 불의에 타협하지 말며,

좋은 친구를 사귀고 공부를 열심히 하여 남을 돕는 훌륭한 사람이 되라고 했다. 그런데 거짓말하거나 나쁜 짓 하는 애들을 혼내면 안 된다고 말리고, 세상에 오직 하나밖에 없는 귀한 아들이라면서 회초리를 들고, 옳은 일에 동참하지 않는 것은 용기가 없다는 공자 말씀을 새겨 배우라면서 어른에게 대든다고 싹수가 없다고 야단치곤 했다.

모니카가 없이 혼자 지낸 그날 밤, 나는 모니카의 사진을 펼쳐놓고 상상 속으로 빠져들었다. 입술을 빼앗고 포동포동한 가슴에 입술을 댔다. 긴 머리칼을 잡아 움직이지 못하게 하고 목덜미에도 입술을 댔다. 부끄러워하는 모니카의 블라우스를 벗기려고 윗단추를 풀었다. 모니카는 한 손으로 살짝 거부의 몸짓을 했다. 나는 더 힘주어 두 번째 단추를 풀었다. 모니카는 가늘게 눈을 떴다. 세 번째 단추와 네 번째 단추를 풀어 블라우스를 벗겼다. 연분홍빛 브래지어가 고혹적이었고 젖가슴은 풍만하고 탄력이 있었다. 입술을 대고 빨다가 점점 힘주어 삼키듯 했다. 그녀는 웃었다. 간지러워 웃는 게 아니라 기뻐서 그런 것 같았다. 잠시 후 모니카는 더 이상 웃지 않았다. 표정이 굳어졌다. 손수건만 한 속옷을 벗지 않으려고 한 손은 내 손목을 잡고 또 한 손으로는 속옷을 움켜쥐었다.

나는 가쁜 숨을 몰아쉬며 애원했다. 몽땅 갖고 싶다고, 모니카는 영원히 내 것이라고, 오직 모니카만 사랑한다고, 세상 그 어떤 것과도 바꾸지 않는다고, 오직 단 한 번 세상 끝까지 사랑하겠다고, 하늘만큼 땅만큼 좋아한다고 숨넘어갈 만큼 애원했다. 그녀는 두 손을 놓아버렸다. 그녀는 실오라기 한 점 걸치지 않은 알몸이 되었다. 나는 처음부터 알몸이었다. 그리고 그녀의 몸을 탐험하기 시작했다. 함정을 파놓은 것 같은 그녀의 몸속으로 내 모든 것을 빠뜨렸다. 모든 게 뜨거웠다. 그녀는 불덩이가 되었고 나는 용광로가 되었다. 아니 그녀는 불덩이였고 나는 용광로였는지 모른다. 상상의 날개를 접고 반듯하게 누웠다. 허망한 장면을 연출한 내가 바보같이 느껴졌다.

밤잠을 설쳤다. 모니카가 없으면 편안한 밤이 될 줄 알았는데, 허전하고 빈방 같았다. 내 영혼의 반쪽이 달아난 듯도 했다. 소나기가 한바탕 목장을 휘젓고 도망치자 끈적이는 더위가 기승을 부렸다. 낮잠을 자고 싶었지만 꾹 눌러 참은 것은 오늘 밤에 푹욱 자고 싶기 때문이었다. 저녁 무렵에 참고서와 문제집을 사야 한다며 읍내로 나갔다. 가게 앞에서 버스를 타면 30분 정도 걸려 읍내에 도착할 수 있었다. 책방에 들러 필요한 걸 사고 밥 먹을 시간이 애매하다 싶어 혼자 중국집으로 들어갔다. '수타국수'라는 간판 옆의 굵직한 선전 글귀가 거짓이 아니라는 듯 나이 든 남자가 유리 창문 앞에서 반죽을 치대면서 면을 만들고 있었다. 짜장 냄새가 시장기를 건드렸다. 짜장면 곱빼기를 먹을 때마다 내 배 속에는 거지가 들어 있다는 생각을 하곤 했다.

짜장면 곱빼기는 나와 모니카를 좀 더 가깝게 해주었다. 나는 짜장면 곱빼기를 시키고 모니카는 우동을 주문했다. 서로 빈 그릇에 나누어 먹자며 덜어내다가 시커먼 짜장이 튀어 모니카의 흰 블라우스 앞자락에 묻었다. 나는 엉겁결에 물수건으로 그녀의 가슴께를 문질렀다. 모니카가 웃으며 말했다.

"이건 과잉 친절형 성추행인 줄 알아야 하는데."

어쨌거나 나는 모니카의 불룩한 가슴을 건드린 사내가 되었다. 내가 미안해서 딴청을 피우자 모니카가 장난스럽게 물었다.

"정중하게 사과하지 않을 거야?"

"의도적으로 그런 게 아니잖아."

"우연을 가장한 절묘한 술법일 수도 있잖아."

"그냥 가만히 있으면 괜찮았을 텐데, 젓가락으로 자르려다가 튄 거니까 누가 봐도 의도적일 수는 없고……. 오히려 모니카가 영화의 한 장면처럼 일부러 묻혀놓고 상대의 반응을 확인하는 수법일 수도 있지."

"우와, 소설을 쓰셔. 소설을……. 말로는 정말 못 당하겠네. 신부님 되면 명강론으로 소문 자자하시겠다."

모니카와 옥신각신할 때마다 재미가 있었다. 어쩌면 그런 거침없는 말장난 때문에 더 가까워졌는지 모른다.

버스에서 내려 느긋하게 걸었다. 모니카가 막차로 온다고 했으니 그 시각쯤에 가게 앞에서 기다릴 생각이었다. 별채가 보이는 곳까지 와서 올려다보니 별채에서 불빛이 새어 나왔다. 밤늦게 다니는 게 무서워서 모니카가 일찍 왔을지도 모른다는 생각을 했다. 놀래주려고 소리 나지 않게 살금살금 걸었다. 부엌문을 열고 들어가 문틈으로 방 안을 살폈다. 손가락에 침을 발라 창호지에 구멍을 냈다. 구멍 속으로 보이는 모니카의 모습에 가슴이 벌렁거렸다. 세상에, 저럴 수가……. 모니카는 참고서 표지 속에 숨겨놓은 내 일기장을 읽고 있었다. 내 은밀한 것들이 폭로된 것이 분명했다.

일기장에는 내 비밀스러운 것이 다 들어 있었다. 더구나 어젯밤에 쓴 일기에는 모니카를 내 여자로 만들고 싶다는 얘기까지 써둔 터였다. 목장으로 온 뒤에 쓴 것들이어서 온통 모니카가 주인공이었다. 들킬 줄 알았다면 그렇게 노골적으로 거침없이 쓰지는 않았을 것이다.

소리 나지 않게 조심조심 부엌을 나와 한참을 걸었다. 마음이 뒤숭숭했다. 인기척을 내면 모니카가 당황해 할 것 같았고, 그냥 있자니 죄를 들킨 것같이 부끄러움을 참을 수 없었다. 일기를 다 읽고 감쪽같이 참고서 뒤에 넣어놓을 여유를 주는 게 좋을 것 같았다. 일기장에 다른 얘기가 씌어 있어도 남에게 들킨 것이 부끄러울 텐데, 첫 장부터 모니카가 주인공이었고, 첫날 밤에 잠 못 든 채 모니카를 애절하게 원하던 얘기며 어젯밤에는 나 혼자 상상 속에서 모니카의 몸을 남김없이 훔친 얘기까지 썼으니 마음이 자꾸 쿵쾅거렸다. 더구나 반드시 내 여자로 만들어 평생을 함께 살겠다고 다짐까지 했다. 어디 그뿐인가. 하느님께 모니카를 내 곁에 있게 허락해 달라고 기도한 내용도 있지 않은가.

마음을 진정시키고 휘파람을 불며 올라갔다. 별채 방문이 열리고 모니카가 손을 흔들며 말했다.

"일이 빨리 끝나서 좀 일찍 왔지. 어딜 갔다 온 거야? 참고서 사러 읍내에 간다고 했다며. 맛있는 거 먹었어?"

"짜장 곱빼기."

"어지간히 좋아한다. 조금만 먹지 그랬어. 내가 맛있는 거 많이 가져온다고 했건만."

모니카가 눈짓으로 가리킨 곳에는 보따리가 있었다.

"목욕하러 가야겠어. 조금만 걸어도 땀이 비 오듯 하네. 올여름 무덥다는데, 다른 건 틀려도 꼭 무더위나 한파 같은 건 일기예보가 맞아떨어지더라."

수건과 비누를 챙긴 모니카가 손전등을 들고 앞장섰다. 기분이 참으로 묘했다. 내 일기를 읽었으면서 밤에 아무도 없는 개울로 목욕하러 가자는 모니카의 마음을 읽어낼 재간이 없었다. 대야를 내게 내밀더니 모니카는 헐렁한 원피스를 벗는 시늉을 하며 말했다.

"옷을 막 벗어도 안 놀랄 거지?"

나는 그 말뜻을 알아차리지 못하고 웃었다.

"이번 여름 무척 덥다는데, 땀깨나 흘릴 거야. 목욕 안 할 수도 없고, 그래서 집에 간 김에 수영복을 가져왔거든. 해수욕장에 왔다 생각하고 막 벗어도 되잖아."

"아이고, 대단하십니다."

장난스러운 내 말에 모니카는 한술 더 떴다.

"나는 달빛 은은한 데서 봐야 예쁘고 리노는 햇살 밝은 데서 봐야 멋지지."

모니카가 목욕하는 사이에 나는 보호자처럼 지키고 있었다. 모기나 벌레들 때문에 몸을 자꾸 움직여야만 했다. 나는 모니카의 벗은 몸을 자꾸 떠올렸다. 보드랍고 탄력 있고 고혹적인 몸매를 가졌을 것 같았다.

그날 밤 나는 잠들지 못하는 이유를 모니카가 돌아온 탓으로 돌렸다.

"어제는 잘 잤는데, 하룻밤 떨어져 잤다고 또 이렇게 잠이 안 오는 이유가 뭘까?"

모니카가 이렇게 물었다.

"우리가 식물이 아니라 정신 멀쩡한 동물이고 원시인이 아

니라 현대인이고 어린애가 아니라 건강한 성인이고 냉혈이
아니라 온혈 인간이니까 그런 걸 거야."

"어젯밤에 내가 엄청 보고 싶었나 보네."

"없으니까 편하고 좋기만 하던데……."

"그럴 줄 알았어. 거짓말 좀 그럴듯하게 해보시지……."

모니카는 나를 때리는 시늉을 하고 크게 썰어놓은 수박을
내밀었다.

이튿날 아침밥을 먹고 산책 삼아 목장 뒷길을 한 바퀴 돌
았다. 땀을 씻으려고 개울 쪽으로 갔다. 내 눈에 뜨인 것은 모
니카의 머리핀이었다. 어젯밤에 목욕하며 빼놓았다가 잊어
버린 것 같았다. 머리핀을 씻어 수건으로 말려 책상 위에 올
려놓고 일기를 쓰기 시작했다. 망설이거나 고민할 게 없었다.
내게는 우주 전체에서 오직 한 사람의 독자가 생긴 것이다.
그녀에게만 속삭일 수 있는 통로가 생겼다. 모니카만이 읽을
것이다. 그녀가 듣고 싶은 것이든 듣기 싫은 것이든 내가 알
바 아니다. 말로 할 수 없는 얘기를 모두 털어놓을 것이다. 행
동으로 옮길 수 없는 것도 다 털어놓을 것이다. 그래서 모니
카가 나를 다시 보게 만들 생각이었다. 내 간절함이 그녀의
마음을 차츰 열 수밖에 없도록 설득할 작정이었다. 그동안
읽었던 문학작품 속에 있는 좋은 문장이나 단어를 적어놓은
공책을 펼쳐놓고 모니카를 감동시킬 만한 글을 써 내려갈 수

있을 것 같았다.

내가 먼저 다가가지 않아도 자기가 먼저 입맞춤을 하고, 내가 애타게 그녀를 끌어안지 않아도 그녀가 먼저 나를 포옹하고, 내가 간절히 그녀의 몸을 탐내지 않아도 그녀가 먼저 나를 원하게 되는 상황을 만들 것이다. 어찌 이 기막힌 기회, 하늘이 주신 기회를 놓칠 수 있겠는가. 방학이 좀 더 길었으면 싶었다. 아니 방학이 끝날 무렵에 모니카는 내 여자가 되고 나는 모니카의 남자가 되어 있을 것이다.

거울을 유심히 쳐다보았다. 눈썹은 조금도 자라지 않았다. 머리칼은 한 달이면 얼추 1센티미터쯤 자라는 것 같은데 눈썹은 몇 달 걸려야 제 길이가 된다고 했다. 개학해서 학교에 가면 애들이 내 눈썹을 보고 이상하게 생각하겠지만 나는 눈썹을 밀었기에 모니카와 한방에서 살게 되었으니 아무리 생각해도 잘한 것 같았다. 간절히 원하면 이루어진다고 했다. 하느님, 제 간절한 기도를 꼭 들어주소서. 하느님, 모니카에게 제가 맹렬한 수컷이라는 걸 알려주세요.

사랑은 얼마나 오래갈 수 있을까

　그날 내가 서둘러 일을 마치고 목장으로 간 것은 준걸의 친구가 귀띔을 해주었기 때문이다. 논산에서 그리 멀지 않은 곳에서 의료 봉사를 하게 되었는데 준걸이 자청하여 봉사단에 합류한 것이 미심쩍다는 얘기였다. 준걸의 고등학교 친구였고, 같은 해 같은 의과대학에 입학해서 무척 가까운 사이였지만 지금은 소원한 사이가 되었다고 했다. 혹시라도 나를 찾아와서 행패를 부릴 수 있다고 생각할 만큼 이준걸이 내게 앙심을 품고 있다는 얘기도 했다. 그 얘기를 듣고 나는 마음이 착잡해졌다.

불편한 마음을 지우려고 서둘러 목장으로 왔더니 리노는 참고서를 사러 읍내에 나갔다고 했다. 어젯밤에 전화 걸어 사다 달라고 하지 않은 걸 보면 바깥바람을 쐬고 싶은 것 같았다. 책상 정리를 하다가 한 참고서가 다른 책과 달리 조금 불룩하다는 걸 알았다. 리노의 일기장을 찾아냈을 때, 한참을 망설였다. 나를 좋아한다는 걸 알기 때문에 그게 어느 정도인지 궁금하기도 했다. 리노가 쓴 일기라면 읽는 것만으로도 리노를 낱낱이 분해하듯 파악할 수 있을 것 같았다. 나는 리노의 생각이 궁금했다. 어젯밤에 쓴 게 분명한 일기부터 펼쳤다. 가슴이 먹먹해졌다.

사르트르가 말했다. 인간에게는 그를 억압하는 그 어떤 본질이 없다. 그래서 인간은 자유롭다. 어느 누구도 어떤 사회적 관습이나 제도도 심지어 신마저도 인간을 억압할 수 없다. 운명은 자기 손에 달려 있으며 매 순간 스스로 선택하고 결정해야 한다. 인간의 자유는 그저 얻어지는 선물이 아니다. 나스스로 쟁취해야 한다. 나는 모니카를 선택했고 나는 자유롭다. 앞으로 내가 마음먹은 대로 하고 말 것이다. 하느님도 막지 못하실 거다.

리노는 온종일 나만을 생각하고 그리워하다 나와 함께할 미래를 그려본 것이다. 지금은 그 누구에게도 나에 대한 생각을 털어놓지 못하고 마음을 숨겨야 하는 그가 가엾다. 리노가 또래의 여자 친구를 만났다면 거리낌 없이 시내에 나가 연애를 하고 거리에서 손을 잡고 다니며 데이트를 했을 것이다. 함께 미래를 그려보며 이런저런 희망에 가슴이 부풀고 달콤한 키스도 하고 때론 질투도 하고 사랑싸움도 했겠지. 그러나 나와는 아무것도 할 수 없는 리노는 결국 지쳐갈 것이다. 내가 그의 마음을 받아들인다 해도 우리의 인연은 얼마나 오래갈 수 있을까.

리노는 나와의 사랑이 이루어지게 해달라고 간절하게 기도했다. 리노의 머릿속엔 내가 가득 차 있어서 공부에 몰입하기도 어려울 것 같았다. 그렇다고 내 마음을 솔직하게 다 표현하면 편안하게 시험 준비에 집중할 수 있을까. 아니, 더 복잡해질 것이다. 그는 사람이 아니어도 좋다며 나와 함께할 수만 있다면 벌레가 되어도 좋다고 했다. 만약 리노가 내 일기장을 읽는다면 뭐라고 할까. 다른 연인들처럼 서로가 사랑하는 마음을 자유롭게 표현할 수도 없는 우린 불행한 연인이다. 그의 마음을 알면서도 나 또한 그를 향한 마음을 내색할 수도 없다. 그보다 나이가 많은 내가 어른스럽게 이끌어줘야 하는데 나도 모르는 사이에 리노에게 끌려가고 있다.

'오늘 밤 리노에게 내 마음을 다 털어놓을까? 나도 널 좋아한다고 말해 버릴까?'

나는 리노의 간절한 일기를 읽고 나서 이런 생각까지 했었다. 그러나 이내 마음을 접었다. 리노 부모의 소망대로 의과대학에 진학하게 하려면 리노의 마음이 흔들리게 해서는 안 된다는 생각을 했다. 어디 그뿐인가, 리노가 신학대학을 포기했을 때 주변 사람들이 수군거리던 소리를 나는 잊을 수가 없었다. 내가 어린 리노를 꼬드겨서 신학대학에 갈 수 없게 만들었다는 것이다. 그런 오해를 단번에 풀어버릴 수 있는 방법은 리노가 단번에 의과대학에 합격하는 것이라고 생각했다. 그래서 부모님께 저간의 사정을 털어놓고 리노를 목장으로 데려온 것이다.

내가 리노를 데리고 개울에 목욕하러 간 것은 어쩌면 나도 의식하지 못한 억눌린 내 영혼의 함성과 저 밑바닥에서부터 솟구쳐 오르는 욕망의 간접적인 표현이었는지도 모른다. 리노는 나를 지켜줄 만한 믿음직한 성품을 가졌고 언제나 내 주변에서 나를 향한 시선을 거두지 않았다. 그런데 그 모든 게 전혀 불편하지 않았다. 오래 같이 지내온 가족이나 친구 같기도 하고 무슨 얘기든 잘 받아주고 재미있게 응대하는 리노가 정말 편하고 좋았다. 그러나 리노의 일기 내용으로 보면 방학이 끝나기 전에 리노가 폭탄선언을 할 것만 같았다.

리노의 상상 속에서 나는 이미 리노의 것이었다. 만약 그렇게 되면 리노는 결코 나를 놓아주지 않을 게 분명하다. 그러나 리노는 내가 거절하면, 오래도록 애원하다 지치면 기꺼이 물러설 사람이지 나를 힘들게 할 사내는 정녕 아니었다. 그러다가도 문득 리노를 어려서부터 지켜본 음악 선생의 말이 떠오르곤 했다.

"리노는 한번 하겠다고 마음먹으면 목숨 걸고 덤비는 녀석입니다."

나는 도리질을 했지만 리노가 생각만 하다 그대로 포기하고 말 것 같지 않다는 생각을 했다. 리노는 날마다 나를 끌어당겼다. 나는 그에게 속수무책으로 끌려가고 있었다.

리노의 생활은 규칙적이었다. 취침과 기상뿐 아니라 아침 식사부터 저녁 참까지도 거의 시간표대로 움직였다. 점심식사 후에 목장 뒤편의 고압선 철탑까지 산책하는 시간도 늘 같았다. 리노가 산책하는 한 시간 동안은 내가 몰래 그의 일기를 탐독하는, 내가 리노의 생각을 들여다보는 시간이었다. 읽은 걸 또 읽기도 했고 문장 속에 숨겨진 리노의 마음을 생각하거나 일기 쓸 때의 그 감정을 음미하기도 했다.

리노의 일기를 읽을 때마다 두 개의 목소리가 들리곤 했다. 음악 선생이나 리노의 친구들의 평가는 '리노는 야심이 있어 쓰러질지언정 무릎 꿇지 않는다'는 것이었고, 신부님이나 수녀님의 목소리는 '리노는 천성이 천사같이 선하다'고 말했다. 나는 강인한 리노와 천사 같은 리노 사이를 외줄을 타고 건너는 느낌으로 하루하루를 살아야 했다. 바로 그런 게 리노의 매력이기도 했다. 리노가 개울 옆에서 내 머리핀을 주워 가방 속에 넣어놓았다는 걸 알면서 나는 모른 체했다. 리노의 일기에서 읽었기 때문에 말할 수도 없었다. 리노는 내가 몸에 지니고 있던 물건 하나쯤을 갖고 싶어 했다. 그래서 반지나 목걸이를 하나 줄 생각이었다.

날마다 리노의 일기를 읽는 것은 은밀한 희열이었다. 오직 나만을 위한 찬가였기 때문이다. 그럼에도 가슴 한편이 은근히 아렸다. 오직 나만을 생각하고 남김없이 주고 싶어 하는 애절한 마음 때문이다. 리노의 일기는 내게 행복과 불행을 함께 던져주었다. 그가 주는 지극한 마음에서 무한한 행복을 느끼지만 내가 그 사랑을 받아줄 수 없는 것은 절망이었다. 그래도 살맛이 났다. 사랑받는 느낌이 어떤 건지 확실히 알게 되었다. 누군가에게 사랑을, 이렇게 지극한 사랑을 받는다는 것은 내 존재가 가치 있다는 기쁨을 누리는 것이었다.

개학을 사흘 남기고 우리는 각자 짐을 챙겼다. 내일 아침 식사를 하고 목장을 떠날 예정이었다. 리노는 이곳이 공부가 잘 된다고 했지만 개학하면 학교 수업을 빼먹을 수는 없었다. 아버지가 그동안 수고했다며 리노에게 조촐한 잔치를 마련해 주었다. 푸짐한 밥상에 오래 묵힌 머루주까지 내놓았다. 그리고 우리 목장에서 한 달 가까이 공부한 기념으로 송아지 한 마리를 주기로 했다. 물론 송아지를 데리고 가서 키울 수 없기 때문에 리노의 이름표를 붙여 목장에서 대신 키워주다가 대학생이 되면 처분하여 장학금으로 주겠다고 했다. 리노는 극구 사양하며 한 달간 보살펴준 것만도 고맙고 다 갚을 수 없는 은혜라고 했지만 아버지는 미리 준비한 이름표를 리노가 직접 송아지에게 걸도록 했다. 나에게는 미리 알려주지 않았다. 설거지하던 어머니가 내게 슬쩍 귀띔했다.

"느이 아버지는 리노를 정말 얻은 아들이라고 생각하는 것 같더라. 네 밑으로, 혜경이 밑으로 어찌하든 아들 하나 낳을 거라고 해서 겨우 얻은 아들을 그리도 허망하게 잃었는데……. 느이 아버지는 리노를 보면 걔 생각이 나나 봐……. 아버지가 자꾸 그러니까 나도 그냥 정이 들어버리더라. 느이 아버지 성미에 어지간해서 다 큰 사내아이를 너랑 한 달씩이나 한방을 쓰게 했겠냐. 물론 너를 믿으니까 그랬지만."

묘한 인연이라는 생각을 또 하게 되었다. 리노 어머니는 나를 잃어버린 딸 아쟁과 닮았다 하고 우리 부모님은 리노를 오래전에 잃은 아들 같다고 했다. 리노와 나 사이에 새록새록 이야깃거리가 쌓여가고 인연이 깊어가고 있었다. 우리를 양쪽 집에서 며느리와 사위로는 받아들일 수 없지만 아들과 딸로 받아들일 수는 있을 것 같았다.

"지난번에 리노 어머니 왔을 때, 무슨 얘기 끝에 너는 그 집 수양딸 삼고 리노는 우리 집 수양아들 삼으면 어떠냐고 했었어. 어쩌면 양쪽 집에서 같은 생각을 하는지, 참 신기하더라."

벌써 여러 번 듣는 얘기였다. 리노는 그 얘기를 싫어했지만 어머니는 그런 눈치를 채지 못한 채 말했다. 그 말 속에는 너희는 친오누이 같으니 서로 도우며 잘 지내고 공부나 열심히 하라는 뜻도 숨어 있는 것 같았다.

리노는 술을 얼큰하게 마신 사람처럼 얼굴이 붉어진 채 별채를 향해 걸었다.

"취한 거 같아? 조금만 주실 것이지 아버지는……."

"내가 이 정도 마시고 취하면 우리 아버지 자식이 아니지."

리노 아버지는 술꾼으로 소문난 분이고 리노 어머니는 그런 아버지의 술 시중을 지겨워했다.

"얼른 짐 싸고 오늘은 좀 쉬는 게 좋겠지? 그동안 정말 열심히 공부했으니까. 참, 우리 아버지 웃기시지 않아?"

"진지하시기만 했는데, 뭐가 웃겨? 나를 사위 삼겠다는 게 아니면 어떻게 송아지까지 주겠냐고. 미리 사윗감에게 투자하는 현명한 분이시던데."

"또 시작한다."

때리는 시늉을 하자 리노는 내 팔을 힘주어 잡고 말했다.

"슬쩍 때리기만 해도 나는 발랑 자빠질 거고, 그럼 평생 데리고 살아야 하니까 마음대로 해보셔."

그냥 웃고 말았지만 그 순간에도 리노의 일기 속에 숨어 있는 숱한 단어와 문장들이 머릿속에 떠올랐다. 우리 목장에서 함께 보내는 마지막 밤, 우리는 도란도란 많은 얘기를 나누었다.

"나를 목장까지 데려와서 가뒀으니까 뭔가 책임져야 한다고 생각하지 않았어?"

리노가 정색을 하고 말했다.

"내가 휴가도 못 가고 바라지했으면 됐지, 무슨 책임을 지라는 거야?"

"신학대학 포기했잖아. 의대에 가면 해달라는 거 다 해줄 거지?"

그 순간 나는 얼른 대답할 수가 없었다. 리노의 목소리는 장난이 아니라 사뭇 진지했기 때문이었다.

"지난번에는 의대만 가면 해달라는 거 다 해준다고, 뭐든 말하라고 했잖아."

리노의 말에 나는 고개를 끄덕였다. 그런 약속을 장난처럼 한 적이 있었기 때문이다.

"뭘 원하는지 말해 봐."

리노가 말하지 않을 걸 뻔히 알면서 이렇게 말했다.

"그런 걸 미리 말하는 바보가 어디 있어. 나중에 딴소리할지 모르니까 서약서 같은 걸 쓰고 공증을 해야지."

"서약서는 지금 당장이라도 쓸 테니까 원하는 게 뭔지 말해 봐."

"그건 지금 말 못 해."

"왜 못 하는 거지? 무슨 비밀이라도 되는 건가."

"내 인생을 건 특급 비밀이니까 그런 줄 알라니까."

그걸로 끝이었다. 리노는 더 이상 말하려고 하지 않았다.

이부자리 사이에는 여전히 과일 그릇이 놓여 있었다. 이불을 덮고 누운 우리에게는 늘 과일 그릇이 철조망 구실을 했다. 어둠 속에서 둘 중 한 사람이 먼저 잠들기 전까지 우리는 하루에 있었던 일을 이야기하고 오래전에 있었던 일을 다시 들려주었고 재미있는 이야기를 끊임없이 말하곤 했다. 어린 시절로 돌아가기도 했고 성당에서 우리가 함께 아는 사람들의 이야기도 하며 배가 아프도록 웃기도 했다. 아침에는 어김없이 내가 먼저 일어났다. 한숨만 더 잤으면 싶다가도 리노를 편하게 해주기 위해 일어나서 얼른 세수하고 본채로 올라가 목장 일이나 부엌일을 거들곤 했다. 단칸방 부엌은 옷 갈아입는 곳이었고, 리노의 속옷이나 양말은 리노가 빨아 별채 뒤쪽의 빨랫줄에 널어 햇살로 뽀송뽀송하게 말리곤 했다. 목장 일이 바쁠 때 리노와 나는 밥상머리에 둘이 앉아 도란도란 밥을 먹었고 함께 설거지를 하기도 했다. 남이 보았다면 영락없이 처가에 몸을 의탁하고 시험 준비하는 어린 사위와 과년한 딸의 신접살림 같았을 것이다.

일기에는 그렇게 썼지만 리노는 사실 순수하고 수줍은 소년이기도 하고 깍듯한 신사여서 우리 모두의 신뢰를 얻고 있었다. 리노가 아무리 일기에다 뜨거워지는 마음을 적어놓았다 해도 그의 얼굴을 보면 과연 이 사람이 그 글을 썼을까 믿어지지 않았다. 내 알몸을 연상하고, 내 이불 속으로 들어오고 싶어 하는 리노의 일기 속 솔직한 고백을 떠올리면 나도 호기심이 생기기도 하지만 절대 우리는 그래선 안 될 것 같았다. 그랬다간 우리는 분명 이 멋진 인연을 하루아침에 깨뜨릴 수도 있고 서로를 원망하며 다시는 못 보게 될 수도 있다는 생각이 들었다. 남자란 그렇게 내밀하게 가까워지면 여자에 대한 신비로움이 사라져 또 다른 새로운 여자를 찾게 된다고 들었다. 더구나 내가 연상인데 리노에게 그런 일을 당하는 건 차라리 만나지 않은 것보다 못한 것이다. 리노도 이제 곧 성인이고 대학에 가보면 제 또래의 풋풋한 여자애들을 만날 텐데, 그러면 나를 잊는 건 시간 문제일 것이다.

리노는 이리저리 뒤척이며 잠들지 못했다. 잠든 척하고 있는 나를 깨우려고 그러는지 헛기침을 서너 번이나 하더니 물었다.

"자는 거야? 자는 척하는 거지?"

"푸욱 자고 일어나야 정신이 맑아진다니까 그런다."

"그걸 누가 모를까."

"그럼 얼른 주무셔."

"영화나 드라마에서 용감한 녀석들은 대개 기습 공격을 하잖아."

"무슨 기습?"

"기습 키스."

"그러다가 따귀 맞지. 그런 건 극 중에서 재미로 그러는 거고……. 실제로 그러다간 따귀를 맞거나 경찰서로 끌려가거나 그럴걸."

"나는 오늘 밤에 정말 따귀 맞고 싶어. 경찰서에 끌려가서 얻어맞아도 좋고."

"앞으로 리노한테는 나보다 훨씬 예쁘고 똑똑하고 얘기도 잘 통하는 여학생이 나타날 거야. 아, 생각만 해도 질투 난다. 그 인물에 어떤 여자애가 반하지 않겠어. 그때는 여학생이 먼저 기습 공격을 할 거야. 그러니 조금만 기다려."

"내가 좋아서 해야지 남한테 당하는 게 무슨……."

리노는 무슨 얘긴가 하려다 마는 눈치였다. 그러고도 한참 동안 우리는 잠들지 못한다는 걸 서로 알고 있었다.

"좋아! 그럼 우리 타협하자."

내가 먼저 뒤척이는 리노에게 말을 걸었다.

"무슨 타협?"

"눈을 꼭 감고 있으면 내가 리노의 볼에다 뽀뽀를 해줄게. 유치원에서 최고의 칭찬이 볼에 뽀뽀해 주는 거거든."

"뭐? 내가 이 나이에 유치원생 되는 거야?"

어둠 속에서 리노가 눈을 지그시 감는 게 희미하게 보였다. 장난스럽게 입술을 쑥 내민 모습이었다. 나는 그의 그런 모습이 귀여워서 안아주고 싶었다. 저렇게 사랑스러운 리노를 언젠가는 나보다 훨씬 나이 어린 여자애에게 뺏겨야 한다고 생각하니 질투가 났다. 리노의 볼에 뽀뽀를 해주고 나서 나는 벽을 보고 돌아누웠다. 리노도 벽을 보고 옆으로 누웠다. 그 상태로 우린 언제 잠이 들었는지 모른다.

아침에 눈을 뜨니 내 머리맡에 머리핀과 잠든 내 모습을 연필로 그린 캐리커처가 놓여 있었다. 리노는 미술 선생이 집안 형편만 여유가 있다면 미술 공부를 해도 성공할 수 있을 거라고 말했을 만큼 그림에 소질이 있었다. 캐리커처는 아침에 그린 것이 분명했다. 내가 이불을 덮고 누워 있는 그림이었다. 우스꽝스럽게 내 입술이 크고 두툼하게 그려져 있었다. 리노는 일찍 일어나 잠든 내 모습을 그려놓고 나간 것 같았다. 캐리커처 뒷면에는 연필로 이런 글귀를 적어놓았다.

"천사가 되려다 만, 온 세상에서 가장 향기가 그윽한 내 우렁각시……"

나는 얼른 일어나 캐리커처를 가방 속에 넣어놓고 서둘러 본채로 올라갔다. 리노는 제 이름표를 붙인 송아지를 끌고 풀을 먹이러 갔다고 했다. 한동안 송아지를 볼 수 없으니 작별의 정을 나누고 오겠다며 송아지를 끌고 갔다는 것이다.

"저렇게 정이 넘치면 세상에 나가 치여 살기 십상인데, 그래도 정 없는 사람보다 낫지. 외롭게 자라서 그럴 수도 있어.

네가 잘 도닥거려 동생 만들어라."

어머니의 판단이 얼추 맞을 것 같다는 생각을 했다. 몇 번인가 어머니가 지나가는 말로 리노는 누구한테든 한번 마음을 주면 끝까지 의리를 지킬 것이라고 했다. 어머니는 리노가 앞으로 의사가 되어서도 우리 집안과 소식을 끊지 말고 왕래하면서 아들처럼 지내주기를 바라고 있었다. 장래가 유망한 리노가 어머니에게 살갑게 대하고 잔정도 많으니 어떻게든 지척에 두고 싶어 하셨다.

밥 먹을 때쯤에 리노는 송아지를 앞세우고 내려왔다. 땀 흘린 리노를 아버지가 지하수 퍼 올린 물로 등목을 해주었다. 마른 수건으로 리노의 등과 머리를 닦아주는 아버지의 표정은 영락없이 방학 때 내려온 아들을 대하는 것 같았다. 목장을 떠날 때 리노는 우리 부모님께 큰절을 올렸고, 아버지는 리노의 손에 봉투를 쥐어주었다. 참고서를 사고 맛있는 것도 사 먹으라는 것이었다. 아버지가 내준 봉고차를 기다리는 사이에 리노는 장난스럽게 말했다.

"나를 데릴사위 삼으시겠다는 거 눈치챘지?"

"헛소리만 골라 하는 걸 누가 알까."

나는 리노의 등을 소리 나게 한 대 때렸다.

고향의 가을은 누구나 부지런해져야 하는 계절이었다. 일손이 달려 정신없이 지내다 보면, 세월은 빠르게 달음박질치곤 했다. 유치원도 소풍이며 재롱 잔치며 행사가 연달아 이어졌다. 리노는 학교 공부를 마치면 읍내 학원에 가서 입시 공부를 하느라 얼굴 보기도 쉽지 않았다. 그래도 주일에는 낮미사를 빼놓지 않았다. 리노는 미사 참례를 하고 나와 같이 점심을 먹는 게 유일한 낙이라고 했다. 더러는 우리 집에서 공부하다가 저녁밥을 먹고 가기도 했다. 그날도 미사 참례를 하고 성가대 연습을 끝내고 리노와 점심 식사를 했다. 리노가 우리 집에서 공부하겠다고 해서 둘이 논둑길을 느긋하게 걸었다.

개울의 작은 다리를 건너는 순간 가슴이 철렁했다. 우리 집 대문 옆에 서 있는 낯익은 사내와 눈길이 마주쳤던 것이다. 이준걸이었다. 혜경의 말로는 내가 목장으로 급히 간 날에도 왔었고 혜경의 회사로 협박 전화도 몇 번 걸었다고 했다.

"왜 그래? 아는 사람이야?"

내 굳은 표정을 보고 리노가 걱정스럽게 물었다. 리노에게 말하고 싶지 않은 사연이었다. 리노가 알면 실망하거나 분노할 얘깃거리였다. 그러나 다혈질인 이준걸의 습관이 되어버린 주먹질을 알기에 얼른 이렇게 말했다.

"가지 마. 내 곁에 있어. 무서운 사람이야. 무슨 행패를 부릴지 모르니까 조심하고."

준걸을 보는 순간 해코지를 당할지 모른다는 두려움 때문에 염치 불고하고 리노에게 도와달라고 했다. 리노는 뭔가 눈치를 챘는지 얼른 내 손을 잡았다. 먼 거리였으면 얼른 피했을 텐데 가까이에서 마주치는 바람에 피할 틈이 없었다. 대문 쪽으로 다가선 준걸의 눈빛에는 살기가 묻어났다.

"이혜란, 얘기 좀 하자. 좋은 말로 할 때 말 들어. 내 성질 돋우지 말고."

거친 목소리였다. 리노가 내 손을 힘주어 잡고 대문을 밀었다. 그가 리노 앞을 가로막았다. 준걸에게서 술 냄새가 풍겼다.

"누나, 먼저 들어가."

리노에게서 처음 듣는 소리였다. 리노가 일부러 누나라고 부른 것 같았다. 리노가 이준걸을 밀치고 나를 대문 안으로 밀어 넣었다. 겁에 질린 나는 짧은 순간에 많은 생각이 스쳐 갔다. 만약 몸싸움이 시작되어 시끄러워지거나 이준걸의 행패가 심해져서 이웃 사람들이 달려와서 내 숨겨진 얘기가 알려지는 것도 두려웠고, 리노가 다치거나 이준걸이 우리 집에 불을 지를 수도 있다는 걱정까지 뒤엉켜 떠올랐다. 한참 전얘기이지만 이준걸이 자취방에 불을 질러 혼비백산을 한 적도 있었던 것이다. 경찰을 부르는 수밖에 해결 방법이 없다는 생각에 전화를 걸려고 마루에 올라갔는데 리노를 뿌리친 이준걸이 구둣발로 나를 걷어찼다. 순간 숨을 쉴 수가 없었다. 마룻바닥에 쓰러진 채 가슴을 부여잡고 애써 숨을 토해

냈다. 리노가 이준걸을 끌어안고 뒹굴었다. 건장한 두 남자의 거친 숨소리가 주먹질보다 더 거칠었다.

"안 돼! 안 돼! 얼른 도망쳐. 도망가라니까."

내가 이렇게 소리친 것은 준걸이 잭나이프를 치켜들었기 때문이었다. 리노는 가죽 허리띠를 재빨리 풀어 오른손으로 잡고 준걸을 노려보았다.

"누구 없어요? 살려주세요!"

나는 악을 쓰며 이웃에서 달려오기를 간절히 바랐다. 그러나 내 목소리는 두 사람을 더 빨리 엉겨 붙게 만들었다. 경찰서에 전화 걸 여유도 없었다. 대문을 열고 나가서 이웃집과 길 건너 가게까지 들리도록 "불이야!"도 외쳐보았고 "사람이 죽어가요. 도와주세요!", "경찰서에 신고해 주세요!", "제발 도와주세요!"라고 정신없이 외쳤다. 가게 주인과 이웃집 남자가 빗자루와 빨래 방망이를 들고 달려왔지만 선뜻 뜯어말리지 못했다. 리노는 핏물로 옷을 적셨고, 준걸은 리노에게 목을 졸린 채 악다구니를 쓰고 있었다. 잭나이프는 장독대 옆에 떨어져 있었다. 동네 사람들과 지나가던 낯선 사람들까지 마당으로 들어왔다. 여러 사람이 두 사람을 겨우 뜯어말렸지만 흥분한 두 남자는 말리는 사람들까지도 거칠게 밀어내곤 했다. 나는 그 절박한 순간에도 리노가 정말 날쌔고 유연하다는 걸 실감했다. 엉겨 붙어 맞고 때리는 두 사람의 모습에서 나는 표범과 하이에나 같다는 느낌을 받았다. 리노는 표범 같았고, 준걸은 남의 먹이를 가로채는 비열한 하이에나 같았다.

옷이 온통 새빨갛게 물들어 피투성이가 된 듯한 리노는 경찰서로 끌려갔다. 쌍방 폭력이라는 형사의 말에 항의를 해봤지만 통하지 않았다. 먼저 주먹질을 한 것도 준걸이고 잭나이프를 꺼내 찌른 것도 남의 집에 침입한 것도 그였지만 결론은 둘 다 그냥 폭력범이었다. 신부님과 교장 선생님이 달려와서 수습하려고 했지만 경찰 책임자는 요설을 늘어놓는 재담꾼처럼 길게 말을 이어가더니 법적으로 따질 수밖에 없다고 했다. 리노 어머니와 아버지는 몇 마디 거들지도 못했다. 두 사람 모두 폭력범으로 처벌할 수밖에 없다는 게 경찰의 한결같은 주장이었다.

뒤늦게 소식을 듣고 달려온 우리 아버지는 전후 사정을 파악했는지 이렇게 말했다.

"성질 같아서는 저런 놈을 죽여도 시원찮고 반드시 감옥으로 보내야 하지만, 화해하는 수밖에 없게 됐다. 고집부리면 리노만 구속되고 저놈은 무슨 수를 써서라도 풀려나게 돼 있어."

사람들이 모두 피해자의 편이 아니라는 걸 알았다. 준걸을 하이에나, 리노를 표범처럼 느꼈다는 내 말이 입 밖으로 나왔다면 리노에게 불리하게 작용했을 것이다. 덩치는 엇비슷하지만 준걸은 술에 취했고, 운동으로 단련된 리노의 공격을 방어하려고 정당방위 차원에서 잭나이프를 꺼냈다는 게 형사의 판단이었다. 아버지는 형사의 판단 배경을 읽고 있었다. 형사는 리노가 태권도와 합기도의 유단자이고, 전과까지는 아니더라도 폭력 행위로 경찰서에서 조사받은 적이 있으며, 칼에 찔린 것 말고는 다른 피해가 없다고 했다. 반면 준걸은 흉기 소지와 불법 침입의 죄는 있지만 골절에 치아 흔들림 등으로 피해 정도가 전치 6주 이상이 확실하기에 정당방위를 인정할 수밖에 없다고 했다. 리노가 칼에 찔린 것도 준걸이 고의로 그런 게 아니라 겁을 주려고 칼을 꺼냈는데 리노가 붙잡는 과정에서 그랬다는 것이었다. 나는 그가 의사이며 또 폭력 전과가 여러 건 있고 지금 하고 있는 진술은 전부 거짓말이라고 따졌지만 형사는 도리어 나도 폭력범으로 몰아붙였다. 두 사람의 싸움을 말리면서 준걸의 팔뚝을 깨문 것 때문에 함께 입건할 수도 있다고 으름장을 놓았다.

우리는 형사의 속셈을 얼추 짐작할 수 있었다. 준걸의 아버지가 그 잘난 아들의 행패쯤은 가볍게 처리할 검찰 고위 인사라는 걸 나와 우리 부모뿐 아니라 담당 형사와 경찰 간부들도 알고 있었다. 화해 조서를 작성하고 반성문을 제출하면 양쪽 모두 없던 일로 처리해 주겠다는 걸 리노는 한사코 거부했다. 같이 처벌을 받겠다고 우겼다.

나는 부끄럽고 미안한 심정으로, 저간의 사연들을 털어놓을 수밖에 없었다. 리노도 어느 정도는 눈치챘을지 모른다.

술 취한 척하며 준걸이 늘어놓는 말을 리노도 들었을 것이다.

"내가 두 눈 시퍼렇게 뜨고 있는 한, 혜란이 너는 시집은 다 갔다. 평생 혼자 살든가 사라지든가……. 도망가도 내가 지구 끝까지, 지옥까지라도 쫓아가서 망신을 주고 또 내가……."

나는 안다, 그의 술버릇을. 소주 몇 잔으로 취할 사람이 아니었다. 취한 척해야 상황을 유리하게 만들 수 있다는 걸 아는 노련하고 영악한 인간이었다. 리노는 울고 있는 내게 다가와 손수건으로 눈물을 닦아주었다. 리노의 표정은 흔들림 없이 의연했다. 믿음직스러운 그에게 의지하고 싶은 심정이었다. 리노는 형사의 말대로 화해 조서에 서명했다.

병원에서 상처를 꿰매고 잠시 쉬는 동안 리노가 내 등을 도닥거리며 위로해 주었다.

"시집은 가더라도 우리 옆집에 살면 돼. 저 새끼가 지랄하면 다시는 까불지 못하게 박살 내버릴 테니까."

나는 그 소리를 듣는 순간 묘하게 서운하기도 했고 기분이 좋기도 했다. 다른 사람에게 시집가도 좋다는 소리로 들리는 건 서운했고, 그 인간을 다신 까불지 못하게 해버리겠다고 할 땐 가슴이 후련하고 든든했다.

그날 밤 나는 아버지에게, 가능하면 빨리 시집가라는 소리를 들어야만 했다. 전부터 몇 차례나, 괜찮은 사람이 있는데 집안끼리 잘 알고 신랑감이 나를 어느 정도 알고 있으니 선을 보자고 했었다. 신랑감이 나보다 일곱 살이나 나이가 많다고, 듬직하다고 했다. 나도 그 집안을 알고 있었다. 내가 봐도 신랑감이 인상도 좋고 점잖아 보였다. 그동안 어머니가 썩 내켜하지 않은 이유는 그 사람이 약혼을 했다가 파혼을 한적이 있기 때문이었다. 그것 말고는 나무랄 데가 없다고 아버지는 말했다. 어머니가 말을 거들지 않는 걸로 미루어, 오늘 같은 사달이 또 언제 어떻게 벌어질지 모르니까 그만한 혼처면 서두르는 게 좋다고 여기는 것 같았다. 나는 아무 말도 하지 않았다. 오늘 같은 날 부모님을 위로하지는 못할망정 굳이 마음 불편하게 해드리고 싶지 않았다.

잠자리에 누웠지만 가슴에 바윗돌을 얹어놓은 것 같고 낮에 벌어진 장면들이 눈앞에 빠른 속도로 펼쳐지곤 해서 도저히 잠들 수 없었다. 동네 사람들을 어찌 보며 성당에 가서 신부님과 수녀님을 무슨 낯으로 대한단 말인가. 큰 죄를 지은 건 아니지만 사람들이 온갖 상상을 할 것 같아 부끄럽고 민망한 마음이 자꾸 나를 붙잡고 늘어졌다. 사람 한번 잘못 만난 인연의 고통이 이렇게 클 줄은 상상조차 해본 적이 없었다. 열 길 물속보다 한 길 사람 속을 모른다더니, 처음 만나서 한참을 사귀는 동안 늘 친절하고 예의 바르게 깍듯이 존중해 주던 사람이 무섭게 변질된 것은 잠자리를 허락한 다음부터였다. 내가 어지간히 속을 끓게 만들었으니 복수하지 않을 수 없다고 했다. 처음에는 농담이려니 했다. 일 년 넘게 매달리고 졸라댔지만 나는 가벼운 입맞춤 말고는 그의 욕정의 몸부림을 받아주지 않았다. 내가 완강히 거절할 때마다 참아주는 이준걸을 어느 정도 신뢰할 때쯤에 그는 내게 못할 짓을 했다. 그가 나중에 자랑삼아 말하지 않았더라도 나는 이미 눈치채고 있었다.

그가 맥주잔 속에 약을 탔다는 걸. 같이 맥주를 마시던 그의 친구들은 보이지 않고 나는 발가벗겨진 채 그에게 당했다. 그가 나와 결혼할 생각을 했던 것은 사실인 것 같았다. 준걸의 친구들 말로는 결혼할 여자이기에 억지로 성관계를 갖지 않았다고 했다. 대충 사귀다 말 여자 같으면 일 년 동안 참지도 않았다고 했다. 나중에 알게 된 것이지만 이준걸에겐 여자들이 제법 많았다. 인물 좋은 데다 학력, 직업은 물론이요 아버지가 검찰 고위 인사요, 어머니는 대학 교수였으니 인기가 많았다. 그렇게 따르는 여자들이 많고 능수능란하게 여러 여자와 교차 연애를 즐기면서도 친구들이나 친척들에게 결혼할 여자가 있다고 자랑한 여자가 나였다. 나를 여기저기 소개하고 다니는 그가 믿을 수 있는 사람이라 생각되어 대학을 졸업하던 해, 교사로 근무하면서 약혼을 했던 것이다. 그 후 이준걸에 대해 자세히 알게 된 나는 그와의 관계를 정리했고 이제는 여러 해가 지났는데 이준걸은 앙심을 품고 복수하겠다고 주변에 공언하기를 주저하지 않았다.

신부님의 본명 축일에는 신자들이 합동으로 축하연을 열었지만 신부님의 생일에는 사목회 회장단과 성가대와 청년회 간부들이 따로 조촐한 잔칫상을 차리곤 했다. 올해는 사목회장의 사업이 번창하여 훈장도 받고 규모가 큰 공장도 준공한 기념으로 신부님을 모시고 1박 2일로 경주에 다녀오기로 했다. 신부님은 무슨 생각이었는지 학교에서 출석 정지, 근신 처분을 받아 2주 동안 등교할 수 없게 된 리노를 초대했다. 가톨릭 학교이고 교칙이 엄격한 학교 사정 때문에 리노의 사정이 안타까워도 징계 절차를 밟지 않을 수 없었다. 리노는 대학 입시를 앞둔 고교 3학년이라는 것과 위기에 빠진 사람을 돕기 위한 행위였다는 것이 인정되어 그 정도 징계로 마무리되었다. 실밥 뽑은 자리의 상처를 리노는 자랑스럽게 보이며 말했다.

"학교에서는 처벌할 수밖에 없지만 신부님은 내게 상을 주신다는 거잖아."

리노는 좋아하면서도 못내 아쉬운 눈치였다. 당연히 나도 가야 하는 행사였지만 이번에는 마음이 내키지 않아 불참하겠다고 했기 때문이다. 좁은 바닥에서 그날의 사건은 바람을 타고 산지사방으로 떠돌았다. 안 가기로 작정하기를 잘했다고 생각하기도 했는데, 그건 그러지 않아도 이런저런 소문이 난 마당에 리노와 동행하는 게 신경 쓰였기 때문이다. 신부님은 그런 내 마음을 알았는지 전화로 위로를 해주었다.

"이번에 리노를 데리고 가는 건 리노가 옳은 일을 하다가 그리되었다는 것을 인정해 주고 싶기 때문입니다. 모니카도 같이 가면 좋겠지만 지금은 마음이 편치 않을 테니 집에서 안정을 취하며 잘 쉬고 있어요. 인생사가 다 그러려니 해요. 인생이 순탄하면 그게 어디 인생이겠어요."

신부님은 강론 때 자주 성직자의 삶이 고달프고 스트레스를 많이 받으며 내 팔자가 왜 이리 고단한가 생각되고 짜증이 난다는 얘기를 재미있게 들려주었다. 신자들은 그런 신부님의 넋두리를 들으며 위안을 받았다. 성직자로 규칙적인 삶을 살아가는 신부에게도 신자들과 마찬가지로 갖가지 고민과 짜증이 넘쳐난다는 것이 재미있게 여겨지고 공감을 하게 되었다. 내가 가진 고뇌는 다른 사람들도 다 겪는 거라고 위로하는 신부님의 강론은 늘 신자들을 웃게 만들었다. 경주에 다녀온 리노는 작은 선물 꾸러미를 내밀었다.

"이게 뭔데?"

"신부님께서 용돈을 주시면서 사고 싶은 게 있으면 사라고 하셔서 고민을 하다가……."

"그걸로 내 선물을 산 거야?"

"신부님의 명령을 거역하면 안 되니까. 그 순간에 내 마음을 움직인 게 이거였어."

작은 상자 속에는 남녀 인형 한 쌍과 스카프가 들어 있다. 내가 좋아하지 않는 색이었지만 어찌 이렇게 예쁠 수가 있느냐며 얼른 스카프를 목에 둘렀다. 보나 마나 리노는 용돈을 모두 털어서 장만한 것 같았다.

"스카프는 모니카를 묶어서 멀리 못 가게 하려는 거니까 고마워하거나 좋아할 거 없어. 이 인형은 우리가 하나씩 나누어 가지고 있다가 정말, 진실로, 끝까지 좋아할 사람이나 사랑하는 사람에게 주기로 해. 이건 그냥 선물이 아니라 세상에서 가장 의미 있는 귀한 물건이니까 그렇게 알아. 절대로 아무나 주면 안 돼."

리노는 내게 여자 인형을 주고 남자 인형은 곱게 싸서 가방에 챙겨 넣었다.

"내가 밉지 않아? 나 때문에 싸우고 다치고 출석 정지까지 당했는데. 더구나 내 부끄러운 얘기도 알게 됐고……. 리노가 차라리 나를 미워하거나 외면하면 마음이 편할 것 같기도 해. 아무리 생각해도 내 인생이 왜 이리 꼬였는지 답답해 죽겠어. 하소연할 데도 없고……."

리노에게 이런 말까지 하게 될 줄은 몰랐다.

"바보 같은 소리 좀 하지 마."

리노가 단호하게 말했다.

"부끄럽고 화도 나고, 미안해 죽겠는걸."

누가 어떤 위로와 격려를 하더라도 참고 견디기 어려웠다.

"그렇게 생각하지 마. 우리는 인생이 내 뜻대로 되기를 바라고 거기에 행복과 불행을 연결 짓지만 자세히 보면 좋은 일과 나쁜 일은 별 차이가 없대. 지나온 삶을 돌이켜보면 나빠 보이던 일이 오히려 나중에 득이 되고 좋은 일 같았던 게 더 손해를 보게 만든 경우가 있잖아. 무슨 일이 생기든 너무 기뻐하거나 슬퍼하지 말래. 그냥 벌어진 일은 모두 좋은 일이라고 생각하래. 무조건 다 잘될 거라는 낙관이 아니라 어떤 일이든 긍정적으로 받아들이고 거기서 출발하면 그 일을 풀어갈 지혜를 얻는다고 했어."

나를 위로해 주려는 리노의 마음은 알겠지만 지금 심정으로는 마음에 와닿지 않았다.

"제발 바보 같은 생각 좀 하지 마. 평생 내가 지켜주고 모시고 다닐 거야. 내가 의사가 되면 옷, 가방, 보석, 자동차…….갖고 싶은 거 다 사줄게. 모니카는 내 은인이잖아. 내겐 모니카가 정말 소중하고 필요한 사람이란 말이야. 그깟 놈 때문에 기죽지 마."

시간이 해결해 줄 수밖에 없다. 내가 아니라고 악을 쓰거나 고심한다고 바로 해결될 문제도 아니었다. 그럭저럭 마음의 안정을 찾아가던 나는 느닷없이 벼락 맞은 꼴이 되어버렸다. 유치원에 사표를 쓸 수밖에 없었다. 신부님과 원장님은 물론 리노와 친구들도 말렸지만 그렇게 하는 것이 옳다고 생각했다. 어린아이들을 유치원에 맡긴 학부모들 마음도 헤아려야 했고, 목장 일에 전념해야 할 우리 부모님 마음도 생각해야만 했다.

왜 뒤늦게 준걸이 행패 부린 사건이 지방 신문에 실리게 되었는지 모르지만, 기사 내용은 이준걸의 사건을 조사하는 과정에서 경찰서장과 논산 지역을 관할하는 검사가 개입하여 대학 입시를 앞둔 학생이 출석 정지를 당했다는 것이었다. 유치원 여선생 집에 무단 침입한 자를 정의감 넘치는 고교생이 나서서 막아주다가 폭력범으로 몰렸으며 무단 침입하여 잭나이프를 휘두른 자의 부모가 검찰 간부이기 때문에 슬그머니 사건이 무마되었을 거라는 추측성 기사였다. 가해자는 현직 대학 병원 의사인데 경찰서에 제출한 진단서에 편집증 환자라고 기록되어 있는 것 또한 폭력 행위가 계획적이며 의도적인 것 같다는 내용도 있었다.

물론 내 이름은 영문 이니셜이고 유치원 이름도 없었지만 이 바닥 사람들의 얘깃거리가 되기에 충분했고 어느 유치원 아무개 선생이란 건 삽시에 성당의 종소리처럼 울려 퍼졌다. 누가 신문사에 제보를 했는지 알려지지 않았지만 기자의 말에 의하면 경찰서장과 검사의 비행과 횡포를 고발하기 위한 것이지 결코 피해자의 프라이버시를 침해할 생각은 아니었다고 했다.

아버지와 어머니는, 사표를 내고 당분간 목장에서 쉬면서 지친 몸과 마음을 치료하는 게 좋겠다고 했다. 아버지는 신부님과 원장 수녀님을 만나 내 사표를 수리해 달라고 부탁했다. 속마음을 털어놓지 않더라도 부모님의 심중을 나는 어느 정도 알고 있었다. 소문이 바람을 타고 날아다닐 것이고 그로 인해 자칫 딸자식의 혼삿길이 막히게 될까 걱정을 하는 것이었다. 나도 사람들의 시선이 불편해 더 이상 외출하고 싶지도 않았다.

더 한층 고민되는 것은 리노에 관한 것이었다. 나를 도우려고 한 행동이었는데 결과는 나를 더 괴롭힌 것이 되었다고 생각했을지도 모른다. 내가 얼른 논산을 떠나야 리노도 마음 잡고 공부를 할 수 있을 것 같았다. 서둘러 유치원으로 가서 후임 교사에게 인수인계를 하고 곧장 리노네 집으로 갔다. 리노 어머니에게 전후 사정을 설명하고 리노에게 쓴 편지를 맡긴 나는 아버지가 보내준 봉고차를 타고 목장으로 갔다.

리노를 만나서 당분간 떠나겠다는 말을 할 수 있을 것 같지 않았다. 편지에 내 심정을 솔직하게 밝혔으니 답답하고 힘들어도 견디리라는 생각을 했다. 몇 번이나 당부한 것은 대학에 꼭 합격해 달라는 것이었다. 리노를 만나면 울음이 터질 것만 같았다. 사실 지금 내가 하고 싶은 건 리노와 함께 멀리 여행을 떠나는 것이다. 아는 사람이 아무도 없는 놀이공원으로 가서 솜사탕을 사 들고 리노와 이야기하며 여기저기 돌아다니고 싶다. 사람들이 많이 오가는 도시에 가서 리노와 함께 여기저기 기웃거리다가 쇼핑을 하고 지치면 벤치에 앉아 시원한 음료수를 마시거나 아니면 맛있는 음식을 함께 먹고 싶다. 리노가 내게 가자고 손을 내밀면 목적지가 어디인지 묻지도 않고 당장 떠날 것이다. 온 종일 아무 일도 없고, 무료할 만큼 평화로웠던 일주일 전으로 돌아가고 싶기도 했다. 그때가 얼마나 행복했는지 지금에서야 절실하게 그리워하고 있다. 이제는 돌아갈 수 없는 시간이 되었고 나라는 사람은 이제 내버려두면 삭아서 저절로 부서질 것만 같았다. 리노와 아무것도 함께할 수 없는 지금 정말 부서져버리고 싶었다. 먼지처럼. 흔적도 없이.

왜 시련은 비껴가지 않는가

재수 없는 게 재수생이란 농담을 들을 때마다 가슴이 철렁 내려앉는 것 같았다. 나는 스스로 재수생이 되겠다고 결정했다. 아무도 반대하지 않았다. 선생님들도 이번에는 운이 없어서 그런 것이니 재수하는 게 좋겠다고 했다. 내 점수로는 의대에 진학할 수 없었다. 아버지는 지방대학이라도 가는 게 어떻겠느냐고 했지만 어머니는 손사래를 쳤다. 어머니는 '말은 제주로 자식은 서울로'라는 옛말을 신봉했다. 내가 어머니의 뜻을 따른 것은 신학대학을 포기한 것에 대한 죄의식 같은 게 있어서 보상하고 싶다는 뜻이 강해서였지만 모니카를 괴롭힌 자에 대한 복수심도 마음속 어딘가에 꿈틀거리고 있음을 부정할 수 없었다. 그 일이 있은 직후 모니카는 목장에서 시외전화를 걸어 울먹이며 말했다.

"나 때문에 그렇게 된 거야. 나 때문에."

모니카는 말을 잇지 못한 채 울음 섞인 목소리로 미안하다는 말만 되풀이했다. 나는 누구보다 모니카의 마음을 잘 알고 있었다.

내게 결혼한다는 말을 해서, 그 말 때문에 내가 충격을 받아 입시 공부를 망쳤다고 자책하는 게 분명했다. 나는 아니라고, 절대로 그런 게 아니라고, 내 실력이 모자라서 그런 거라고 말했지만 마음 깊은 곳에서 이런 말들이 터져 나올 것만 같았다.

'왜? 나한테 왜 이런 시련을 주는 거야? 내가 뭘 잘못했는데! 결혼이라니! 그 사람이 누군데? 그 사람이 그렇게 좋아? 돈 많은 사람이야? 돈이 그렇게 좋으냐! 그 결혼이 행복할 거 같애? 너 그런 사람이었어? 그럼 난 뭐냐고!'

온종일 머릿속에서 가슴속에서 맴돌고 있는 말이었지만 소리가 되지 못한 말들이었다. 나 자신을 무너뜨리고 싶었다. 처절하게 피 흘리면서 죽어가고 싶었다. 그래서 모니카의 마음을 다시 빼앗아오고 싶었다.

방학 동안 목장의 단칸방에서 날마다 뜨거운 마음을 억누르며 쓴 일기, 오직 모니카만을 위한, 연재소설 같은 내 마음을 읽었으면서 어찌 나를 두고 다른 사람과 결혼을 할 수 있단 말인가. 내가 죽어도 잊지 못할 이름이 모니카라는 것을 이 지구 상에서 가장 잘 아는 여자가 아닌가. 그녀는 알 것이다, 내가 그녀의 호의를 사랑하는 게 아니라는 것을. 내가 그녀의 외모를 보고 빠져든 것이 아니고 그녀의 영혼까지 사랑한다는 것을. 세상을 모두 얻었다고 생각했다. 그런데 그녀는 떠난다고 했다. 그녀가 굳이 말하지 않아도 나도 짐작은 하고 있다. 그 못된 인간으로부터 자유롭고 싶은 것을 왜 모르겠는가. 편집증에 빠져 모니카를 고통스럽게 하는 사내의 횡포에서 벗어나려면 달리 방법이 없을지도 모른다. 그러나 도피의 수단으로 결혼을 선택한다는 건 잘못인 것 같다. 나는 바보였을까? 그토록 쉽게 날 버릴 수 있는 여자를 그리워하며 혼자 애태웠던 멍청한 녀석이란 말인가?

재수생이란 말이 듣기 싫어서 고등학교 4학년으로 진급했다고 너스레를 떨었지만 모니카가 원망스럽기도 했다. 모니카 때문에 실력은 분명 늘었다. 그럼에도 의대 입시에 실패한 것은 아직 내 실력으로 의대에 진학할 만큼 성적이 오르지 못했기 때문일 것이다. 의대 진학을 꿈꾸었다면 적어도 고교 2학년 때부터 준비해야 한다. 그런데 내 심장과 내 두뇌의 대부분은 모니카가 가져가버렸다. 어쩌면 내가 자청해서 상납했다는 표현이 맞을는지 모른다. 꼿꼿하게 머리 들고 당당하게 가슴 펴고 살아가야 한다지만 사랑한테만은 복종할 수밖에 없는 것이 가장 아름다운 삶이라고 생각했다. 나는 그녀에게 복종의 표시로 의대 진학을 결정했고 일기를 통해 내 마음을 전달했으며 눈빛과 표정으로 사랑을 확인했다. 사랑은 언어로 다 표현할 수 없다는 걸 알기에 말보다는 다른 방법으로 고백한 것이다.

모니카가 서낭당이라면 날마다 수백, 수천 개의 돌멩이를 던져 진작 그 돌무더기가 산이 되었을 것이다. 그녀를 사랑하는 마음이 용광로가 되어 내가 전부 타버리고 재만 남았을 것이다. 그래도 현실을 뛰어넘을 재주는 없었다. 모니카의 결혼을 막을 방법이 없는 것이다. 함께 도망쳐 깊은 산속이나 무인도에 가서 살고 싶지만 그것이 모니카를 진정 행복하게 하는 게 아니라는 걸 잘 알고 있다. 사랑이란 피가 끓어 사람까지 증발시키는 것이지만 시간이 가면 어려운 현실 앞에 한 점 먼지가 되어 사라지기도 하지 않는가.

나는 일기 쓰기를 포기했다. 쓸 말이 없어서가 아니라 너무 많아서 이루 다 형언할 수가 없기 때문이다. 어서 시간이 가서 모니카를 떠올려도 무덤덤해지기를 바라는 마음뿐이었다. 그녀가 죽어 같은 하늘 아래 살지 못하는 것보다는 천 배나 좋은 일이 아닌가 하고 나를 달래보기도 했다. 그러다 몇 번이고 우리가 나누어 가진 인형을 내게 돌려달라고 말할 뻔했지만 차마 그 말은 입 밖에 내지 못했다. 그녀가 어머니와 함께 서울 나들이를 할 때마다 내 옷이나 운동화, 참고서와 문제집을 사다 주었지만 하나도 고맙지 않았다. 서울 나들이는 보나 마나 뻔한 것. 혼수 장만이 아니면 신접살림을 위한 것이다. 그리고 신랑 될 사람을 만나겠지. 시집갈 준비를 하면서 논산 본가에 있지 않고 굳이 목장에서 지내는 걸 보면 나와 마주치는 걸 피하려고 그러는 것 같았다.

이번 겨울은 벌써부터 혹독한 추위를 짐작할 수 있었다. 일기예보는 평년 기온을 유지할 가능성이 많다고 했지만 나는 이번 겨울을, 얼어붙은 가슴으로 어찌 견디어낼지 막막했다. 내 마음은 북극처럼 얼어붙었고 모니카는 해빙선처럼 나를 짓부수며 목적지를 향해 내달리고 있었다. 그러나 이 혹한보다 더 두려운 것은 꽃 피는 봄날이었다. 꽃이 필까? 봄에 정녕 꽃이 피어야 하는가? 봄날에 꽃이 피면 모니카는 시집가고 나는 삭아버릴지도 모른다. 어머니와 아버지께는 정말 죄송하지만 별로 살고 싶은 마음이 없었다. 사람들은 이런 나를 보고 바보 같다느니, 어리석다느니 하겠지만 나처럼 영혼을 몽땅 빼앗겨보지 않아서 그렇게 생각하는 것이리라. 다 빼앗기고 빈껍데기뿐이면 살아도 사는 게 아니고 겉만 사람이지 속은 아무것도 아니라는 걸 그들은 모를 것이다.

어머니는 무슨 낌새를 챘는지 더러 이런 말을 하곤 했다.

"너한테 무슨 일 생기면, 엄마는 하루도 못 살고 죽는다. 난 너 때문에 살아."

어머니의 말이 몹시 과장된 것을 왜 모르겠는가. 어머니에게는 아버지도 있고 친정 부모와 형제자매도 있고 하느님도 있지 않은가. 그럼에도 나는 어머니의 표현을 부정할 수 없었다. 우리 어머니는 내게 큰 문제가 생기면 거의 죽음에 이를 만큼 허약해지고 결국 쓰러져 병원으로 실려 가곤 했다.

재수한다고 했지만 영어 단어, 수학 공식, 국어의 문장 따위가 머릿속에 들어오지 않았다. 의대 지망이 뭐 대수라고. 모든 게 허망하다는 생각뿐이었다. 몇 번이고 논산을 떠나 서울에 가서 재수 학원을 다니며 공부에 집중할 생각도 했다. 서울살이가 녹록지 않겠지만 모니카와 멀리 떨어져 있으면 이 답답하고 폭발할 것 같은 심정에서 벗어날 것 같았다. 어머니는 서울의 이모네 집에서 기거하며 학원에 다니라고 했다. 어머니 대신 나를 챙겨주고 감시할 사람은 이모밖에 없다고 생각한 것이다. 대학생이 되었다면 어머니의 생각을 받아들일 수 있지만 재수하면서 눈칫밥을 먹기는 정말 싫었다. 어머니 성격에 수시로 전화하고 걸핏하면 무슨 핑계를 대고 이모 집을 드나들 게 뻔했다. 그렇게 되면 두 명의 감시자에게 나를 맡기는 꼴이 될 것만 같았다. 더구나 이모네 아들과 딸이 이른바 일류 대학에 다니는데, 내 자존심 때문에라도 그 집으로 들어가기는 싫었다. 논산을 떠나는 것은 모니카를 생각하는 마음을 떨쳐버리기 힘들기 때문이었다. 논산에 있으면서 모니카의 허깨비를 끌어안고 살지 않을 자신이 없었다.

　스산하게 찬바람이 불던 날, 어머니는 모니카를 집으로 초
대했다. 솜씨 좋은 어머니는 정성스럽게 음식을 장만했다. 누
가 봐도 푸짐한 상차림이었다. 일부러 그랬는지 아버지는 술
친구들과 어울려 나갔다며 우리 셋만의 잔칫상을 차려주었
다. 모니카가 시집간다는 걸 알고 마련한 자리인데, 어머니는
밥상을 물릴 때까지 '시집'이나 '결혼'이란 말을 단 한마디도
하지 않았다. 물론 신랑감이 누군지 신접살림은 어디서 하
며 신혼여행지는 어디로 정했는지도 묻지 않았다. 그래도 내
가 끼어들 수 없는 얘기를 두 사람은 도란도란 나누었다. 목
장 일이 고되지 않느냐, 내 이름표가 붙은 송아지는 잘 자라
느냐, 고된 목장 일을 하는 부모님은 건강하시냐, 대학 시절
에 자취하면서 음식은 어찌했느냐, 딸을 멀리 보내는 부모님
심정이 어떠할지 누구보다도 잘 안다는 얘기를 주저리주저리
늘어놓았다. 잘 아는 얘기였으며 늘 하던 얘기였다. 나를 위
해 내 앞에서 모니카의 혼사 얘기를 하지 않기로 두 사람은
말없이 약속했을 것이다. 그런 배려가 고맙지 않았다. 오히려
내가 묻고 싶어도 묻지 못하는 것을 털어놓음으로써 궁금증
을 풀어주는 게 더 나았을 것이다.
　요즘 나는 머릿속이 여러 생각으로 뜨겁게 달구어져 있다.
같은 생각, 같은 물음이 반복되어 잠도 못 자고 더 이상 주체

할 수 없을 정도였다. 모니카가 왜, 누구랑, 어떤 인연으로 결혼을 결심했는지 묻고 싶었지만 자존심 때문에 그 말이 목구멍에 걸려 나오지 않았다. 모니카는 그 사람에 대해 대수롭지 않게 말했지만 설마 그렇게 아무 감정 없이 결혼까지 하겠는가. 대체 그 자식보다 내가 못한 게 뭔지 묻고 싶었다.

의문은 탐욕스럽게 번져갔다. 철학자 쇼펜하우어가 말했듯 내부 의식에 웅크린 어떤 의지와 힘과 탐욕이 아침부터 밤까지 조금도 쉴 수 없게 나를 들볶았다. 변덕스러운 욕망이기도 했고, 내 존재에 대한 보호 본능이기도 했다. 나는 자존심을 버리고 모니카의 치맛자락이라도 붙들고 싶은 심정이 되었고 그들에게 뭔가 문제가 생겨 파혼하는 상상으로 밤을 지새웠다.

누군가는 하늘 아래 살아 있는 모든 것은 외롭다고 했다. 그러나 나는 하늘 아래 오직 나 혼자만 처절하게 외로운 것 같다.

모니카는 차를 마시고 나서, 막차를 타야만 목장으로 돌아갈 수 있다며 일어났다. 일부러 나와 단둘이 있는 시간을 갖지 않으려고 그런다는 걸 나는 안다. 그 또한 나를 배려하려는 것이라는 것도. 모니카의 결혼은 지금 내게 일생일대의 가장 예민한 문제라는 것을 알 것이다. 모니카는 '또각또각'

구둣발 소리를 내며 말없이 걷기만 했다. 우리는 말없이 상대의 속도에 맞춰 걸었다. 할 말이 무지하게 많으면 말문이 닫힌다는 걸 알았다. 시외버스 정류장 앞에서 모니카는 흰 봉투를 내밀었다.

"이거 어머니께서 나 쓰라고 주신 건데, 안 받으면 서운하시다기에 받았어. 나 대신 리노가 쓰면 좋을 것 같아서……."

"우리 엄마 성의를 무시하지 말고 쓸 데가 많을 테니까 잘 쓰면 돼. 그걸 받으면 난 뭐가 돼?"

나는 퉁명스럽게 말했다. 갑자기 미안한 마음이 올라왔다. 해준 것도 없는 내가 이렇게 심통을 부릴 자격이 있단 말인가. 아직 나이는 어리고 돈을 벌어다 편안히 살게 해줄 것도 아니고 사람들 앞에 드러내놓고 내가 사랑하는 여자라고 할 수도 없고 결혼을 기약하기에도 답답하기만 한 현실이 아닌가. 모니카에게 대체 몇 년을 기다려달라고 할 수 있을까. 의대에 갈 수 있게 하려고 그만큼 내게 정성을 쏟은 모니카에게 난 언제 무엇을 해줄 수 있단 말인가. 내 욕심은 너무 뻔뻔스러운 거 아닌가. 사랑한다면 다 용서가 되는 건가. 대체 사랑이 뭐라고 내가 그녀를 잡을 수 있단 말인가. 사랑하면 나이 들어가는 그녀를 내 곁에 붙잡아두고 내 뒷바라지나 하며 지치게 만들어도 된단 말인가.

모니카는 얼른 고개를 돌리며 멀리 보이는 건물을 향해 돌아섰다. 정류장 주변의 밝은 불빛으로 그녀의 눈가에 물기가 서린 걸 얼핏 보았다. 정류장은 한산했다. 이제 그녀와 이별할 시간이 얼마 남지 않았다. 하고 싶은 말이 입안에서 뱅뱅 맴돌 뿐이었다. 그녀도 마찬가지였을 것이다. 시계 찬 손목을 내밀어 시간을 확인한 나는 곧 버스에 올라야 할 모니카에게 엉뚱한 소리를 했다. 수많은 할 말을 꾹꾹 눌러두고 영 어울리지 않는 말이 튀어나왔다.

"마이크로네이션이라는 게 있다는데⋯⋯."

"마이크로네이션? 그게 뭐더라⋯⋯."

"엠 아이 씨 알 오 앤 에이 티 아이 오 앤이라고⋯⋯."

"아, 그거⋯⋯."

모니카는 고개를 돌려 다가오는 버스를 바라봤다. 나와 눈을 마주치지 않으려 애썼다. 그녀는 눈물을 글썽이며 미소지었다. 버스에 오른 그녀가 창가에 앉아 손을 흔들었다. 나는 쏟아지는 눈물을 주체할 수가 없었다. 버스는 출발했고 그녀는 고개를 숙이고 있었다. 버스를 따라 한참을 달려갔지만 모니카는 끝내 고개를 들지 않았다. 시야에서 사라질 때까지 나는 그 버스를 내 눈과 마음에 담아두었다. 어지러웠다. 눈물이 하염없이 쏟아졌다. 내 몸 어디에 이렇게 많은 눈물이 숨어 있는지 알 수가 없었다. 눈물 저수지의 둑이 무너졌는지 모른다. 그녀를 한 번만 안아볼 수 있다면 밤새 달릴 수 있다. 그녀도 지금 눈물이 터졌을 것이다. 어쩌면 우리는 오늘 밤 내내 가슴을 부여잡고 오열할지 모른다. 그 남자가 사고로 죽었으면 했다. 지진으로 도로가 무너져 그녀가 잠시라도 되돌아올 수 있으면 얼마나 좋을까 싶었다.

도저히 걸을 수 없을 만큼 울고 또 울었다. 어지러워 쓰러질 것 같았다. 벤치에 앉아 소리 내어 울었다. 토할 것 같았다. 흐르는 눈물 때문에 앞이 보이지 않았다. 어떻게 집 근처까지 왔는지 모른다. 이발소 문짝에 매달려 있는 거울 속 내 얼굴은 눈두덩이가 부어 있었다. 이런 모습을 어머니에게 보이는 것도 못할 짓이다. 학교 운동장 그네 위에 앉아서 찬바람을 맞았다. 눈두덩이가 어느 정도 가라앉으면 집에 들어갈 생각이었다. 모니카와 나란히 앉아 얘기하던 그네였다. 모니카가 더욱더 보고 싶어졌다. 주체할 수 없게 눈물이 쏟아졌다. 지금쯤이면 모니카가 시외버스에서 내려 단칸방에 들어가 통곡을 하고 있을지 모른다. 우리 둘이 한 달 동안 머물던 그 별채는 차디찬 냉골일 것이다. 모니카는 본채에 머물지만 하루에 한 번 별채의 문을 열어본다고 했다. 그녀가 추억을 그리워한다는 걸 내가 왜 모르겠는가. 춥고 어지럽고 자꾸 가슴이 울렁거렸다. 종아리에 쥐가 났다. 이러다가 쓰러질 것 같아서 집으로 향했다.

어머니 방 문 앞에서 서성거리다 돌아섰다. 어머니는 잠들지 못하고 나를 기다렸나 보다. 나와서 내 모습을 보고는 걱정스러운 눈빛으로 내 등을 밀어 방으로 들어가게 했다. 그러나 아무것도 묻지 않았다.

"얼른 자야지. 그냥 자. 엄마가 기도해 줄겨."

어머니는 전등을 켜지 않은 채 내 등을 두들겨주었다. 나는 울음이 터질 것 같아 아무 말도 하지 않았다. 어머니는 콧물을 훌쩍였다. 내가 말없이 이불 속으로 들어가자 어머니는 낮은 음성으로 말했다.

"네 짝이 아니여. 세상에 더 예쁘고 착한 여자는 얼마든지 많아. 나중에 가서는 고맙다고 할 겨."

방문 닫는 소리가 난 후 나는 온몸을 떨며 울기 시작했다. 모니카도 나처럼 오열하고 있을 것이다. 내가 울면 그녀도 똑같이 울 것이다. 그녀가 울면 나도 울 것이다. 그녀를 울리지 말자고 마음먹을수록 눈앞엔 온통 모니카의 모습이 가득했다. 울고 있는 그녀의 모습, 나 없이도 행복한 그녀의 모습······.

그녀도 나처럼 잠들지 못하고 있을 것이다. 그리고 한편으론 그 남자와의 결혼 생활에 대한 기대로 행복하겠지. 하지만 한 번쯤은 버스 타기 전에 내가 한 말을 떠올릴 것이다. 초소형 국가 마이크로네이션. 돈도 없고 직업도 없고 나이도 어리고 아무것도 해줄 수 없는 나는 언젠가, 모니카와 나를 위해 마이크로네이션을 간절히 꿈꾸고 있다고 말했다. 국명도 정했다. 모니카와 리노 공국. 아니면 모니카의 앞 글자와 리노의 앞 글자를 붙여 모리 공국. 내가 왕이 되고 모니카는 왕비가 되어도 좋고 반대로 모니카가 여왕이 되어도 좋다고 얘기했다. 모니카는 그걸 잊지 않았을 것이다.

누구에게도 방해받지 않고 오직 모니카와 함께 살 수 있다는 상상을 하면 황홀했다. 하늘이 내 간절한 소망을 들어줄 거라는 생각에 간절히 기도했다. 그러나 하느님은 내 기도를 들어주지 않으셨다. 내가 신부가 되지 않아서 화가 나신 걸까. 그래도 언젠가 기적처럼 내게 다시 한 번 기회를 주실는지도 모른다. 한 번 결혼하면 어떠랴. 아이를 낳으면 또 어떠랴. 내가 죽기 전에 모리 공국에서 그녀와 함께할 수 있다면 그걸로 족하다. 모니카가 할머니가 되고 나도 늙어 머리가 허옇게 되어도 모리 공국에서 손을 잡고 함께 늙어갈 수 있다면 그걸로 행복할 것이다.

결혼식을 일주일 남기고 모니카는 우리 어머니의 초대를 받았다. 어머니 입장에서는 그냥 보내기가 몹시 아쉬웠을 것이다. 식사 자리에서 아버지는 산삼주를 모니카와 내게 한 잔씩 권했다. 아버지는 외동딸을 시집보내는 것처럼 좋기도 하고 아쉽기도 하다고 했다. 어머니는 별로 말을 하지 않았다. 아버지는 기분 좋다며 술꾼답게 연신 마셨고, 어머니도 두 잔이나 마셨다. 내일 아침이면 모니카는 서울로 올라가 결혼식 준비를 한다고 했다. 오늘 밤이 친정집에서 보내는 마지막 날인 셈이다. 술 취한 아버지는 안방으로 들어갔고, 어머니는 모니카에게 이런저런 당부를 했다. 모니카가 자리에서 일어났다. 어머니도 모니카도 눈물을 글썽였다. 모니카가 갑자기 나를 끌어안고 내 등을 도닥거렸다. 무슨 말인가 할 듯했는데, 한숨 소리만 들렸다. 그녀가 대문을 열고 나서는 순간 어머니가 모니카의 손을 잡고 말했다.

"재는 어쩌라고……. 재를 달래줘야지……."

어머니의 목소리에는, 자식을 살려달라는 애원과 어머니만의 간절함이 덕지덕지 묻어났다. 모니카는 말없이 돌아서서 대문을 닫았다. 어머니가 내 방 문을 열어주었다. 그녀가 들어와 내 손을 잡았다. 눈물이 내 손등으로 주르륵 떨어졌다. 아직도 내게 눈물이 남아 있었다. 세상이 온통 뿌옇게 보였다.

"어머니, 리노가 잠들면 갈게요."

모니카가 문을 닫는 어머니에게 작은 소리로 말했다.

"그럼, 그래야지. 그래야지……."

어머니의 목소리는 메아리처럼 들렸다. 모니카는 나를 눕게 하고 젖은 목소리로 말했다.

"얼른 세수하고 올게. 리노 칫솔 써도 되지?"

느닷없는 작은 행운이 달려온 느낌이었다. 그녀가 세수하고 내 칫솔을 사용하고 내가 잠들면 가겠다고 한 것만으로도 그녀가 날 사랑했었다고 말한 거나 다름없었다. 내가 잠들 리 없지 않은가. 그녀가 내 옆에 누워 있을 것이다. 그 사이에 어머니는 물병과 과일을 들여놓고 방문을 살짝 닫았다.

어머니가 나를 얼마나 사랑하는지 가슴이 아프도록 절실하게 느꼈다. 세수하고 방으로 들어온 모니카는 누워 있는 내 가슴에 귀를 대보고 말했다.

"짐을 싸놓고 왔으니까 새벽에 가도 될 거야. 심장 소리가 너무 쿵쿵거린다."

모니카는 내 손을 잡고 누웠다. 전등을 켜지 않았지만 창문을 비집고 들어온 불빛으로 그녀의 오똑한 콧날과 반짝이는 눈물을 볼 수 있었다. 묻고 싶은 말이 모래알만큼 많았고 하고 싶은 말도 바닷물처럼 많았지만 입 밖으로 나오지 않았다.

우리는 밤새 몇 마디 나누지 않았다. 밤을 꼬박 지새운 우리는 한 사람이 흘릴 수 있는 눈물의 양을 실험하듯, 몸속의 모든 것이 눈물로 변해 버린 듯이, 한평생 흘릴 눈물을 하룻밤에 다 쏟아버리듯, 울지 않으면 사랑하지 않았다는 증거라도 되는 듯, 이 밤에 울지 않으면 죽는 날까지 웃을 일이 없을 듯이 그렇게 울고 또 울었다.

동이 틀 때까지 우리는 그렇게 몇 마디 말도 못한 채 울기만 했다. 여명이 창문을 두드리고 봄바람이 창문 틈새로 기어들어왔다.

"가야 하는데……."

모니카는 혼잣말을 하고도 일어나지 못했다. 가야 한다는 그녀의 혼잣말은 "시집을 가야 하는데……"라는 말처럼 들려 한숨이 나왔다. 모니카가 시계를 들여다보더니 내 손을 움켜쥐고 입술을 댔다. 그녀가 내 입술에 입술을 대지 않는 까닭을 나는 알 길이 없었다. 떠날 거면 마지막으로 한 번쯤 입맞춤을 해줄 만도 하련만. 모니카는 내 가슴을 도닥거리더니 귓가에 대고 말했다.

"영혼은 두고 몸만 간다."

나는 눈물로 범벅이 된 채 고개를 끄덕였다. 그녀가 일어나 방문을 열었다. 거울 속의 나는 눈두덩이가 잔뜩 부어 눈동자가 안 보였다.

"모니카, 정말 사랑해. 영원히 사랑해. 하늘만큼 땅만큼."

그녀가 돌아섰다. 모니카의 눈두덩이도 한껏 부어올라 안쓰러웠다.

"알아, 알지……. 내가 말했잖아……."

그녀는 내게 사랑한다고 말하지 않았다. 그런데 정말 사랑한다고 말한 걸로 들린 것은 '영혼은 두고 몸만 간다'는 말 속에 그 말이 다 녹아들어 있다는 생각에 그런 것 같았다. 배웅할 힘도 없었지만 떠나는 그녀의 뒷모습을 차마 볼 수 없었다. 열린 방문으로 대문을 열고 나가는 그녀의 뒷모습을 바라보았다. 그녀가 뒤돌아보면 목청껏 사랑한다고 소리칠 것 같았다.

그녀가 대문을 열었다. 바람이 모니카의 주름치마를 휘감아 올렸다. 그녀는 얼른 치마를 여몄다. 그러나 나는 보았다,

그녀의 희디흰 속옷을. 그 순간 나는 사랑한다고 소리치지 못했다. 그녀의 허벅지 속살과 흰 속옷이 눈부셨기 때문이다. 아니 떠날 수밖에 없는 그녀의 마음을 아프게 해주고 싶지 않았다. 대문을 열고 멀어져 가는 모니카의 뒷모습을 보고 싶었다. 그러나 문득 그녀에게 손을 흔들고 제발 돌아와 달라고 소리치면 되돌아와서 서울 가는 걸 포기할지 모른다는 생각을 했다. 그녀는 내가 원하는 건 뭐든 제일 좋은 걸로 주던 사람이었다. 내가 원하지 않더라도 내게 도움이 되는 건 반드시 구해 주고 싶어 하던 사람이었다. 일어서면 쓰러질 것처럼 어지러웠다. 그녀가 사라진 쪽을 향해 나는 마음으로 손을 흔들었다. 나보다 더 모니카를 행복하게 해줄 사람이라면 나도 체념하겠다고 부디 잘 살라고 마음으로 말하고 있었다.

하지만 리노를 잊지 말아주길, 제발 그 인형만은 내게 남겨주고 떠나기를 비는 마음으로 두 손을 모았다.

다시 볼 수 없는 사람

신혼여행에서 돌아온 뒤에야 나는 결혼식장에 리노가 나타나지 않은 이유를 알게 되었다. 결혼식이 끝나고 기념사진을 찍을 때 리노 어머니가 먼저 자리를 비운 것도, 문제가 생겨 급하게 리노를 만나러 가느라 그런 것이었다.

"왜 진작 얘기하지 않은 거야?"

내가 닦달하자 혜경은 금세 울 듯한 표정으로 말했다.

"언니한테 절대로 말하지 말라고 해서……. 신혼여행 다녀온 뒤에도 절대로 알면 안 된다고 해서 말할 수가 없었어. 지금도 말 안 하려다가, 안 하면 안 될 것 같아서 말하는 거야."

"누가 말하지 말라고 한 거야?"

"리노도 그랬고 리노 어머니도 그랬어. 이번 일은 죽을 때까지 말하지 말랬단 말야."

가슴이 무너져 내리는 듯했다. 결혼식에 오지 말라고 했는데 굳이 오겠다고 우기던 리노가 예식장에 나타나지 않은 것은 순전히 나 때문이었다. 두 사람의 얼굴이 겹쳐졌다. 한 사람은 떠올리기조차 싫은 이준걸이었고, 한 사람은 떠올리면 늘 마음 아픈 리노였다.

어머니와 함께 예식장을 찾은 리노는 잠시 예식장 앞에서 누군가를 만나기로 했다며 밖으로 나갔다고 했다. 리노는 지난가을에 우리 집으로 나를 만나러 온 준걸과 주먹다짐을 할 때 그가 한 말을 잊지 않았을 것이다.

"예식장을 난장판 만들어서 저년의 인생을 망치게 만들지 않으면 내가 성을 간다. 거짓말인지 헛소린지는 두고 보면 알 거다."

리노는 이렇게 장담하던 준걸이 예식장을 기웃거릴지 모른다고 생각한 모양이었다. 아니나 다를까. 택시에서 내린 준걸이 예식장을 한 번 올려다보고 성큼성큼 계단을 오를 때 그를 기다리고 있던 리노와 마주쳤다고 했다. 준걸은 리노의 눈길을 피해 빠른 걸음으로 움직였고 리노는 그 앞을 가로막았다. 싸움은 그렇게 시작됐고 준걸은 지난가을처럼 잭나이프를 꺼내 들고 위협했다. 리노는 한 번 당하지 두 번은 당하지 않겠다며 예식장에서 사용하는 깃봉을 꺼내 들고 휘둘렀다. 운동으로 단련된 리노를 당할 수 없던 준걸은 말리는 사람도 찌르고 칼을 뺏으려는 리노도 찔렀다. 리노는 힘껏 그의 손목을 비틀어 칼을 뺏고 수차례 가격했다. 신고를 받고 출동한 경찰이 두 사람을 연행했지만 어쩐 일인지 준걸은 정당방위로 풀려나고 리노는 폭행죄로 구치소에 감금되고 말았다. 만약 그때 리노가 준걸을 붙잡지 않았으면 나는 결혼식 도중 망신을 당할 뻔했다. 예식 도중에 뛰어 들어와 소리를 지르고 행패 부리면서 "저년은 내가 데리고 살던 년!"이라거나 "내 애를 뱄던 년!"이라고 거짓말을 떠벌리거나 "두 연놈을 지옥 끝까지 쫓아가서라도 못살게 할 거다!"라고 악을 쓸 인간이었다. 상상만 해도 아득했다. 리노가 아니었으면 얼굴을 들고 다니지 못할 뻔했다.

곤경에 처한 리노를 구해낸 사람은 뜻밖에 신부님이었다. 신부님은 리노 어머니의 하소연과 우리 아버지의 통사정에 못 이겨 인연이 있는 중앙 일간지 기자에게 부탁하여 서울로 달려와 취재하게끔 해준 것이다. 지난가을에 논산에서 칼부림을 하고도 무사히 넘어간 이준걸의 배후에는 검찰 간부인 그의 아버지가 있었고, 이준걸은 의사이면서 편집증 환자라는 병명을 내세워 법망을 피했으며, 그로 인해 억울한 희생자가 생겼다는 기사는 큰 반향을 일으켰다. 신문 기사 내용으로만 보면 가해자 이준걸도 어느 대학 병원의 누구인지 밝히지 않았고, 다른 사람들도 모두 이니셜로 등장시켜 누구인지 알 수 없게 했다. 혜경이 내민, 지난 주 신문을 떨리는 손으로 잡고 더 떨리는 마음으로 읽었다. 결국 사건을 담당했던 경찰관이 진상 조사 끝에 검찰 간부의 압력을 받았음을 실토했고 이준걸은 구속되었다. 검찰 간부는 좌천성 보직 변경으로 잠시 물러나면서 사건은 매듭지어졌다. 신부님 덕에 언론사와 경찰이 내 신분이 알려지지 않게 준걸의 이름까지도 이니셜로 A씨라고만 밝혔다는 걸 알 수 있었다. 그날 예식장에서 현장을 목격한 사람들과 말리다가 칼에 찔린 사람까지 끝까지 추적해 낸 기자들에게 나는 어떤 방법으로든 고마움을 전하고 싶었다.

"언니, 어떤 경우에라도 언니가 이번 사건을 아는 척하면 안 돼. 그러는 게 몸을 사리지 않고 그놈을 막아준 리노의 마음을 알아주는 거야. 더구나 형부가 알게 되면 안 되잖아. 하느님이 언니를 도왔다고 생각하고, 기도하고 마음을 가라앉혀야 해."

혜경이 여러 번 신신당부했다. 신혼여행 잘 다녀왔다고 리노와 리노 어머니에게 안부 전할 때도 절대로 그 얘기를 입 밖에 내선 안 되고 시골 목장으로 신행(新行)할 때도 아무것도 들은 게 없는 듯이 행동하라는 것이었다. 새신랑이나 시집 식구들이 조금이라도 눈치를 채면 사달이 날 것을 걱정했기 때문일 것이다.

하지만 신행길에 나는 참지 못하고 어머니에게 예식장에서 있었던 얘기를 꺼냈다. 어머니는 펄쩍 뛰며 제발 모든 걸 잊어버리라고, 못 들은 척하라는 말로 두 번 다시 그 얘기를 거론하지 못하게 했다. 나는 리노 이름표가 달린 암소가 있는 우사로 갔다. 거기에는 제법 여물게 자란 암소 한 마리와 수소 두 마리가 모두 리노 이름표를 달고 있었다. 잠시 리노네 집에 들렀지만 리노는 만날 수가 없었다. 리노 외가에 잔치가 있어 리노네 가족이 모두 집을 비웠기 때문이었다. 친정 부모는 아니지만 이바지를 전하는 마음으로 마련한 선물을 리노네 이웃에 사는 친척에게 맡기러 갔더니 반색을 하며 말했다.

"아이고, 시집가더니 더 이뻐졌네. 시집을 잘 갔다니 천복을 받은 거야. 그나저나 우리 리노를 좀 달래줘야 할 텐데……"

리노네 친척 아주머니는 말꼬리를 흐렸다. 무슨 일인지 묻지 말아야 한다고 생각했지만 궁금증을 풀지 않으면 발길을 돌릴 수 없을 것 같았다.

"공부를 열심히 하는 것 같던데요?"

무슨 말을 하려는지 의중을 떠보고 싶었다.

"딴 사람 같으면 말할 필요도 없지만서도, 모니카 선생 말이라면 리노가 잘 들으니까 하는 말인디, 성님이 모니카 선생 결혼식에 갔다가 무슨 일이 생겼는지 사흘 동안 소식이 없었어. 어느 날 급하게 내려와 나한테 집안 살림을 맡겨놓고 신부님을 모시고 서울에 가셨는디, 아무래도 리노가 무슨 사고를 친 것 같더라니까. 사람들이 그러는데 리노가 잡혀갔다가 신부님 때문에 풀려났다더라고…….”

나는 가슴이 철렁 내려앉았다.

“성님이 뭔 일인지 서울 이모 집에 무슨 일이 있다면서 서울을 왔다 갔다 하는디, 하루 품이 아까운 리노가 열흘인가 지나서 내려왔더라고. 얼굴이 영 달라진 데다가 상처가 난 걸 보니까 무슨 일이 생긴 거 같은디 무슨 일이냐고 물으면 성님답지 않게 승질을 내시고…….”

나는 더 듣고 싶지 않았지만 아주머니는 나를 놓아주지 않았다.

“성님이 새벽마다 성당에 가서 기도하는 걸 보면 리노에게 무슨 일이 생긴 것 같어. 그러니까 모니카 선생이 우리 리노 마음을 좀 잡아줘야 혀. 리노가 공부 않는 표가 난다니까. 매일 공부하러 다니는 게 아니라, 책 들고 나가 윤증 고택 아니면 종학당에 가서 앉아 있거나 성당에 가서 멍하니 하늘만 바라본다는 소문도 있어…….”

친척 아주머니는 쉽게 말꼬리를 꺾을 것 같지 않았다.

“모니카 선생이 우리 리노를 붙들어 앉혀서 의대 공부한다고 성님이 얼마나 고마워했는지. 이번에도 리노가 공부하게 마음 잡아줘. 그래서 리노가 의대에 꼭 들어가서 우리 성님 소원 풀이 하게 해줘. 모니카 선생만 믿을 겨…….”

아주머니를 만나 괜히 얘기를 듣고 있었나 후회를 했지만 한편으로는 안도했다. 리노가 성당에 자주 간다는 것은 스스로 어떻게든 마음을 추스르려는 게 분명했다. 또한 윤증 고택과 종학당을 찾는 것도 그런 이유에서란 걸 알 수 있었다. 윤증 고택과 종학당은 리노와 자주 산책을 하던 곳이었다. 윤증 고택엔 벚꽃이 피는 봄날에 주로 찾아갔었다. 대나무가 운치 있게 둘러서 있어 선비가 살았던 시대의 고즈넉한 분위기를 그대로 보여주는 듯했고 여름날의 종학당엔 배롱나무들이 어김없이 화사한 꽃잔치를 하여 시간이 멈춘 듯했다. 우리는 기품 있는 정수루 누각에서 한동안 머물며 이야기를 나누곤 했는데 그 옛날 양반의 모습을 한 사람이 금세라도 나타날 것 같았다. 우리에겐 도시의 카페 못지않은 멋진 데이트 장소였다. 어쩌면 리노는 우리가 자주 가던 관촉사나 탑정 저수지를 찾아갔을지도 모른다. 더러 돈암 서원 들마루에 앉아 나와의 추억을 더듬고 있을 것이다. 리노가 그때를 그리워하면서 그곳에 들러 내 생각을 한다면 분명 내가 실망할 만한 일은 하지 않을 것이다.

신행을 마치고 돌아오는 길에 신랑이 무슨 일이 있었느냐고 물을 정도로 나는 피곤한 얼굴을 하고 있었다. 언젠가는 남편이 알게 될지도 모른다. 나는 마치 죄인이 된 것 같은 느낌이 들었다. 잘한 것은 아니지만 그렇다고 잘못한 것도 아닌데 비밀을 지켜야 하고 조마조마한 마음으로 살아가는 게 억울했다. 신랑 쪽 과거지사를 자세히는 모르지만 약혼했다가 파혼을 했다면서 남자의 파혼은 그럴 수 있는 일이라고 문제 삼지 않고 여자의 과거는 왜 비밀이 되어야 하는지 모르겠다. 나 혼자 힘으로 이겨낼 수 없는 세상이지만 언젠가는 내가 먼저 사실대로 털어놓고, 어떤 의심과 미움을 받더라도 마음에 근심을 쌓아놓지 않을 생각이었다. 결혼 전 한때 사랑했다는 게 부끄러운 것도 아닌데 여자에게는 허물이 되고 마치 죄지은 사람 취급을 당하는 게 답답했다.

결혼해서 3년은 살아봐야 사람됨을 알 수 있다는 말이 있지만 신혼여행 가서 세심하게 챙겨주는 남편은 자상하고 마음이 넓은 것 같았다. 시댁 어른들은 신혼여행길에 임신하는 게 효도라는 말을 했다. 남편이 외아들인 데다가 제사를 물려받아야 할 집안의 장손이고 결혼이 늦어져 적은 나이가 아니었기 때문이었다. 시할머니는 손이 귀한 집안이니 서둘러 자손을 보아야 한다고 했다. 그것도 딸이 아닌 아들을 꼭 낳아야 한다는 것이었다. 결혼을 했으니 가능하면 빨리 아이를 낳고 싶은 게 솔직한 심정이었다. 그래야 내 마음도 안정될 것 같고 혹시라도 근심거리가 될지 모를, 어린 나이에 파혼한 사실도 소리 없이 사그라질 것 같았다.

규모가 크지는 않지만 젊은 시절부터 건실하게 운영해 온

시아버지의 건설 회사는 거래처도 많고 오랜 기간 신뢰를 쌓아 차츰 확장되었다. 남편은 대학을 졸업하고 잠시 은행에 다녔지만 아버지가 일군 회사를 물려받는 게 좋겠다는 집안 어른들의 뜻대로 결혼 후에 회사에서 후계자 수업을 받고 있어서 든든한 입장이었고 경제적으로도 여유가 있는 편이었다. 신혼집도 변두리이긴 하지만 시아버지가 미리 장만해 주었다. 나는 결혼을 해도 취업을 하고 싶었지만 시댁 어른들은 어서 아이 낳아 기르면서 남편 바라지나 잘하라고 했다. 남편이 출근한 사이에 심심할까 봐 좋은 피아노도 마련해 주었고 미술에 소질이 있다는 걸 알고 화실도 꾸며 주었다. 그런 배려가 고맙기는 했지만 부담스럽기도 했다. 시댁 어른들의 닦달 때문에 며느리가 아니라 아이 낳는 기계로 취급받는 것 같아 더욱 마음이 무거웠다. 시할머니의 성화는 점점 더 심해져 드디어 시집살이를 절감했다.

"그만하면 아이도 쑥쑥 잘 낳게 생겼으니 아들을 낳으면 인물이 좋을 텐데……. 결혼한 지가 대체 언제야. 왜 아직 기별이 없대? 병원에 가보라고 해야 하는 거 아니냐? 남들은 하도 잘 들어서서 떼어내기 바쁘다더라만, 우리 집안에 손 귀한 건 내력이 아니야. 나는 몸이 성치 못해서 그런 거고……."

시할머니의 성화가 잦아들면 시어머니가 은근히 숨통을 조여왔다.

"백화점에 들렀더니 배냇저고리도 예쁘고 아기 용품이 참 곱고 많기도 하더라. 어차피 낳을 거니까 미리 사 왔다. 너무 마음 쓰지 말아라. 조급해하면 안 되니까. 유명한 한의사가 있다고 해서 임신에 도움이 되는 보약 한 재 지었어. 무리하지 말고 매사 신중하고……. 어디 아픈 데나 거북한 데는 없지?"

임신이 잘 된다는 한약을 먹는 일도 고역인 데다 임신에 좋다는 음식과 민간요법은 내 마음을 매우 불편하게 했다. 더구나 대부분 아들을 임신하게 한다는 것들이어서 마음이 더 답답했다. 마음 편히 신혼 시절을 보내기는 글렀으니 임신이나 빨리 됐으면 했다. 운 좋게 아들을 낳으면 또 둘째를 낳으라고 채근을 하겠지만 우선 임신을 해야 극성스런 어른들의 잔소리를 면할 것 같았다.

더러 시골의 리노 어머니와 통화를 해서 리노가 어느 정도 안정되어 공부를 한다는 얘기를 듣곤 했다. 어쩌면 나를 배려하는 마음에서 하는 말일 수도 있다는 생각도 했다. 그러나 리노와 직접 통화하지는 않았다. 어떤 때는 시외전화를 걸어 리노가 받으면 나는 얼른 수화기를 내려놓았다. 리노 목소리를 듣고 이런저런 얘기를 나누고 싶었지만 그러면 리노의 마음이 흔들릴까 싶어 그렇게 하지 않았다. 우리 집 전화번호를 알면서도 한 번도 전화를 걸지 않는 리노의 마음을 나는 알고 있었다. 지나가는 말이었지만 리노가 의대에 입학할 때까지 우리는 만나지도 통화하지도 편지를 주고받지도 않기로 했는데 그 농담을 진담으로 만든 셈이다.

준걸의 친구가 전해준 소식은 이준걸 때문에 크게 망신을 당한 검찰 간부 아버지가 준걸이 편집증으로 사고를 치고 다닌 것을 알게 되어 아들의 병보석을 신청하여 입원을 시켰다는 것이었다. 준걸의 친구가 나를 위로하려고 하는 말일지 모르지만 준걸이 치료받고 완치되어 풀려나면 정상적으로 돌아올 거라고 했다. 제발 그렇게 되어달라고 기도라도 하고 싶은 마음이었다.

결혼한 지 팔 개월밖에 안 된 나를 유명 산부인과에 데려간 것은 시어머니였다.

"평생 시집살이를 한 내가 너한테 이럴 수밖에 없구나."

시할머니의 성화에 나를 산부인과에 데려가지 않을 수 없다는 얘기였다. 자신의 뜻이 아니라는 것이었다. 그 말의 속뜻은 '나는 지금도 시어머니를 수발하며 사는데 너는 신혼 시절부터 살림을 내어주고 편안하게 살게 해주었으니 얼른 떡두꺼비 같은 아들 하나 낳지 않고 뭐 하느냐'는 꾸지람이 아닌가 싶었다. 시집살이 같은 건 옛날 얘기라고 생각했고 이토록 손주를 바라는 시부모가 있을지는 생각도 못했다. 결혼하자마자 아들을 낳으라는 성화는 개그 프로그램에서 웃기려고 그러는 것쯤으로 생각했는데, 막상 내 문제가 되고 보니 속아서 결혼했다는 생각마저 들었다.

불임 환자로 접수되어 검사받는 내내 우울했다. 혹시라도 내게 문제가 있어서 임신할 수 없다는 결과가 나올까 걱정이 되었다. 시댁 어른들은 보나 마나 나를 며느리 취급을 하지 않을 것이다. 어쩌면 교묘하게 다른 이유를 만들어 이혼을 종용할지도 모른다. 아니, 어쩌면 내가 먼저 이 집에서 뛰쳐나갈 것만 같았다. 결과를 기다리는 며칠 동안 내가 이렇게 살아도 되는가 하는 굴욕감도 느꼈다. 그러다가 후손을 기다리는 어른들 마음이 오죽하면 저럴까 싶어 애써 마음을 다스리곤 했다. 결과는 내게 아무 문제가 없다고 했다. 나보다 먼저 연락을 받은 것은 시어머니였다. 그날 밤에 시어머니는 고기와 생선과 과일을 사 들고 신혼집에 찾아와 내 손을 잡고 고맙다고 했다.

"건강하고 착한 며느리 맞아서 아들 다섯에 딸 둘을 두어 우리 집안을 번성케 한다면 조상님들께서 기뻐하실 텐데."

나는 그 말을 들으며 아이를 낳지 못하면 쫓겨날지도 모른다는 생각을 했다. 그것도 반드시 아들을 낳아야만 며느리 자리가 위태롭지 않을 것 같았다.

어른들이 세월은 유수 같다는 말을 해도 실감이 나지 않았는데 결혼을 하고 보니 정말 이런저런 마음고생을 하면서도 어느새 겨울 문턱에 서게 되었다. 결혼한 뒤에 리노와 나는 전화 통화를 하지 않았다. 그건 서로를 배려하는 마음 때문이기도 했지만 상대의 마음 자락을 밟지 않으려는 생각 때문이었다. 편지는 딱 두 번 주고받았다. 서로의 생일에 편지와 선물을 동봉해 보냈다.

남편이 잔정이 많아 내게 선물도 자주 해주고 시간이 나면 같이 있어주려고 노력했기 때문에 나도 살림에 재미를 붙이고 요리도 배우고 인테리어도 하면서 바쁘게 지냈다. 리노에게 미안한 마음이 들 정도로 아주 가끔 리노가 떠오르곤 했다. 입시철이 되어 절에서 기도하는 어머니들을 뉴스에서 보거나 신문 기사에서 어느 의과대학이나 병원 얘기를 읽을 때 리노가 떠오르곤 했다. 걱정이 되거나 위로의 말을 전하고 싶어 수화기를 든 적도 있었다. 그러나 리노에게 도움이 되지 않을 뿐만 아니라 잡념이 생길 것 같아 그대로 내려놓았다. 만약 이번 대학 입시에도 낙방을 하면 리노는 견디기 어려울 것이다. 작년에 낙방했을 때, 리노는 죽고 싶었지만 나와 어머니 때문에 생각을 바꿨다고 했다.

리노의 입장은 보통 입시생과 달랐다. 신학대학에 갈 학생으로 신부님은 물론이고 성당 사람들과 가톨릭 재단에서 운영하는 학교에서 주목받던 학생이었다. 가정 형편이 좀 어려웠으면 다른 신학반 학생들처럼 장학금도 받았을 학생이었다. 신학반 학생 중에 유달리 리노가 주목받은 것은 학교 성적도 좋은 데다 뛰어난 운동 실력과 다양한 특기로 좋은 평가를 받았기 때문이다. 신부님이 리노를 유달리 아낀 것도 주목받는 이유가 되었고, 외아들이기에 더욱 관심을 받게 되었다.

남편은 종교가 없지만 내가 주일마다 성당에 나가는 것을 인정하는 편이었다. 집안 행사나 함께 나들이할 일이 없으면 내가 성당에 가는 걸 싫어하지 않았다. 어떤 때는 나를 성당까지 태워다주기도 했다. 미사 참례를 할 때마다 나는 리노를 위해 간절히 기도했다. 리노에 대한 마음의 빚을 갚아야만 했다. 논산 성당 신자들 중에는 리노가 신학대학을 포기한 걸 두고 나를 비난하는 사람도 있었기에 조바심이 날 수밖에 없었다. 이번에 의대에 합격하면 그런 사람들도 더 이상은 없을 것이며 내 마음도 한결 가벼워질 것 같았다.

미사가 끝나 막 성당을 나설 때였다. 남편과 백화점에 가기로 했기에 남편이 기다리고 있는 곳으로 가려고 길을 건너려는 순간 나는 털썩 주저앉을 만큼 놀랐다. 슈퍼마켓 창가에 서서 음료수 병을 들고 나를 쳐다보는 준걸을 본 것이다. 그 뒤에서 손짓으로 어서 오라고 하는 남편의 모습도 보였다. 그 순간 걸을 수도 돌아설 수도 없이 온몸이 굳어버렸다. 뒤돌아보았다. 미사를 끝낸 신자들이 삼삼오오 다가왔다. 그들과 알은체를 하고 떨리는 마음으로 돌아섰다.

슈퍼마켓 창가에 음료수 병을 놓고 느릿느릿 골목길로 걸어가는 준걸은 오른손을 주머니에 찔러 넣었다. 내게 무언의 신호를 보내는 것 같았다. 주머니에 잭나이프가 있다는 걸 알리는 것 같았다. 어떻게 내가 이 성당에 다니는 걸 알아낸 건지 두려웠다. 병원에 입원하여 치료받는다고 들었는데 아직도 편집증을 앓고 있는 것인지 알 수 없었다. 당분간 성당 출입도 하지 못할 것 같았다. 머지않아 남편이 알게 될지도 모른다는 생각을 하니 앞이 깜깜해졌다. 사람 하나 잘못 만난 것이 이렇게 큰 근심거리가 될 줄 누가 알았으랴.

남편이 두리번거리는 내게 무슨 일이냐고 물었다. 나는 아는 분이 할 얘기가 있다고 했는데 안 보여서 찾아보느라 그랬다고 둘러대고 서둘러 차에 올랐다. 백화점에 들러 밥을 먹고 쇼핑을 하고 들어왔지만 놀란 가슴은 가라앉지 않았다. 마음을 진정시키려고 남편이 권하는 와인을 석 잔이나 마셨다. 마음속으로는 준걸에 대한 얘기를 하고 싶은 충동도 있었다. 남편이 목욕하러 들어간 사이에 준걸의 친구에게 전화를 걸었다. 결혼한 이후에는 전화를 전혀 하지 않을 정도로 배려해 주는 사람이었다.

"내가 알기로는 준걸이가 퇴원하고 아버지가 보내서 당분간 미국에 가 있기로 했다는데요. 돌아왔으면 우리들이 알았을 텐데, 아무 소식도 없었어요. 내가 한번 알아볼게요."

"병원에서 치료받았으면 어느 정도 좋아져야 퇴원하는 거 아닌가요? 그때 그렇게 들은 것 같아서요."

"편집증은 반응이나 치료법이나 증상이 사람마다 다르니까 어느 정도면 치료가 된다고 단정할 수는 없을 겁니다. 내가 보기에는 어느 정도 좋아진 것 같았거든요. 혹시 모르니 당분간 신경은 좀 쓰세요."

"무슨 방법이 없을까요? 어떻게 해야 할지 정말 모르겠어요."

"글쎄요. 뾰족한 방법이 없네요. 준걸이에게 별의별 얘기를 다 해봤거든요. 혜란 씨한테 너는 인간적으로 못할 짓을 하는 거다. 자꾸 그러다간 처벌받게 될 거다. 혜란 씨가 무슨 죄가 있느냐. 이러다가는 네 인생부터 망치게 된다. 혜란 씨가 그만큼 착하니 망정이지 그렇지 않았으면 너는 벌써 구속됐다……. 그렇게 얘기하면 어떤 때는 듣는 척하지만 어떤 때는 성질을 내고 나더러 한통속이라고 하더라구요."

남편 때문에 길게 통화를 할 수가 없었다. 통화를 끝내고 욕실로 들어가 김 서린 거울을 닦고 내 모습을 찬찬히 보았다. 끓어오르는 분노를 이겨내지 못하기 때문인지 내 얼굴은 무서워 보였다. 이럴 줄 알았으면 결혼 전에 터놓고 준걸에 대한 얘기를 했어야 옳았다는 생각을 했다. 지금이라도 말해 버리면 어떻게 될까? 상상하기도 싫었다. 결혼한 이후 줄곧 불안한 마음이 나를 괴롭혔다.

이튿날 아침, 남편이 출근한 뒤 마음을 달래려고 화실에 앉아 조용한 음악을 켜놓고 그리다 만 캔버스 위에 색칠을 시작했다. 풍경화 위에는 아무리 지우려고 해도 이준걸의 독살스런 얼굴이 맴돌았다. 음악을 끄고 피아노 앞에 앉았지만 건반을 누르는 게 겁이 났다. 이 조용한 분위기에 피아노 소리가 나면 그 속에 시부모님의 질책과 이준걸의 위협과 남편의 고함이 튀어나올 것만 같았다. 사람들은 신혼 생활이 좋아서 예뻐지고 날씬해진 것 같다고 하지만 내 몸무게가 줄어든 것은 불면증과 식욕 감퇴가 이유라는 걸 왜 모르겠는가. 잠든 남편 옆에서 자는 척하며 밤잠을 설치곤 했다. 신경정신과에 가는 것도 걱정거리였다. 내가 불안한 이유를 죄다 털어놓으면 시어른이나 남편의 귀에 들어가지 않을까 걱정이 되었다. 그래서 병원 가는 걸 몇 번이나 망설였는지 모른다. 이번 주에는 가보는 수밖에 없다. 내가 임신하지 못하는 것도 체중이 줄고 근심 속에 살기 때문일 것만 같았다. 느닷없이 서러움이 밀려왔다. 결혼하면 좀 편안해질 거라고 생각했는데, 마음이 더 무겁고 불안이 엄습해서 하루하루 견디기 어려웠다. 반 년 정도 겪어본 남편은 성격이 무던하고 이해심이 많은 편이지만 논리 정연한 원칙주의자였다. 준걸과의 사연을 알면 어떻게 돌변할지 가늠할 수 없었다. 나도 모르게 눈물이 쏟아졌다. 그러면서 리노의 일기장에 적혀 있던 문장이 떠올랐다.

'나는 피그말리온이다, 갈라테이아 조각상에 반한. 간절히 기도하면 하느님이 모니카를 내 곁에 두시겠지.'

세월이 흐르면 변하는 게 사람의 마음이다. 리노는 지금쯤 안정을 되찾고 떠나버린 나쯤이야 잊어버리고 새로운 마음으로 살아가겠지. 피그말리온은 정성스럽게 여인상을 조각하여 갈라테이아라 이름을 짓고 그 아름다움에 반해 사랑에 빠졌다고 한다. 그의 지극한 사랑에 감동한 여신 아프로디테는 여인상에 생명을 불어넣어 주었다는 것이다. 리노는 자신이 전생에 피그말리온이라고 했다. 갈라테이아인 나는 리노의 사랑을 받았으나 미래를 함께할 수는 없었다. 이런 결혼생활을 하고 있는 내 모습이 서러웠다. 이제 리노를 다시는 못 볼 거라는 생각이 들었다.

저녁 무렵, 전화가 왔다. 수화기를 들까 말까 망설이다가 전화를 받았다. 준걸의 친구에게서 온 전화였다.

"준걸이가 잠시 다니러 온 모양이네요. 내년 봄에 귀국해서 결혼할 거래요. 이번엔 약혼식을 하러 잠시 다니러 온 거구요. 준걸이 아버지가 골라줬을 거예요. 나이는 좀 있는 여자인데 현직 검사라네요. 그러니 혜란 씨는 마음 편히 가져도 될 것 같아요. 미국 가서 병도 치료하고 마음도 추스르지 않았겠어요. 그러니까 약혼을 했을 테고. 결혼할 놈이 설마 더 지랄하려구요. 얼른 알려주고 싶었어요."

내 귀를 의심할 만한 얘기였다.

"정말 약혼을 한 건가요?"

"그냥 양가 어른들만 모여서 조촐하게 약혼식을 한 모양이에요. 주변에 알리지 않은 건 준걸이가 지난봄에 구속됐었기 때문에 그랬겠죠. 친구들도 세 명만 참석했다네요. 나한테 연락하지 않은 건 뻔하잖아요. 바른 소리 한 게 서운해서 그랬겠죠. 아버지가 아직도 좌천 상태니까 여러 가지로 조심스러울 거예요."

"미국에 가서 치료는 받은 거겠죠? 전에 들은 얘기로는 친척이 미국에서 유명한 신경정신과 의사라고 한 것 같아서요."

"본인은 그냥 쉬러 간다고 했지만 아버지가 그쪽으로 보냈을 겁니다. 제대로 치료하지 않으면 또 무슨 짓을 할지 모르니까요. 결혼시키는 걸 보면 어느 정도 치료가 됐겠지요. 그러니 이제 마음 편히 가지세요."

나는 몇 번이고 고맙다고 했다. 성당 앞에서 기다렸다가 그냥 돌아간 것도 어쩌면 치료받은 덕일 수 있다는 생각을 했다. 제발 치료가 되어 정상적인 생활을 할 수 있기를 바랐다. 그러나 편집증은 치료해도 재발 가능성이 많다는 얘기가 내 마음을 어지럽혔다.

꿈자리가 사나워 종일 뒤숭숭하던 날 전화벨 소리가 유난히 크게 들렸다. 꿈 생각에 망설이다가 수화기를 들었다. 리노 어머니였다. 가슴이 덜컥 내려앉는 기분이었다.

"고맙다, 고마워. 고맙고말고."

들뜬 목소리였다. 직감으로 리노의 합격 소식을 떠올렸다.

"합격했지요? 합격이죠?"

내 목소리는 덩달아 높아졌다.

"제일 먼저 알려주고 싶어서 전화했지. 모니카 아니었으면 의대 갈 꿈도 못 꾸었을 텐데. 내 평생소원이 풀렸으니 이제 죽어도 한이 없을 것 같아. 우리 집안에 인물이 났다는 걸 문중 어른들이 알아야 허는디. 조금 이따가 신부님께도 알려 드려야 하고⋯⋯."

리노 어머니는 세상을 다 가진 듯 기뻤을 것이다. 양자로 보내야 할 리노를 끌어안고 버틴 것이며, 리노가 신학대학을 포기할 때와 재수시킬 때 마음 고생한 것들이 단번에 해소됐 으리라. 나도 모르게 눈물이 흘렀다. 가슴 한편이 늘 무거웠 는데 조금은 짐을 덜은 것 같았다.

"하느님이 우리 리노를 버리지 않으신 겨. 지난 일 년간 빌 고 또 빌고, 신학대학 안 가도 하느님을 기쁘게 할 만큼 훌륭 한 의사가 되어 세상의 아픈 이들을 돌보게 하겠다고 밤낮없 이 빌었거든."

리노가 신학대학을 포기한 후 리노 어머니가 얼마나 마음 고생을 했는지 알 것 같았다.

"리노는 뭐래요? 집에 있으면 바꿔주세요. 축하해 줘야죠."

"속으로야 무지하게 좋겠지만 겉으로는 '그럼 합격돼야지 뭐. 안 될 줄 알았나!' 그런다니까. 즈이 아버지 닮아서 본때가 없어. 잠깐만 기다려봐. 얘가 어딜 갔지."

이 순간을 기다려왔던 나는 울어버릴 것 같았다. 무슨 말을 해야 할지 말문이 막혔다. 서울 생활을 하면 거들어줄 게 뭔지, 군대 문제는 어떻게 하게 될지, 이모네 집보다 기숙사 생활을 해보는 게 좋다고 귀띔을 할지 생각했으나 부질없는 짓이라고 여겨졌다. 리노 부모님과 이모와 지인들이 모두 도와줄 텐데 굳이 내 도움을 받으려 하지 않을 것 같았다. 더구나 대학에 들어가면 새로운 친구들도 생기고 나는 곧 잊힐 것이다. 난 애 엄마가 되어 살림이나 하면서 멀리서 리노를 지켜봐주면 되는 것이다. 오랜 세월이 흐르고 나면 우린 서로 길에서 마주쳐도 알아볼 수 없을지도 모른다. 그렇게 우린 멀어지겠지. 이젠 더 이상 내가 나서서 도와줄 일이 없다. 난 이제 리노에게 아무것도 아니다.

"학교에서 축하 현수막을 걸겠네. 동네에서 다들 부러워할 거야. 기분 참 좋다. 살맛이 난다. 합격해 줘서 엄청 고마워. 역시 리노다워. 이런 날이 오는구나."

사실 뒤늦게 공부해서 의대에 합격하기가 쉽지 않을 거라는 걸 알고 있기에 어쩌면 끝내 목표했던 것을 이루지 못하고 또 다른 길을 찾아야 할지도 모른다고 걱정하고 있었다. 그러나 지금은 시집살이하는 내 입장이 나날이 힘들고 어려워져 리노에게는 마음뿐이었지 해줄 수 있는 게 없었다. 한동안 이러지도 저러지도 못하고 억눌려 있던 마음을 리노가 풀어준 것 같았다. 지나간 날들이지만 보람 있는 시간이었고 그 시절 내 모습을 아름답게 만들어준 건 리노였다.

"내가 다 갚아줄게. 그 고마운 마음 평생 잊지 않을 거야. 모니카가 곁에 있어줘서 나는 정말 행복했어."

리노가 감정을 억누르며 말하고 있다는 걸 알 수 있었다.

"내게 갚을 게 뭐가 있다고……. 리노가 효도한 거야."

나도 리노가 내 곁에 있어서 행복했다고 말하고 싶었다. 그러나 차마 그 말을 할 수가 없었다. 리노와의 일은 이미 추억이 되어버렸고 현실은 그에게 달려갈 수도 없는 처지였다. 긴 얘기는 하지 않았다. 리노가 얼른 수화기를 어머니에게 넘겼다. 리노 어머니는 내게 건강하고 남편 내조 잘하고 잘 지내라고 말했다.

수화기를 내려놓고 나는 흐르는 눈물을 주체할 수가 없어 침대 옆에 있는 오디오의 볼륨을 높이고 침대에 쓰러져 소리 내어 울었다. 내 눈물이 기쁨의 눈물인지 회한의 눈물인지 알 수 없었다. 내 울음소리는 시끄러운 음악 소리에 묻혔고 한참을 울던 나는 현실로 돌아왔다. 눈두덩이가 부어올라 퇴근한 남편이 의아해할 것 같아 얼음을 띄운 물로 세수를 했다.

마음을 진정시킨 나는 책꽂이에서 읽다 만 책 한 권을 꺼내 펼쳤다. 어찌하든 혼자 해결책을 찾아보려고 서점에서 구입한, 정신과 의사가 쓴 책이었다. 내용이 잘 들어오지 않았다. 편집증이란 단어도 보기 싫었다. 건성으로 넘기던 나는 어떤 문장을 한동안 들여다보았다. 신경 정신 질환에는 '좋은 의사 백 명보다 사랑하는 한 사람을 만나는 게 낫다'는 구절이 눈에 들어왔다.

책상 위에 편지지를 펼쳐놓고 리노에게 편지를 썼다. 하고 싶은 말이 그리도 많았는데 막상 전화로는 하지 못했다. 속에 있는 말을 하고 싶어 펜을 들었다. 그러나 지금 내 심정을 고스란히 표현할 수는 없었다. 행복에 젖어 있을 리노가 내 눈물을 원하지 않을 것이다. 리노가 내 생일에 보내준 편지를 다시 읽어보았다. 가슴이 찌릿 아팠다. 쓰던 편지를 찢어버렸다. 마음 놓고 소리 내어 울 수 있는 자유도 이젠 내게 없다는 생각을 했다.

제3부
...

새끼손가락의
약속

이제 내게 남은 사랑은 없다

원하는 걸 얻으면 행복해질 거라 생각했다. 의대 입학은 내가 간절하게 원하던 것이었다. 그런데 의대생이 되었는데도 내 가슴은 구멍이 뻥 뚫려 있는 것 같았다. 나는 안다, 그것을 메울 수 있는 것이 무엇인지를. 그 결핍을 메울 수 있는 유일한 존재는 지금 내 곁에 없다. 미워하지 않으려고 무던히도 애썼다. 내 마음이 조금도 변함없다는 게 정말 미웠다. 나를 아프게 한 여자를 한없이 그리워하면서 또 몹시 원망했다. 이런 내 마음에 스스로 화가 나기도 했다. 그 어떤 여자애들도 이토록 나를 괴롭힌 적 없었다. 내게 호감을 보이던 여자애들 중에 마음에 든 여자애와 만나다가 헤어지기도 했지만 내 감정은 금세 정리되곤 했다. 이렇게 구질구질하게 누군가를 잊지 못하고 마음 아파해 본 적은 없었다.

모니카가 서울로 떠나가기 전날 밤, 그녀는 내 옆에서 밤을 지새웠다. 그때 내가 그녀를 간절히 원했다면 그녀는 모든 걸 내게 맡겼을지 모른다. 그랬다면 뭔가 달라졌을까? 아니 내가 덤벼들었으면 따귀라도 갈겼을지 모른다. 날 좋아했더라도 불확실한 내 미래까지 사랑한다는 건 아니었을 것이다. 부모님이 반대하더라도 외국에 이민을 가서라도 우리가 함께할 수만 있다면 난 끝까지 버텨낼 수 있었다. 기다려주면 잘해낼 거라고, 좋은 날이 올 거라고 믿어주길 바랐는데 이렇게 끝나버린 건 모두 내 책임이다. 그녀도 쉽게 돌아선 건 아닐 거라고 믿고 싶다.

낮에는 아무렇지도 않은 척 지내지만 밤이면 모니카를 그리워하는 마음을 하릴없이 펼쳐놓고 아파하고 있다. 마음을 단단히 먹고 그녀를 미워하기로 결심해 보았으나 뜻대로 되지 않았다. 그냥 무시하고 살기로 하고 내게 연락을 해오는 여자애들을 만날까 하고 마음먹었으나 쉽지 않았다. 그 누구도 모니카를 대신할 수가 없었다. 모니카와는 전혀 다른 스타일의 여자애를 만나 밥을 먹은 적이 있다. 그 애는 똑똑하고 귀엽고 밝은 친구였다. 그 애에게 관심을 가져보려 해도 자꾸 모니카와 비교될 뿐 마음이 답답해지고 결국 대화가 끊기고 그 애에게 미안한 마음만 들었다. 그것도 못할 짓이었다. 이런 노력도 소용없다는 걸 알았다.

'사랑한다면서 해준 것도 없고 그렇게 가게 해서 미안해. 심장 시리게 해서 미안하고 뜨거운 눈물 나게 해서 미안하고 그립고 또 그리워해서 미안하고 힘껏 입술 깨물게 해서 미안해. 바보처럼 만들어 미안하고 바보처럼 사랑해서 미안하고 아무리 그래도 내가 더 아플 테니까 용서해⋯⋯.'

내 일기장에는 눈물자국이 곳곳에 남아 있다. 그녀가 가기 전에 남긴 쪽지를 일기장에 붙여놓았는데, 펼칠 때마다 마치 그녀를 대하는 것 같았다. 사랑하는 사람과의 이별의 고통은 서로 이어져 있던 영혼과 육신을 잘 벼린 칼이 아닌 무딘 톱날로 무자비하게 잘라내는 것이다.

내가 믿는 하느님이 정말 나를 보고 계시다면 떼를 쓰고 싶었다. 그녀와 같이 살지 못해도, 다른 남자와 사는 걸 멀리서 지켜보기만 해도, 그녀의 숨소리조차 듣지 못해도 좋으니 죽음이 임박한 이에게 예식을 생략하고 영세를 베푸는 비상세례(非常洗禮)처럼 내 영혼이 죽음에 다다른 것이니 그녀와 내게 그냥 비상혼례(非常婚禮)를 베푸시면 안 되겠느냐고 하늘을 향해 울부짖기도 했다.

사랑이란 그 사람의 모든 것, 병들었거나 말 못 할 사연이 있거나 큰 죄를 지었거나 처절하게 몰락했거나 가진 게 하나도 없거나 배운 게 없거나 성격에 결함이 있더라도 덮어주고 있는 그대로를 인정하고 받아들이는 것이다. 나는 지금도 그녀가 어떤 상황에 처해 있든 모두 인정하고 받아들일 자신이 있다. 그 정도 여자라면 그만한 사연이 왜 없겠는가. 다가오는 남자들이 주변에 많았을 것이다. 그녀가 전화번호를 알려줬지만 난 한 번도 전화를 걸지 않았다. 전화기를 수없이 들었다가 힘없이 내려놓곤 했다. 그녀의 목소리를 듣는 순간 마음이 약해질 것 같았다. 약한 모습을 보여 걱정하게 만들고 싶진 않았다. 한편으론 그녀가 없어도 난 잘 살고 있다는 것을 보여주고 싶기도 했다. 내가 그렇게 허약하고 나약한 인간이 아니라는 걸 보여주고 오히려 멋지게 살아가고 있다는 걸 보여주어서 그녀가 후회하게 만들고 싶었다. 이루어질 수 없는 사랑을 그리워하는 것은 극심한 마음의 병을 얻는 것인지 모른다. 나는 고칠 수 없는 환자가 되었다. 그녀가 살아 있고 내가 살아 있는 한 결코 고칠 수 없는 것이었다. 나는 작고 보잘것없는 먼지가 되어서 그녀의 몸속으로 들어가 그녀와 함께 살아도 그만이라는 생각에 빠지기도 했다.

나는 시를 쓰고 싶었다. 그렇게 사력을 다해 공부에 몰두하여 결국 의대생이 된 것도 그녀에게 기쁨을 주고 싶은 욕구 때문이었는지 모른다. 사람의 영혼을 끌어안고 사랑의 본질을 갈파하는 시인이 되고 싶었다. 그래서 우주를 품듯 그녀를 품고 그녀가 내 영혼 속으로 들어오게 만드는 시를 쓰고 싶었다. 그래서 문학 동아리에 참여했다. 나는 차라리 먼지가 되어 여자의 몸에 들어가 함께 살고 싶다는 시를 문학반 학생들에게 보여주지 못했다. 그들은 나를 괴팍한 기인으로 여기는 듯했다. 재수를 한 나는 한 살 어린 학생들과 어울리는 게 어려워 겉돌았던 것 같다. 여학생들은 내가 의대생이라 거만하게 군다고 했다. 문학반에는 여학생 수가 남학생 수보다 두 배나 많았다. 남학생들 몇몇은 여학생들이 많은 문학반에 일부러 들어왔다고도 했다. 그런데 나는 유독 여학생들에게 친절하지 못했다. 모니카의 환영이 나를 사로잡고 있었다. 그래서 나는 문학반에서 잘난 척하는 건방진 놈으로 인식되었다. 그렇다고 분하거나 억울하지는 않았다. 그런 내 모습이 모니카를 사랑한, 아직도 사랑하고 있는, 앞으로도 사랑할 수밖에 없는 그녀에 대한 예의라고 생각했다. 이런 내 모습을 언젠가 반드시 그녀가 알아줄 날이 올 거라고 믿었다.

내게 호감을 보이거나 말을 걸어오는 여학생이 없는 건 아니었다. 그러나 나는 받아들일 수가 없었다. 내게 남은 사랑이 없기 때문이다. 남김없이 한 여자에게 다 주어버려 먼지만큼도 남지 않았다. 문학반 지도 교수는 "공부도 좋지만 문학의 길을 가려면 연애도 하고 사랑도 하고 놀 줄도 알고 세상을 넓게 볼 줄 알아야 한다"고 했지만 나는 다른 여자를 사랑할 수 없을 것 같았다. 문학반에서 내 별명이 '별종'이라는 걸 내게 호감을 보이며 말 붙여주던 여학생 때문에 알게 됐다.

한 학기를 어떻게 보냈는지 모를 만큼 나는 주변인처럼 살았다. 학교 공부에 진력해야 하는 의대생이면서도 의대생들과 어울려 공부하지 못했다. 문학반에서 시 공부를 한다면서도 문학반 학생들과도 어울리지 못했다.

기말고사를 앞둔 어느 날, 기숙사로 날아든 편지 한 통이 내 가슴을 설레게 했다. 모니카의 편지였다. 방학하고 시골집으로 내려가기 전에 집에서 함께 식사를 하자는 내용이었다. 일부러 등기우편으로 보낸, 또박또박 손글씨로 간결하게 쓴 그녀의 필체를 보니 그녀의 얼굴을 대한 듯 반가웠다. 얼마나 망설이다 편지를 썼을까. 내가 편지를 받고 오지 않으면 어쩌나 걱정을 했을 것이다. 편지에 남편이 해외 출장 중이니 집에서 만나자고 하면서 내가 어떻게 받아들일지 몰라 조심스러웠을 것이다. 반갑고 달려가고 싶기도 하지만 그녀가 어떻게 변했을지 만나면 무슨 말을 어떻게 해야 할지 몰라 머릿속이 복잡했다. 도서관에 앉아 시험공부를 하면서도 활자 위에 모니카의 형상이 어른거리기도 했고 그녀가 웃으며 나를 반겨주는 모습이 떠오르기도 했다. 나는 우체국 전보(電報)로

답신을 보냈다. 우체국 여직원이 내가 쓴 전보 내용을 보고 씨익 웃었다. 내가 모니카에게 보내는 전보 내용은 딱 여섯 글자였다.

천둥, 번개, 바람

그녀가 내 일기를 몰래 보았기에 이 여섯 글자의 뜻을 알 수밖에 없었으리라. 천둥이란 내가 사랑한다고 외치는 소리이고 번개란 내 영혼이 그녀에게 달려가는 속도이며 바람이란 우리의 사랑이 자유롭기를 바라는 것이라고 내 일기에 쓰여 있기 때문이다. 그녀가 이 전보를 받으면 알 것이다. 그날 내가 사랑을 품고 달려올 것을 기다릴 것이다.

기말고사가 끝난 날 저녁, 나는 그녀가 좋아하는 프리지어 꽃다발을 들고 그녀의 집 현관문 앞에서 초인종을 눌렀다. 누구냐고 묻지도 않고 대문이 열렸다. 모니카가 거기 서 있었다. 엷은 미소를 띤 그녀가 손을 내밀어 내 손을 잡았다. 현관으로 들어섰다. 넓은 거실이 펼쳐졌고 한쪽 벽면을 장식하고 있는 검은빛이 반들반들한 피아노 위에 인형 한 개가 놓여 있었다. '아, 저 인형!' 우리가 나누어 가지며 사랑하는 사람에게 주기로 약속한 인형이었다. 나는 그 인형을 시골집 서랍 속에 넣고 자물쇠를 채워두었다. 그녀는 시집갈 때 그 인형을 내게 주지 않았고 나도 차마 그녀에게 줄 수가 없었다. 평소에는 어떻게 보관했는지 모르지만 나를 초대한 날 그녀는 가장 눈에 잘 띄는 곳에 우리의 마스코트인 그 인형을 놓아두었다. 나는 다가가 인형을 만져보고 그녀를 쳐다보았다. 그녀는 웃었다. 나도 웃었다. 그러나 서로의 웃음 속에는 스산한 그늘이 드리워져 있었다.

베이지색 가죽 소파와 흰색 차탁 옆에는 빈 꽃병이 놓여 있었다. 그녀는 내가 프리지어 꽃다발을 들고 올 것을 알았다는 듯이 얼른 받아 꽃병에 꽂았다. 우리는 서로 한마디도 하지 않았다. 할 말이 없어서가 아니라 너무 많아서 무슨 말부터 해야 할지 엄두가 나지 않은 것이리라. 우리는 서로 짐작하고 있었다. 말하지 않아도 무엇이 궁금한지, 그 물음에 뭐라고 대답을 할 것인지. 몇 날 며칠을 말해도 하고 싶은 말을 다 할 수 없기에 침묵으로 대화를 하고 있는 셈이었다.

그녀는 내 취향을 꿰고 있는 듯 은은하고 옅은 향이 나는 커피 한 잔을 탁자 위에 올렸다.

"참 예쁘다. 향기가 좋아."

그녀의 첫마디였다. 내게 한 말이 아니라 화병에 꽂은 프리지어를 보고 한 말이었다. 나도 한마디 거들었다.

"커피 향 좋다. 지금도 프리지어 좋아하는 거 맞지?"

그녀는 고개를 끄덕이며 웃었다. 결혼하기 전에는 프리지어를 왜 좋아하냐고 물으면 "너를 닮아서. 향기가 너 같아서"

라고 했다. 어쩌다가는 모니카가 "만약 내가 먼저 죽게 되면 내 무덤에 프리지어를 놓아줘"라고도 했다. 나는 왜 그런 소리를 하느냐고 따지지 않고 무조건 그러겠다고 대꾸했다.

그녀가 저녁상을 차리는 동안 나는 안방과 책방과 거실을 둘러보았다. 아직은 신혼인데 결혼사진이나 남편과 함께 찍은 사진이 걸려 있지 않았다. 그녀의 사진도 없었다. 읍내 사진관에서 성가대원들이 기념으로 찍은, 사진사의 재치 있는 말에 모두 활짝 웃으며 찍은 사진 한 장만 식탁 위의 금색 사진틀 속에 들어 있었다. 일부러 사진을 모두 치우고 그 사진만 올려놓았다는 걸 알 수 있었다. 그 사진을 보는 순간 가슴이 아렸다. 나를 위해 사진을 모두 치우며 무슨 생각을 했을까. 내가 좋아하는 음식들로 채워진 갖가지 그릇은 식탁 위에 정성스럽게 놓여 있었다. 나를 위해 애쓴 그녀의 마음 씀씀이에 자꾸 지난 시절이 떠올라서 무슨 말이든 해야만 했다.

"낮에 혼자 있으면 심심하지 않을까?"

"그래서 운동도 하고 피아노도 치고 공부도 시작했어. 늦었나 봐. 머릿속으로 잘 안 들어가는 걸 보면."

"무슨 공부를 하는데?"

"공부할 마음이 있으면 대학원엘 가라고 해서 영어 공부도 하고……. 전공을 바꾸려면 이것저것 준비할 게 많으니까."

"그 지겨운 걸 뭐 하려고 해? 당분간은 놀러 다니고 그러지."

"나도 뭔가 하고 싶어서 그래. 리노는 의사가 되어서 사회에 보탬이 되는 일을 할 거 아냐. 나도 그냥 살림만 하고 살기에는 인생이 너무 길다는 생각을 하게 됐어. 유치원에서 애들 가르칠 때가 정말 행복했거든."

밥을 먹는 동안 우리는 참 많은 얘기를 했지만 정작 궁금한 것들에 대해서는 한마디도 하지 않았다. 마치 법정에서 선서를 하고 궁금한 것을 묻지 않기로 맹세한 듯이 가벼운 얘기만 나누었다.

"좋아하는 여학생 생겼어? 인물 좋겠다, 실력 있겠다, 의대생이겠다, 여학생들이 줄을 서겠지. 내가 여대생이면 막 귀찮게 따라다녔을 텐데."

모니카도 속에 없는 말을 하고 있는 것 같았다. 속으로는 자꾸 웃어야 한다고 주문을 외면서 그녀의 말에는 아무런 말도 하지 않았다.

"보나 마나 인물 좋고 똑똑한 여자가 따르겠지. 누군들 리노를 욕심내지 않을라구. 공부도 해야지만 여자 친구도 사귀고 재미있게 지내야지. 소개시켜 주면 내가 맛있는 거 사줄텐데. 리노가 정말 멋진 남자라는 걸 말해 줄게. 소개시켜 줄거지?"

그녀를 편하게 해주려면 있는 척하는 것도 좋을 것 같았다. 나도 모르게 고개를 끄덕였으나 엉뚱한 말이 튀어나왔다.

"사귀는 애 없다니까."

내 목소리에 투정이 묻어났다.

"설마? 정말 없는 거야?"

속으로는 다 너 때문이야, 라고 소리 지르고 싶었지만 차마 그런 말을 할 수는 없었다.

"없다니까 그러네."

"우리 집안 조카뻘 되는 여자인데 예쁘고 참하거든. 공부도 잘하고 집안도 괜찮은데. 같은 대학이니까 만나기도 쉽고. 정말 없으면 내가 소개시켜 줄게. 어때? 만나볼래? 집안도 다 알고……. 소개해도 뺨 맞을 일은 없을 거야."

조카뻘 되는 여대생을 칭찬하는 모니카의 표정은 매우 진지했다. 어쩌면 그쪽에도 미리 내 얘기를 했지 싶었다. 그녀에게 남은 숙제는 내 옆에 정말 괜찮은 여자를 묶어두는 것인지도 모른다.

"지금은 생각 없어."

나는 '지금은'이라는 꼬리표를 붙여 사귈 마음이 없다고 했다. 그냥 생각 없다고 말하기에는 그녀의 태도가 너무 진지했다.

"여자 친구가 있어서 그러는 건 아니지?"

"사귀어지지 않아."

순간 아차 싶었다. 그냥 때가 되면 그 여자를 만나보겠다고 할 것을. 사귀어지지 않는다는 말은 '너 때문에, 너를 아직도 잊지 못해서, 네가 나를 온통 지배하고 있어서, 너처럼 변할 수가 없어서'라는 표현일 수밖에.

모니카는 고개를 돌렸다. 나는 그 순간 그녀의 눈언저리가 붉어지는 걸 보았다. 침묵은 길었다. 무슨 말인가 해서 분위기를 바꾸어보려고 했지만 아까 한 말이 자꾸 마음에 걸렸다. 그녀가 일어나 술 한 병을 가져왔다.

"같이 마시고 싶었어."

그 술은 목장 근처 산에서 채취한 산머루로 담근 머루주였다. 모니카 어머니가 정성으로 담그신, 목장에 간 날 밤에 마셨던 그 술이었다. 취하고 싶었다. 어쩌면 그녀도 취하고 싶었는지 모른다.

문학반 학생들도 술을 즐기는 편이었지만 입시 공부에서 해방된 의대생들도 이런저런 핑계로 술을 즐겼다. 친구들은 술 취한 내가 특이한 주사를 부린다고 했다. 한두 잔 정도 마실 때는 말 한마디도 하지 않다가 대여섯 잔을 넘기면 목마른 사람처럼 마시고 끝판에는 까닭 없이 눈물을 흘리기 때문이었다. 왜, 무슨 사연이 있는 거냐고 물으면 대꾸 없이 연거푸 마셔대면서 "나는 술을 마시면 그게 모두 눈물로 바뀌는 특이체질이다. 홍수 날 테니 다들 꺼져!"라고 소리치곤 했다.

나처럼 재수를 하고 법대에 입학한 문학반 친구는 사법 고시를 준비하면서도 시 습작에 열성이었다. 그 친구와는 뭔가 통하는 게 있어서 내 마음을 털어놓기도 했다. 그도 속마음을 감추지 않았기에 우리는 스스럼없이 깊은 속 얘기를 나누곤 했다. 이름이 특이해서 나는 그 친구를 돌멩이라고 부를 때도 있고 더러는 '돌물내'라고 부르기도 했다. 그의 할아버지가 큰 뜻을 품고 살라며 지어준 이름이 석수천(石水川)이었다. 돌 틈에서 나온 물이 큰 강을 이루듯이 큰 인물이 되라며 지어준 이름인데, 녀석은 제 이름이 싫다고 했다. 수천에게는 터놓고 모니카 얘기를 할 수 있었다. 가슴이 답답할 때 그에게 모두 털어놓으면 답답함이 가라앉곤 했다. 녀석은 거침없이 모니카를 욕하기도 했고, 더러는 플라토닉 러브의 선두 주자라고 거들기도 했으며, 때로는 복수하기 위해서라도 여학생을 만나 눈부신 연애, 에로스적인 연애, 찬란한 사랑을 해야 한다고 부추기기도 했다. 최고의 복수는 내가 열렬히 사랑에 빠져 모니카가 질투하게 만드는 거라고 했다.

수천과 나는 술을 마시면 으레 여자를 찬양하다가 끝내는 원망의 대상으로 삼곤 했다. 녀석은 첫 잔을 부딪치며 "울보 총각의 눈물 저수지를 위하여!"라며 나를 놀려댔다. 녀석에게도 사연이 있어서 나도 녀석의 어깨를 찌르며 "바보 총각의 낙법을 위하여!"라고 놀려댔다. 수천은 좋아하는 여자를 두고 양다리를 걸치다 들켜서 유도 선수인 애인에게 호되게 당한 추억 때문에 내게 놀림을 받아야 했다.

"울보 총각아, 술기운을 빌려서 취한 척 덤볐어야지. 그랬으

면 그놈의 술이 눈물로 바뀌지는 않았을 거 아냐. 평생 술을
마셔야 할 텐데 그럼 평생 울어야 하잖아. 진짜 너는 바보 중
에 상 바보, 으뜸 바보다."

　재수 시절에 모니카와 나는 두 번이나 머루주를 취할 만
큼 마신 적이 있다. 한 번은 이준걸의 어머니가 먼 걸음으로
모니카를 찾아와서 아들의 병을 고칠 방도가 달리 없으니
결혼을 하면 원하는 걸 다 해주겠다고 모니카를 설득하던
날 밤이었다. 모니카는 단호하게 거절했다. 그 밤에 모니카는
어머니가 정성으로 빚은 머루주를 취할 만큼 마셨다. 재수생
은 마실 자격이 없다고 했지만 나도 제법 취했다. 그녀는 울
지 않으려고 마시는 것이었고 나는 그녀를 울지 못하게 하려
고 마셨다. 그녀는 차마 말하기 어려운 사연을 조금 털어놓
았고 나는 그녀가 더 털어놓지 못하게 막느라 술잔을 채우곤
했다. 내가 돌아갈 때 그녀는 배웅하겠다고 우겼다. 그래서
우리 집까지 왔지만 취한 그녀를 그냥 보낼 수 없어 다시 그
녀의 집까지 데려다줬다. 서로 데려다주기를 반복하느라, 다
섯 번이나 승강이를 하며 밤길을 오갔다.
　"술이 다 깨버렸네. 더 마실까?"
　그녀가 술꾼처럼 말했다.
　"좋지. 실컷 마시고 여기서 자고 갈게."
　모니카가 고개를 저었다. 시원한 물수건으로 불쾌해진 그

녀의 얼굴과 목을 식혀주었다. 울지 않으려고 그리도 버티던 모니카는 내 손을 잡고 소리 죽여 울었다.

두 번째로 우리가 취하도록 마신 것은 나 때문이었다. 공부하다 지친 나는 의대 입시가 얼마나 힘들던지 정말 포기하고 싶었다. 스스로 신학대학을 갈 수 없다는 결론은 내렸지만 의대에 가는 것도 포기하고 싶은 마음이 점점 커졌다. 합격을 장담할 수도 없었다. 만약 이번에 떨어지면 군대 문제 때문에, 내 실력에 맞추어 적당한 대학에 진학을 할 수밖에 없다는 것은 공포에 가까웠다. 그런 데다가 모니카가 결혼을 한다고 했다. 홧김에 그랬지만 공부가 지겹기도 했기에 나는 불쑥 의대를 포기하고 국문과를 선택하겠다고 했다. 어머니는 나를 설득하다 지쳐 모니카에게 도움을 청했다. 오기가 뻗쳐 죽어도 국문과에 가겠다고 우기는 나에게 모니카는 목장에 가서 딱 하루만 쉬면서 얘기 좀 해보자고 했다. 처음에는 가기 싫다고 버티다가 나중에는 못 이기는 척 그녀를 따라 목장으로 갔다. 모니카 부모도 눈치를 챘는지 단칸방 별채를 내주고 저녁상도 넘치게 차려주었다. 그 밤에 우리는 모니카 어머니가 챙겨준 머루주를 취하도록 마셨다. 그냥 나를 어디론가 내던지고 싶은 마음뿐이었다. 그녀는 술잔을 비우면서 의외로 나를 설득하려고 하지 않았다.

"오늘 밤은 아무 말도 하지 않을 테니 그냥 마시자. 입이 없어서 말 못 하는 게 아니라 내 가슴이 아파서 할 말을 잊은 거니까 그냥 마시자."

가슴이 아픈 건 내가 아니냐고 소리 지르고 싶었다. 그러나 그녀의 눈물을 보고는 차마 입이 떨어지지 않았다. 우리는 침묵을 무기 삼아 싸우듯 한동안 말없이 술을 마셨다. 그녀가 술을 잘 마시지 못한다는 걸 알지만 나는 말리지 않았다. 술 한 병을 다 마시고 나자 모니카는 본채로 올라가 술병 두 개를 더 가져왔다.

"이걸 오늘 다 마시고 리노가 쓰러지면 내가 업어서 집에 데려다줄게."

"그런 일은 없을걸."

나는 술병을 뺏어 내가 마시던 술잔에 가득 따랐다.

"리노는 지금 미친 짓을 골라서 하고 있는 거야. 국문과를 가건 의대를 가건 나와는 상관없지만 나중에 후회한다는 것만은 알아야 돼. 참, 그런 얘기 하러 온 거 아니니까 다 잊고 그냥 마시자."

우리는 술에 취한 채 이부자리 두 채를 깔고 누웠다. 과일 그릇 대신 빈 술병과 마시지 않은 술병을 경계선 삼았다.

"나, 고등학교 졸업했으니까 성인인 거 맞지?"

"그럴 거야. 성인 된 거 맞을 거야."

"성인이면 좋아하는 여자를 선택할 권리와 도전해서 쟁취할 권리도 있는 거지?"

"그렇겠지."

"오늘 밤에 나는 진짜 성인이 될지도 몰라. 성인의 권리를 행사할지 모른다고."

"성인은 제 인생을 제가 책임지는 거니까 내가 이래라저래라 할 자격은 없지. 마음대로 한다는데 누가 말려."

말은 그렇게 하는데 목소리가 떨렸다. 침 삼키는 소리를 서로 느낄 만큼 침묵은 길었다. 한참 만에 모니카가 먼저 말을 꺼냈다.

"리노한테 할 말이 있어. 참고 참았던 말이 있어."

"참지 말고 해버려."

내가 퉁명스럽게 대꾸했다.

"설마 그럴 리 없겠지만 나 때문에 의대를 포기한 거라면……. 내가 시집가는 것 때문이라면……. 말해 줘. 다 포기하면, 결혼 약속한 거 없던 걸로 하면 리노가 마음잡고 의대를 가겠다면……. 내가 포기할 수 있어. 결혼을 연기하는 게 아니라 포기하겠다는 거야. 그래서 오늘 밤에 여기 오자고 했고 술도 취하도록 마셨어. 맨 정신으로 말할 자신이 없어서. 술 취해 말하지 말고 맨 정신으로 말해 줘. 정말 그 모든 게 나 때문이라면, 다시 의대 준비를 하겠다면……. 내가 시집가는 것 때문에 그렇다면……. 나를 다 가져버려도 좋아. 결혼 포기할게. 정말 포기할게."

그녀는 울지 않았다. 나는 대답할 말을 잊은 사람처럼 말이 없었다. 나를 다 가져버려도 좋다고 말한 그녀의 진심이 두려웠다. 내가 덤벼들어도 밀어내지 않을 것 같았다. 그녀는 침묵하고 있는 나를 채근하지도 않았다. 나는 밖으로 나왔다. 그녀와 몸을 씻던 개울을 따라 걸었다. 개울 속의 달은 춤을 추었지만 하늘을 올려다보면 달은 멀쩡했다. 차가운 개울물로 세수를 했다. 개울물로 목을 축이고 별이 쏟아질 것 같은 하늘에다 대고 읊조리듯 말했다.

"모니카를 갖고 싶었습니다. 정말 갖고 싶었습니다. 완벽한 사랑을 하고 싶었습니다. 모니카만 있으면 다른 걸 다 빼앗겨도 좋다고 기도했잖습니까."

오직 모니카 한 여자만으로 행복할 수 있다는 생각을 했다. 저만치에서 손전등 불빛이 흔들렸다. 내가 여기에 있으리라는 걸 알고 그녀가 나를 찾으러 나온 것이다.

"오늘 대답하지 않아도 돼. 당장 말해 달라는 거 아냐. 그러니까 오늘 밤에는 그냥 자면 되잖아."

그녀가 내 팔을 잡았다. 그녀의 손은 차가웠다. 못 이기는 체 따라 걸었다.

"우리가 이다음에 이 개울에서 함께 목욕을 할 수 있을까? 기적처럼……."

작년 여름에 우리는 이 개울에서 수영복 차림으로 목욕도 하고 장난치며 더위를 씻어냈고 마음에 꽃을 심었다. '기적처럼'이란 말이 나는 괴로웠다. 결코 일어나지 않을 기적일지 모른다는 생각을 했다. 그녀가 결혼하지 않더라도 우리가 함께 살 수 있을 가능성은 매우 적을 것 같았다.

"이 개울에서 나 말고 누구하고든 같이 목욕하지 마."

내 목소리는 명령에 가까웠다.

"그럴게. 정말 그럴 거야."

그녀는 명령을 받은 사람처럼 대답했다.

"지금 대답할게."

"무슨 대답?"

"내가 원하면 시집가지 않겠다고 했어. 내가 원하면 모니카를 다 가지라고 했어."

"그랬지. 거짓말 아냐. 이건 정말 진심으로 하는 거야."

"그럼 오늘 다 내 마음대로 해도 되는 거지?"

"그렇다니까 그래."

"내 마음대로 해도 원망하지 않을 거지?"

"약속했잖아."

"후회하기 없기……."

나는 이렇게 말하고 모니카의 손을 잡아끌었다. 그녀는 버티지 않았다. 그녀를 개울 속으로 끌고 들어갔다. 차가운 물이 금세라도 몸을 얼어붙게 할 것 같았다. 그녀를 주저앉히고 나도 주저앉았다. 그리고 일으켜 세웠다. 이른 봄날의 밤, 쌀쌀한 밤의 개울물은 몹시 차가웠다. 나는 모니카를 안고 말했다.

"나를 식히고 싶었어. 모니카도……. 의대엔 꼭 갈 테니 모니카도 내 걱정 말고 시집가야 해. 약속했지? 내 맘대로 하기로. 난 약속을 지켰으니까 모니카도 꼭 약속 지켜."

우리는 밤길을 뛰다시피 하여 방으로 돌아왔다. 온몸을 감싼 추위를 견디기 위해서였다. 두 사람의 옷에서는 줄줄 물이 흘렀다. 그녀는 부엌에서 옷을 갈아입으며 말했다.

"이런 장면을 찍어놨다가 나중에 보면 기막힌 추억이 될 텐데. 그치?"

그녀가 방으로 들어가고 나도 부엌에서 옷을 갈아입었다. 우리는 그 밤에 차가워진 몸을 위로하자며 또 한 잔씩 마셨다.

기숙사 앞까지 나를 태워다준 모니카는 차창을 열고 손을 흔들었다. 나는 그녀가 운전하는 자동차가 시야에서 사라질 때까지 우두커니 서 있었다. 후회가 밀려왔다. 나는 주머니 속에서 인형을 꺼내 들고 속으로 말했다.

"미안해. 정말 미안해."

나는 모니카네 피아노 위에 놓여 있던 인형을 주머니에 넣고 왔다. 그 순간 망설였다. 가장 사랑하는 사람에게 주자고 약속한 인형을 그 집에 둘 수는 없다고 생각했다. 나는 나누어 가진 인형을 시골집 서랍 속에 간직하고 있었다. 인형을 전달할 수 있는 유일한 사람이 결혼했기 때문이다. 그녀에게는 남편이 있다. 그 인형이 그 집에 있다는 것이, 인형을 본 순간부터 견디기 쉽지 않았다. 그녀는 집에 가서 그 인형이 사라진 것을 알게 될 것이다. 그걸 누가 가져갔는지 대번에 알게 될 것이다. 가슴이 먹먹해지겠지. 어쩌면 잘 가져갔다고 생각할지도 모른다는 생각도 했다.

차마 세상에서 나를 가장 사랑한다며 줄 수는 없었을 것이다. 어쩌면 그 인형을 보면서 내 간곡하고 애절한 사랑을 되뇌며 추억을 간직했을지 모른다는 생각도 해보았다. 인형을 가져온 것은 모니카가 진정 사랑한 건 나뿐이라는 걸 표현하는 행위였다. 어쩌면 피아노 위의 인형은 직접 줄 수 없으니 알아서 가져가라는 모니카의 신호였는지 모른다. '너만을 진실로 사랑하지만 결혼한 몸이니 어찌 너를 사랑한다고 할 수 있겠는가. 그러니 피아노 위에 둔 인형을 가져간다면 내 뜻이 전달된 것이리라'는 그녀다운 발상일 수도 있었다. 아니, 어쩌면 '사랑의 징표인 인형을 통해 아름다운 추억을 영원히 간직하려 했는데 가져가면 나는 어쩌란 말이냐?' 하면서 피아노 위에 인형을 올려놓은 걸 후회할 수도 있었다.

내 머릿속이 내 가슴만큼이나 복잡해졌다. 그렇다고 되돌아가 인형을 돌려주고 싶은 마음은 없었다. 그녀의 사랑은 영원히 내 것이니까. 그녀가 찾아와서 인형을 돌려달라고 하기를 은근히 고대하고 있는지도 모른다. 사랑은 결투를 해서라도 차지할 수 있는 게 아닌가. 그런 생각에 나는 밤 이슥도록 잠들지 못했다.

전화를 받은 수천은 택시를 타고 달려와서 내 머리통을 쥐어박았다.

"인마, 그렇게 징징거리며 운다고 해결되냐? 술 취한 척하고 덤벼들어 옷을 벗기고 해치우든지, 그렇게 못하면 다른 방법으로 복수를 하든지."

수천은 떼를 쓰다시피 하여 나를 데리고 모텔로 들어갔다. 수천이 나를 한순간에 복종시킨 단어는 '복수'였다. 전혀 낯선 단어 같았는데 수천이 입에서 그 말이 나오는 순간 나는 오늘 밤에 복수를 해보면 그녀를 잊을 수 있을 것도 같았다. 내 영혼에 붙어서 도저히 떨어지지 않는 모니카를 떼어내기 위해서는, 억지로 그녀를 떼어낼 게 아니라 내가 떨어지는 수밖에 없지 않은가.

수천이 데려온 여자는 살집이 포동포동했다. 나이를 짐작할 수는 없지만 어려 보이지는 않았다. 그녀가 들고 온 쟁반에는 음료수와 담배와 라이터가 놓여 있었고 은박지에 싸인 콘돔 두 개가 전등 불빛에 머리를 내밀었다. 작은 욕실로 나를 떠밀어 넣은 여자가 어설픈 표정의 내가 어리다는 걸 알았는지 "학생은 참 귀엽다. 이런 데 처음이지? 걱정 마. 내가 편하게 해줄게" 하고 눈웃음을 쳤다.

옷을 벗고 샤워를 하면서 나는 계속 복수라는 말을 되뇌었다. 복수라는 단어를 잊어버리면 여기서 도망칠 것만 같았다. 속옷 차림으로 침대에 누워 있는 내게 여자는 다정하게 물었다.

"이런 데 처음이지?"

나는 대꾸하지 않았다. 그녀는 마치 점쟁이라도 되는 듯이 말을 이었다.

"어른 되는 거 어렵지 않은데. 건장한 남자가 여자한테 겁먹는 거 아니지."

그녀는 촉수 낮은 붉은 등불만 남겨두고 밝은 전등을 꺼버렸다. 그리고 헐렁한 원피스, 가슴이 거의 반쯤 드러나는 옷을 훌렁 벗었다. 그리고 내 옆에 누웠다. 여자에게서 향기가 났다. 머릿결에서 나는 것 같았다.

"내가 벗겨줄까?"

그녀가 내 속옷에 손을 댔다.

"몇 살이세요?"

이런 순간에 할 말은 아니었지만 나도 모르게 이렇게 물었다.

"여자 나이 묻는 거 아닌데. 학생보다야 한참 많지. 학생은 참 좋겠네. 친구를 잘 둬서. 학생이 가슴 아픈 사연이 있으니까 따뜻하게 감싸달라고 했거든. 내일 아침밥도 같이 먹으라고. 이 동네 해장국 잘하는 집 많거든. 따로 봉투까지 주고 갔어."

"딴 얘기는 없었어요?"

"좀 이상하긴 했지. 보통 젊은 여자를 찾는데 일부러 그러는지 나이 좀 있는 여자를 보내달라고 하더라고. 그 친구도 나한테 나이를 묻길래 너보다는 분명 많다고 했더니 오늘 밤에는 나더러 누나 같은 애인 노릇을 해달라던데?"

나는 수천이 왜 나를 이곳으로 데려왔는지 대번에 알 것 같았다. 알몸으로 누워서 내 속옷을 건드리는 여자의 손을 잡았다. 차가운 손이었다.

"나 같은 동생, 남동생이 있어요?"

"없어. 오빠는 있지만. 내가 무서운 건가? 아니면 아직도 부끄러워? 정말 여자가 처음인 거야? 내가 싫으면 싫다고 말해도 괜찮아. 이 꼴 저 꼴 다 보고 산전수전 다 겪은 팔자라 괜찮아. 내가 싫으면 젊은 애 데려다줄 수 있어."

"그게 아니고요."

"하고 싶은 말 있으면 다 해봐."

그녀는 호기심이 발동했는지 채근하듯 말했다.

"오늘 밤에 옆에서 그냥 자면 안 돼요?"

"그냥 잘 수 있을까? 무슨 일인지 말할 수 있어?"

"그냥 옆에서 손잡고 자게 해줘요. 그냥요."

"돈이 아깝지 않아? 왜 그냥인지 말해 봐. 나도 이런 경우가 처음이라……."

"누나 생각이 나서 그래요."

"그래서 나이를 물어본 거였나 보네. 누나가 몇 살인데?"

"어려서 죽었어요."

"세상에……. 누나 얼굴이 기억나?"

"내가 태어나기 전에 죽어서 어렸을 때 사진밖에 본 게 없어요."

"세상 여자가 다 누나로 보이는 건 아니겠지."

"그건 아니지만……."

"학생은 참 바보 같네. 나는 몸에 문제가 있거나 말하기 거북한 병이 있거나 그런 줄 알았지. 그런 거라면 그냥 내가 하는 대로 맡겨버려. 남자로 태어나서 여자를 사랑하는 기술을 갖지 않으면 인생을 허비하는 거니까. 오늘 내가 잘 가르쳐줄게. 바보처럼 이러지 말고."

그녀는 내 손을 뿌리치고 내 속옷 속으로 손을 밀어 넣었다. 나는 몸을 웅크리고 그녀의 손을 빼내었다.

"이러면 나갈 겁니다. 내 얘길 들어보세요."

나는 그녀에게 하지 않아도 그만일 얘기를 늘어놓았다. 오늘 모니카의 집에 초대받아 갔던 것과 그녀를 아직도 잊을 수 없어서 괴롭다고 말했다. 처음에는 그녀에게 복수하고 싶어 여기 들어왔지만 도저히 함께 잘 수는 없을 것 같다고 했다. 그건 마치 결혼한 모니카를 겁탈하는 것 같아서, 정신적인 폭행 같아서. 그러니 내 추억을 그대로 간직할 수 있게 밤새 곁에서 잘 수 있게만 해달라고 했다.

그녀가 내 얘기를 들으며 울었다. 그러고는 나를 끌어안고 내 등을 도닥거렸다. 그녀는 원피스를 입고 나가 소주 두 병과 마른안주와 과일을 쟁반에 담아 들고 들어왔다. 나는 술을 마시며 수천에게 털어놓았던 것처럼 낯선 여자에게 모니카와의 사연과 내 영혼이 길을 잃고 헤매는 이야기들을 주저리주저리 늘어놓았다. 우리는 새벽녘에 잠깐 눈을 붙였지만 오래 누워 있을 수가 없었다. 그녀는 자유로운 몸이 아니라 매여 있기 때문이었다. 우리는 모텔 근처의 해장국집에서 쓰린 속을 달래고 헤어졌다. 그녀는 내 손에 굳이 택시비를 쥐여주며 말했다.

"답답하거나 힘든 일이 생기면 찾아와도 좋아. 모텔에 와서 내 이름을 대면 바로 연락이 되니까. 그리고 살다 보면 여자가 그리울 때도 있을 테니까 언제든지 오면 내가 정말 제대로 여자 노릇을 해줄게. 알았지? 잊지 말고."

방학하고 시골에 내려가서야 나는 우리 집이 빚잔치로 남의 손에 넘어갔고 어머니가 몸져누웠다는 걸 알았다. 아버지와 같이 제재소를 하던 동업자는 도주했고 빚을 떠안은 아버지는 보증 섰던 책임까지 짊어져야만 했다. 가세가 한꺼번에 기운 것은 동업자 탓만은 아니었겠지만 그렇게라도 핑계를 댈 수밖에 없을 만큼 떠안은 빚이 많았다. 집과 많지 않은 전답을 팔아 빚잔치를 했지만 남은 빚이 적지 않았다. 다행이라면 팔린 집에서 살 수 있을 만큼의 전세금을 빚쟁이들이 용인한 덕에 겨우 길에 나앉지 않은 것이었다. 아득하기만

했다. 다음 학기 등록금은 고사하고 당장 땟거리가 걱정일
만큼 우리 집은 빈털터리가 되었다.

"하늘이 무너져도 네 등록금은 마련해 줄 테니 딴생각 말
고 공부나 혀. 우리가 못되게 살거나 남을 못살게 굴지 않고
적게나마 보태고 살았으니 굶어 죽기야 하것냐. 외가에서 곡
식을 보내주고……. 염치는 없지만 네 등록금은 마련하기로
했으니……."

어머니의 한숨 섞인 소리는 나를 안심시키려고 그러는 것
이지 싶었다.

"제 걱정 안 해도 돼요. 집안이 이런데 어떻게 학교에 다녀
요. 군대 갔다 와서 다녀도 되잖아요."

"무슨 소리를 하는 겨. 공부는 멈췄다가 하는 거 아니다.
군대는 공부 다 하고 군의관으로 가면 된다더라. 그러니 제
발 딴생각 말고……. 이럴수록 네가 마음잡고 공부를 열심히
해야 느이 아버지도 견디고 나도 견뎌."

너 하나 믿고 산다는 말을 이참에는 하지 않았다. 자식이
지만 가세가 결딴난 것에 대해 부모로서 염치가 없어서인지
도 모른다. 수척해진 모습으로 밤마다 술을 마시는 아버지
의 마음을 위로하기 위해 공부하는 척 책을 펼쳤지만 머릿속
엔 갖가지 불길한 생각들만 뒤엉켰다. 불면증에 시달리는 아
버지는 술을 수면제로 삼았고, 어머니는 약으로 버티고 있었
다. 나는 막노동판이라도 알아볼 생각으로 이곳저곳 기웃거

려 보았지만 일자리가 나서지 않았다.

이번 여름방학에 해수욕장에 함께 가서 피서하기로 약속한 수천이 시골로 내려왔지만 내 처지를 알고는 하룻밤만 우리 집에서 자고 서둘러 상경했다. 녀석을 고속버스 터미널까지 배웅하고 돌아오니 내가 자주 펼쳐 보는 영어책 갈피에 흰 봉투가 꽂혀 있었다. 녀석이 엉성한 손글씨로 쓴 글자를 보고 눈물이 났다. 해수욕 가려던 비용을 고스란히 놓고 갔기 때문이다.

몇 번이나 어머니에게 휴학하고 입대하든지 취직자리를 알아보겠다고 했지만 어머니는 막무가내였다. 도대체 무슨 돈으로 등록금을 마련하겠냐고 했더니 그제야 털어놓았다.

"절대로 말하지 말라고 했는데……. 혹시라도 네 자존심이 상할 수도 있고 해서, 어차피 한 번쯤은 등록금을 주고 싶다니, 나도 염치가 없지만 나중에 갚을 요량을 하고 받아 두었다."

어머니는 죄지은 사람처럼 나와 눈길을 마주치지 않았다.

"누구? 모니카요? 모니카가요?"

고개를 끄덕이는 어머니의 눈시울이 붉어졌다. 집안이 망했고 빚잔치로 남은 게 없을 텐데, 방학하고 내려오자마자 등록금 걱정은 하지 말라고 할 때부터 짚이는 데가 있었다.

"우리 집안이 이렇게 되고 빚잔치한 걸 모니카가 어떻게 알았어요? 누가 말했어요?"

눈물을 훔치며 어머니가 고개를 저었다.

"이 근동에서 우리 집 망한 거 모르는 사람이 어디 있을라구. 손바닥만 한데…… 모니카 어머니가 소식을 듣고 왔었어. 다른 건 몰라도 당분간 양식 걱정은 말라더라만……. 그래서 알았겠지. 그 이튿날인가 모니카가 전화로, 내려올 수 없어서 죄송하다며 네 등록금을 보낼 테니 제발 지가 보냈다는 말은 절대로 하지 말라고……. 남의 자식이지만 꼭 내 자식 같어. 갚으면 된다. 제대로 갚으려면 네가 훌륭한 의사가 되어서 치료도 해주고, 해주고 싶은 거 다 해주고……. 그러면 된다. 네가 계속 열심히 공부해서 빨리 의사가 되는 길뿐이여. 그러니 딴생각 말고……. 우리가 아주 망한 거 아니다. 느이 아버지 성미에 반드시 복구하고 이 집도 되찾고 제재소도 찾을 거여. 그러니 조금만 참자."

나는 어머니에게 눈물을 보이지 않으려고 얼른 내 방으로 들어갔다. 이놈의 사랑은 호르몬의 농간으로 3년을 넘기지 못할 거라고 나를 위로했건만 그것이 얼마나 부질없는 일이었는지 모른다. 나는 내 영혼과 마음을 남김없이 통째로 그녀에게 주어버렸는데 내가 아닌 다른 남자와 결혼한 그녀를 한때 배신자라고 생각했었다. 그녀 때문에 내가 버린 것이 어디 한둘일까. 그녀를 사랑했기에 참으로 많은 걸 버렸고, 내 마음을 단속하느라고 수많은 욕망도 난도질해서 버리지 않았는가. 한때는 사랑을, 인연을, 추억을, 그리움을, 뜨거워진 가슴을 청산하자는 생각도 했다. 그러나 나는 그 질긴 사슬을 끊을 만큼 강하지 못했다. 나는 그녀의 노예였기 때문이다. 노예는 자유가 없는 결핍으로, 결핍을 채우고 자유롭기 위해 끊임없이 주인을 섬길 수밖에 없다.

내가 그랬다. 온통 그녀의 차지가 되어버린 영혼은 늘 끌려다녔고 언제나 복종했으며 지우려고 하면 할수록 더 크게 그려지곤 했다. 나는 사랑을 담보로 묶여 있는 노예였다.

아름답고 소중한 비밀 한 가지

연명하듯 학교에 다니던 리노가 결국 휴학을 했다. 2학년 2학기를 마치면 본과 학생으로 쉴 틈 없이 공부를 해야 할 텐데, 2학기 등록금을 거부한 채 휴학을 했다. 돈을 받지 않을 것 같아 별의별 궁리를 다 해보았지만 리노가 저간의 사정을 아는 한 받지 않을 것 같기도 했다.

내 결혼 생활도 겨우 연명하듯 했다. 임신하지 못한다는 것은 상상 이상의 고통이었다. 완고한 시아버지는 아들을 낳지 못하는 며느리는 집안의 대를 끊는 불경죄를 짓는 거라며 대놓고 이혼하고 새장가를 가라고 했다. 어찌하든 나를 내쫓을 궁리를 한다는 걸 이런저런 상황으로 눈치챌 수밖에 없었다.

산부인과 의사는 내 몸은 정상이니 남편의 정액 검사를 한번 해보자고 설득했지만 남편은 극구 거부했다. 내가 몇 번이나 간곡하게 부탁하고 떼를 써보았지만 남편은 왜 자신에게 덮어씌우느냐며 어이없어했다. 시어머니도 내가 남편에게 덤터기를 씌우는 거라고 화를 냈다. 참으로 납득하기 어려웠다. 정액 검사가 어려운 것도 아니고 부담스러운 것도 아닌데 남편은 말도 안 되는 핑계로 병원 출입을 거부했다. 여자는 자궁에 혹이 있는지, 생리가 정상인지, 배란 검사를 통해 임신 가능성이 있는지를 검사하지만 남자는 병원에 마련된 방에서 갖가지 자위할 수 있는 도구나 영상이나 잡지 같은 것들을 이용해 정액만 용기에 받아내면 되는 것이었다. 남편을 의심하는 것도 죄가 되는 듯했고 내 과거가 죄는 아니지만 그렇다고 알려지는 것도 마음이 편치 않았다. 이리 참고 저리 궁리해 보았지만 납득하기 쉽지 않았다.

내가 그 사연을 알게 된 것은 그 집에서 쫓겨난 뒤였다. 그것도 그 집안사람의 귀띔이 아니었으면 알 수 없는 내용이었다. 나를 내쫓은 시부모의 분노는 차라리 이해할 만한 것이었다. 이준걸의 행패는 남편과 멱살잡이까지 하게 되었고, 결국 나는 '이실직고하라'는 명령을 받은 죄인처럼 사실을 인정하고 무릎을 꿇을 수밖에 없었다.

준걸은 병이 다 나았다고 했다. 결혼을 하고 안정된 생활을 한다는 소리도 들었다. 밤늦은 시각에 우리 집에 찾아와 나를 내놓으라고 행패를 부린 것은 그가 이혼하고 다시 술독에 빠진 것처럼 어지럽게 살기 시작한 지 몇 달 안 된 시기였다. 그가 이혼했다는 소식을 들었을 때부터 예감이 좋지 않았던 것도 사실이었다. 시부모나 남편은 내 얘기를 다 믿지 않았다. 제정신이 아닌, 술 취해 행패 부리는 준걸의 말을 믿는 눈치였다. 그들은 내게 아이를 낳지 못한 죄와 불편한 과거가 있지만 여러 가지를 참작하여 인간적 배려를 한다면서 이혼 대신 별거라는 방법으로 나를 내쫓았다.

목장에 와서 편하게 지내라는 부모님의 간곡한 얘기를 거절하고 한 칸짜리 방을 얻은 것은 내가 시골로 내려가서 부모님의 체면을 구기는 것은 물론 내 처지가 고스란히 노출될 것이 분명했기 때문이다.

별거하고 두어 달쯤 되어 나를 찾아온 것은 남편의 사촌 여동생이었다. 시아버지 형제들이 재산 다툼으로 사이가 좋지 않다는 걸 알기 때문에 그녀가 찾아올 줄은 상상조차 못했다.

"언니를 내쫓았다는 소식을 듣고 해도 해도 너무 한다 싶었어요. 오빠가 끝까지 병원에 안 가는 이유를 언니가 알아야 돼요. 보나 마나 이혼 청구 소송을 할 텐데, 위자료를 안 주려고 별의별 궁리를 다 하겠죠."

뒷얘기를 듣지 않아도 뭔가 숨겨온 말이 있는 것 같았다.

"무슨 일이 있는 건가요?"

임신하지 못한다고 구박받은 걸 생각하면 솔깃한 얘기였다.

"오빠가 약혼했던 건 언니도 알겠죠. 그 여자가 임신했기 때문에 서둘러 약혼했던 거예요. 그러니까 오빠는 문제가 없고 언니에게 문제가 있다고 우길 수 있었던 거죠."

"아, 그랬군요."

뒤통수를 맞은 느낌이었다.

"오빠는 이상이 없는데, 언니는 과거에 임신을 했다가 배 속 아이를 지우는 과정에서 문제가 생겨 불임이 된 거라고 트집을 잡을 게 분명해요. 그러고도 남을 사람들이죠. 그런데요, 이건 정말 비밀인데……."

그녀는 마치 이 얘기가 퍼져 나가면 세상이 뒤집힐 거라는 표정으로 사방을 둘러보았다.

"사실은 약혼녀가 임신한 애는 오빠 애가 아니었어요. 약혼하기 전에 사귀던 남자가 있었는데 그쪽 집안이 어려우니까 헤어지고 오빠를 만나게 됐대요. 그 여자도 사귀던 남자의 애인 줄 몰랐나 봐요."

"아가씨는 그걸 어떻게 알았어요?"

그녀가 알 정도면, 그런 이유로 파혼했다면 집안 식구들이 모두 그 내막을 알고 있을 것이다.

"내 동창이고 내가 소개해 줬으니까요. 자주 만나는 친구 같았으면 사정을 미리 알았겠지만, 졸업 후엔 통 못 만나다가 같은 아파트에 사는 걸 알게 되어 다시 만나면서 오빠를 소개해 줬거든요."

"오빠가 그 사실을 알아요?"

"몰랐죠. 그 친구가 그런 걸 밝힐 리가 없죠. 나중에 그 남자가 내게 사실을 털어놓아서 알았어요. 그래서 그 친구에게 따졌더니 미안하다고……. 언니를 내쫓은 걸 보고 오빠가 미워서 얼마 전에 오빠에게 옛날 얘기를 해줬어요. 그랬더니 뭐라는 줄 알아요? 정말 웃겨요. 인간이 그러면 안 되죠. 이제와서 오리발을 내밀더라구요."

부모끼리는 사이가 나빠도 사촌끼리는 그나마 연락을 한다고 했는데 내게 이런 얘기를 털어놓는 걸 보면 뭔가 쌓인게 있는 듯했다.

"뭐라고 했는데요? 내 얘긴가요?"

"아뇨. 오빠 얘기죠. 우리끼리 술 마시다가 한 얘기가 있거든요. 오빠 군대 친구들하고 어울려 술을 좀 많이 마신 날인데, 오빠가 군대에서 기합받다가 쓰러져 군 병원으로 실려 간적이 있었대요. 위생병이 오빠를 데리고 병원으로 갔는데, 군의관이 그랬대요. 나중에 정밀 검사를 받아보라고……."

큰 비밀을 털어놓으려는 듯 그녀는 목소리를 낮추었다.

"무슨 정밀 검사를요?"

이래야 그녀가 나를 찾아온 보람을 느낄 것 같아서 나는 맞장구를 쳐주었다.

"생식능력에 문제가 생길 수 있다, 아이를 갖기 어려울 것 같다……. 그런 얘기를 했어요. 오빠 얘기는 기합받기 전에 참호 격투 훈련 때 그렇게 된 것 같다고 했어요. 그러니까 언니한테 불임이라고 덤터기를 씌우면 반드시 정액 검사를 하자고 하세요. 알았죠? 오빠도 밉지만 그 집 식구들 정말 비열해요."

그녀에게 남편은, 그 얘기는 친구들끼리 장난으로 한 말이지 사실이 아니라며 어디 가서 그런 소리 하지 말라고, 절대로 나를 만나지 말라는 말까지 했다고 한다.

가슴이 휑하니 뚫리고 바람이 휘몰아쳤다. 그녀의 말을 어디까지 믿어야 할지 난감하지만, 그녀 말이 반만 맞는다고 해도 남편의 태도는 매우 몰인정하고 잔인하다.

"저희 어머님과 아버님은 그런 사실을 알고 있나요?"

"그 양반들은 모르겠죠. 오빠가 말했을 리 없죠. 알잖아요. 오빠 자존심이 보통 센 게 아니잖아요."

그녀는 수다의 미학을 자랑이라도 하듯 두어 시간 넘게 말을 늘어놓고 일어섰다. 마땅히 고마워해야 할 것 같았는데 얄미운 생각이 들었다. 나를 위해 찾아온 게 아니라 자기 분풀이를 하러 온 것만 같았다. 명분은 위로였지만 비밀을 털어놓지 않으면 못 견디는 성미인지도 모른다는 생각도 했다.

리노는 내가 별거한다는 걸 알고 휴학한 게 분명하다. 나는 리노네 가세가 기울어 리노가 고생한다는 걸 알고 있었다. 하지만 나는 직업이 없고 전업주부로 살림만 하면서 대학원 진학을 했기 때문에 겨우 등록금 정도만 보태줄 형편이었다. 의대생 바라지하는 게 어디 쉬우랴만 리노는 기숙사비도 부담스러웠는지 이모네 집에 들어가 공부한다고 했다. 그 성격에 남의 집에 얹혀 지낸다니 안쓰럽기 짝이 없었다. 내 형편도 만만찮아서 시골 부모님께 손을 벌려 리노의 등록금을 겨우 두 번 마련해 주었다.

세 번째를 거절한 리노가 휴학을 하자 가슴이 먹먹했다. 몇 번이나 시골로 내려가 리노를 만날 생각을 했지만 엄두를 내지 못했다. 만나면 위로하지 못하고 하염없이 울어버릴 것 같았다. 들리는 말로는 리노가 징병검사를 받았다고 했다. 어쩌면 리노가 이 상황을 헤쳐 나갈 수 있는 방법은 군에 입대하는 것인지 모른다. 이럴 줄 알았으면 혼수 장만을 할 때 그동안 조금씩 모아두었던 돈을 쓰지 말 걸 그랬다는 생각을 했다. 없는 살림은 아니지만 힘든 목장 일을 하는 부모님의 짐을 좀 가볍게 해드리고 싶다는 생각으로 모아두었던 돈을 거의 다 쓰고 말았다. 시집가는 딸이 기특하다는 소리를 듣고도 싶었다. 신랑 측이 경제적으로 여유가 있다고 했으니 비상금 같은 건 필요하지 않을 것 같았다.

대학원에 휴학계를 제출하면서 그동안 살펴주신 지도 교수를 찾아가 내가 별거하게 된 사정과 휴학하고 취업 자리를 알아볼 수밖에 없다는 말씀을 드렸다.

"제자 중에 출판사를 하는 애가 있는데, 지난주에 내 방에 들렀다가 무슨 전집을 출판한다면서 교정 잘 보는 사람을 소개해 달라고 했거든. 정식 직원은 아니고, 작은 출판사니까 한 육 개월 정도 아르바이트를 한다 생각하고, 급료가 많지 않지만 우선 생계는 유지해야 할 테니 그 일을 하고 싶은 생각이 있으면 말해요."

나는 잠시 망설였지만 하는 일 없이 하루 종일 견디는 게 힘들 것 같아 주선해 달라고 했다. 종일 집에 있으면 온갖 잡생각으로 머리가 지끈지끈 아프기만 했다. 교정 보는 게 쉽지 않고 눈도 혹사하는 것이지만 일을 하다 보면 마음이 정리될 것 같았다.

"오히려 잘된 건지도 몰라요. 억지로 사는 것보다 잠시 떨어져 사는 것도 더 큰 재앙을 막는 거니까요. 살날이 많은데 너무 부딪치며 살다 보면 병이 되기도 하지. 우리 때는 여자가 이혼한 순간부터 눈총을 받았지만 지금은 세상이 변했잖아요."

지도 교수의 말이 내 마음을 위로해 주는 건 아니지만 나를 이해해 주는 사람이 있다는 게 좋았다.

서울에서 아침 출근 시간 맞추어 직장에 다니는 게 쉬운 일은 아니었다. 변두리에 방을 얻은 나는 제법 먼 거리를 오갈 수밖에 없었다. 단칸방이지만 계약 기간이 아직 많이 남아서 출판사 가까운 곳으로 이사할 수도 없었다. 타고 다니던 승용차도 놓고 나왔으니 버스를 두 번이나 갈아타면서 출퇴근하는 게 전쟁 같았다. 모든 걸 잊으려고 시작한 출판사의 교정 일은 그런대로 재미가 있어서 집중할 수 있었다. 그렇다고 마음이 가볍지는 않았다. 시골에서 들려오는 소식이 내 마음을 자꾸 뒤흔들었다. 직접 본 것은 아니지만 눈에 선한 것은 리노의 변모였다. 워낙 친구를 좋아하고 선후배들과 잘 어울리는 기질이었지만 시골의 주먹쟁이들과 어울려 다닌다는 얘기를 들었을 때는 당장 쫓아가서 화를 내고 싶었다. 그러나 한편으로는 오죽하면 그러랴 싶어 가슴이 미어졌다.

리노는 어려서부터 태권도와 합기도로 단련하여 제법 날렵한 편이었다. 주먹으로도 빠지지 않는 솜씨여서 읍내 건달들도 리노를 건드리지 않는다고 했다. 더구나 건달들과 어려서부터 친하게 지낸 터수여서 그들도 리노를 좋아한다고 했다. 주먹으로 소문난 사내들 중에 리노와 같은 도장에서 운동한 사람이 많았으니 리노 성격에 그들과 친하게 지냈을 건 뻔한 이치였다. 내가 조금 안심이 되는 것은 리노가 경황없는 중에도 성당에 잘 다닌다고 했기 때문이다. 신부님도 리노를 잘 챙길 것이고 성가대원들이나 신자들도 지켜보고 있을 테니 리노가 함부로 행동하지는 않을 것 같았다. 그래도 마음이 놓이지 않아 성가대에서 친하게 지냈던 친구에게 전화를 걸었다.

"그러잖아도 너한테 얘기를 할까 망설였는데, 리노가 예전의 리노가 아닌 것 같아서 걱정이야. 읍내 건달들하고 어울려 다니는 걸 보면 집안이 망하고 휴학한 게 충격이었나 봐. 소문에는 건달 애들이 리노를 자꾸 불러낸다고 하지만, 오죽하면 손가락질 당할 거 뻔히 알면서 그 패거리가 됐을까 싶기도 하고……, 미워할 수도 없고 가엾기도 하고……."

"무슨 사고를 쳤거나 일이 생겼거나, 그런 얘기는 없어?"

"그런 얘기는 못 들었지만 사람들 입에 오르내리는 것만도 듣기가 거북하지 뭐. 내 동생이 그러는데, 리노가 또래 중에서 두목 노릇을 하는 것 같다고 했어. 부모님이 경황없으니 리노를 다잡을 수도 없을 테고 완장 차고 돌아다니는 게 아니니 신부님도 뭐라 야단치기도 그럴 것 같기는 해."

"혹시라도 무슨 일이 생기거나 하면 알려줘. 사고 나면 안 되잖아. 어렵게 의대에 들어갔는데, 빨리 마음잡고 복학해야지."

"아휴, 너도 이제 그만 리노에게 신경 꺼라. 머리 좋은 애라 제 앞가림 어련히 알아서 할라구. 성깔이 있으니 한때 저렇게 휘젓고 다닐 수도 있다 생각해."

"리노를 본 적 있어?"

"시장 가다가 극장 골목에서 마주쳤는데 내가 민망할 정도로 깍듯이 인사를 하더라. 집안이 그렇게 되고 어렵다니까, 선입견 때문이겠지만 전 같지 않게 좀 초라해 보이긴 했어.

그래서 저만치 불러서 많지 않지만 용돈을 주려고 했더니 손사래 치고 도망가버렸어."

"초라해 보여?"

"그냥 그렇게 느낀 거지 뭐. 리노가 인물이 좋아서 조금만 차려입으면 폼 나잖아. 그런데 그날은 낡은 추리닝 바지에……. 위에도……. 아무튼 내 눈에 그렇게 보였어."

"다음에 만나거든 억지로라도 용돈 좀 두둑이 줘라. 내가 보내줄 테니까."

"이제 너도 그만해라. 너도 알다시피 리노는 어려서부터 왕초 기질이 있어서 그런 거니까 이제 그만 신경 꺼."

전화기를 내려놓으며 눈물이 고였다. 리노의 처지를 생각하면 절로 눈물이 솟아나곤 했다. 리노 어머니에게 전화를 걸어볼 수도 없었다. 전화번호를 반납했다고 했다. 빚 독촉 때문이기도 하겠지만 일부러 전화를 없앤 것 같기도 했다. 생각 같아서는 한 번쯤 시골로 내려가 리노도 만나고 리노 어머니를 위로해 드리고 싶기도 했다. 그러나 이 상황에서 우리가 만나면 울음바다가 될 것만 같았다. 거울을 보기가 싫을 정도로 내 모습은 핏기 없는 얼굴로 초라해지고 있었다.

남편이 찾아온 것은 별거한 지 여섯 달 만이었다. 그는 내가 좋아하는 과일 바구니와 프리지어 꽃다발을 내려놓고 진작 찾아오지 못해서 미안하다는 말부터 했다. 핼쑥해 보였다. 용모가 깔끔하고 말수가 별로 없는 사람이지만 오늘은 기운도 없어 보였다. 그는 준걸이 습격하듯 우리 집에 들이닥쳐 온갖 막말을 했을 때는 정말 내가 미웠다고 했다. 부모에게 알린 것도 그런 감정 때문이었고 부모가 별거하라고 했을 때 기꺼이 응한 것도 그 때문이라고 했다. 그러나 지나고 보니 자신이 지나쳤던 것 같다며 용서해 달라고 했다.

"사실 나도 약혼했던 적이 있고 약혼녀가 임신까지 했었고……. 그런 내가 당신의 옛날 일을 끄집어내 분노했던 게 그때는 당연하다고 생각했었어. 심란하고 헝클어진 마음을 다독거려 보려고 절에 가서 큰스님께 털어놓고 말씀을 드렸더니 왜 그림자를 쫓아다니느라 고생을 하느냐고 꾸중하셨어. 과거에 매달리면 노예처럼 살게 되고 현재와 미래를 붙잡으면 주인처럼 사는 거라고 하시는 말씀에 한참 동안 생각을 많이 했었지. 그런 내게 큰스님께서 삼 일간 면벽 정진을 하라고 하셨어. 정말 죽어버리고 싶을 만큼 견디기 어려웠어. 하얀 벽 속에 내 과거와 실수와 허물과 지은 죄가 가득 들어 있는 걸 보았어. 삼 일간 묵언하고 벽 앞에 방석 펴고 하루 두 끼, 겨우 반 공기도 안 되는 그 두 끼만 먹고 하루 16시간씩 면벽 정진을 하면서 당신에게 참회하기로 결심했어."

남편이 원망스러웠던 건 준걸에 대한 얘기를 부모님께 말한 것과 별거하는 걸 나와 상의하지 않고 결정한 것 때문이다. 별거하게 된 원인을 제공한 게 누군지 분명했기에 남편을 미워할 수가 없었다. 남편이 화를 내면서 왜 진작 얘기하지 않았느냐고 했을 때는 어이가 없었다. 남편이 잘못했다고 용서를 빌었지만 나는 별로 대꾸하고 싶지 않았다. 마치 시집 식구들이 공모해 나를 함정에 빠트린 것 같아 마음의 상처를 입고 공황장애를 겪었기 때문에 남편의 말이 믿어지지 않았다. 용서해 달라는 말도 신뢰하기 어려웠다.

"지금 당장은 합치자는 말을 못하는 걸 당신이 이해해 주었으면 좋겠어. 어른들이 옛날 사람들이라 쉽게 수긍하기는 어려울 테니까. 내가 최선을 다해서 가능하면 빠른 시일 내에 합치도록 할 테니 조금만 참아줘. 약속할게. 나를 믿어줘. 한 번만 믿어봐. 내가 나쁜 인간은 아니잖아. 그때는 솔직히 나도 견디기 어려웠어. 우리 사이에 아이가 없어도 상관없어. 정 안 되면 입양해도 되니까."

이런 얘기까지 하는 걸 보면 나를 찾아온 게 진심인 것 같기도 했다. 남편은 매달 생활비를 보내줄 테니 걱정 말고 다음 학기에 대학원을 다니라고 했다. 남편은 봉투를 받지 않겠다고 버티는 내게 이렇게 말했다.

"이건 돈이 아니라 최소한의 남편의 도리이며 속죄의 표현이라고……. 이걸 당신이 받지 않으면 나는 인간도 아니야……."

남편은 찻잔에 남은 커피를 마시고 일어났다. 따라 일어난 나를 안으려고 했지만 나는 그를 밀어냈다. 그의 쓸쓸한 미소와 축 처진 뒷모습을 보며 착한 남자라는 생각을 했다. 남편이 찾아와 용서해 달라고 할 줄은 몰랐다. 자존심 강한 성격으로 미루어 찾지도 않을 거라고 생각했다. 지금쯤 이혼 서류를 꾸미거나 변호사를 만나 상담을 하고 있을 것 같았는데, 무릎만 꿇지 않았지 진심으로 용서를 빌었다.

　남편이 돌아간 뒤에 입장을 바꾸어놓고 생각해 보았다. 내가 남자이고 남편이 여자인데, 과거의 남자가 찾아와 동거를 했고 임신까지 했다고, 거짓이지만 그렇게 우긴다면 나라도 일단 화가 날 것 같았다. 그 모든 게 사실이 아니라고, 입증할 수 있다고 했을 때 남편은 고개를 끄덕였다. 자취하던 집도 찾아가보고 산부인과에 가서 임신했었는지를 확인해 보면 알 수 있을 거라고 하자 남편은 말없이 고개를 떨구었다.

　별거한 지 일 년여 만에 남편과 다시 살림을 합치기로 했다. 남편의 지극한 정성을 받아들일 수밖에 없었다. 다달이 어김없이 생활비를 보내주고 수시로 전화를 하거나 찾아와 위로해 주는 마음도 고마웠지만 나를 편하게 만들어준 것은 남편이 임신시킬 수 없다는 사실을 고백한 것이었다. 남편은 그 사실을 부모에게도 알렸고 입양이든 인공 수정이든 내가 원하는 대로 결정하겠다고 했다. 남편이 불임이 아니었다면 시부모가 나를 다시 받아들이지 않았을 수도 있겠다는 사실이 마음에 걸렸지만 더 이상 이혼을 고민하지 않아도 되었다.

더구나 시골에 있는 부모님은 더 이상 버티지 말고 남편이 하자는 대로 살림을 합치라고 했다. 일 년여 동안 어머니와 아버지는 가시방석 위에서 살았다고 했다. 시집간 딸자식이 임신을 하지 못해 걱정하다가 과거 문제로 별거하게 되었으니 부모 마음이 오죽했겠는가. 살림을 합치고 대학원 등록도 했다.

그래도 마음 한구석이 무거운 것은 남편의 정자가 아닌 남의 정자로 임신해야 한다는 것 때문이었다. 시부모는 이왕 인공 수정을 하려면 서두르자고 했지만 나는 조금 더 마음을 정리하고 싶다고 했다. 살림을 합치자마자 임신하는 게 스스로 임신 기계를 자청하는 듯했기 때문이다. 나는 좀 더 신중하게 내 자리를 만들고 싶었다. 더구나 시부모가 원하는 게 아들이라는 것도 신경 쓰였다.

리노가 복학했다는 소식도 들었다. 어렵사리 빚을 내어 등록금을 마련했다는 소리도 들렸다. 이번 학기에 복학하지 않으면 입대해야 하기 때문에 어려운 형편에 무리한 것 같았다.

신혼 시절보다 훨씬 안정된 결혼 생활을 하던 어느 겨울날 지방 출장을 가던 남편이 교통사고를 당했다. 소식을 듣고 달려갔을 때 남편은 중환자실에 있었고 사람을 알아보지 못했다. 시아버지가 힘을 써서 의료진이 여러 가지 편의를 봐주었지만 남편의 상태는 나쁜 편이었다. 자칫하면 식물인간이 될 수도 있다고 했다. 한쪽 다리를 절단해야 한다고 하자 시아버지가 서울의 큰 병원으로 옮겨서 치료하겠다고 우겼다.

응급 처치를 한 뒤에 서울의 대학 병원으로 남편을 이송했다. 나는 앰뷸런스 안에서 남편의 손을 잡고 간절하게 기도했다. 제발 살려만 달라고. 장애인이 되더라도 살아 있게만 해달라고 빌었다. 이럴 줄 알았으면 진작 인공 수정을 해서 임신할 걸 그랬다는 후회를 했다. 만약 남편이 죽는다면 인공 수정을 할 수도 없을 것이다. 앞날이 깜깜하다는 말이 실감났다.

대학 병원 중환자실은 하루에 면회를 두 번밖에 할 수 없었다. 아침과 저녁에 30분 정도 면회를 할 수 있지만 남편은 의식불명 상태여서 의사소통을 할 수 없었다. 현대 과학의 힘으로 겨우 살아 있는 남편의 모습과 나락으로 추락한 듯이 절망하고 있는 시부모와 시할머니를 보면서 나를 던져보고 싶었다. 지금이 아니면 의미가 없을 것 같았다.

밤에 시댁으로 들어선 나는 드릴 말씀이 있어 찾아왔다고 했다. 시부모는 놀라는 눈치였다. 아침에 병원에서 만났을 때만 해도 아무 말 없던 내가 긴히 드릴 말씀이 있다고 하자 시부모는 낯빛이 변했다. 내가 폭탄선언이라도 할 줄 알았던 모양이었다. 병원에서 남편의 상태가 위중하다거나 치료가 잘 되어도 장애가 있을 거라고 말했기 때문에 내가 모진 얘기를 할지 모른다는 생각을 했을 수도 있다.

"그동안 우리가 참 못할 말도 했고 못할 짓도 했다. 윗사람으로 차마 말을 못해서 그렇지 마음속으로 수도 없이 용서를 빌었다. 그러니 섭섭한 게 있어도 다 잊어버려라. 상황이 이렇게 되어서 하는 말이 아니라 민망해서 할 말을 못했다."

들고 싶은 소리였다. 맺힌 마음을 풀고 싶었다. 살림을 합칠 때 해주었으면 얼마나 좋았을까. 그때는 마치 아량을 베풀듯이, 나를 용서하고 받아주는 듯했다. 지금은 그런 소리를 들으려고 온 것이 아니었다. 절망에 빠진 시댁 식구들을 위로하기 위해서 찾아온 것도 아니었다.

"제가 드리고 싶은 말씀은 가능하면 빨리 인공 수정을 해서 우리 집안의 대를 이어야겠기에 찾아뵙고 허락을 받으려고 한다는 것입니다. 설마 그럴 리야 없겠지만 그 사람한테 무슨 일이 생기더라도 제가 얼른 임신을 하는 게 며느리 된 도리라고 생각했습니다."

나는 이렇게 말하며 흐르는 눈물을 주체할 수가 없었다. 설명할 수 없는 서러움이 밀려왔다. 남들이 알면 나더러 바보라고 할지 모른다. 바보가 될지언정 사람답게 살고 싶었다. 나중에 후회할 일이 생기더라도 지금은 하루라도 빨리 인공 수정으로 임신을 하고 싶었다. 만약 남편이 영영 깨어나지 못하고 죽는다면 늦은 임신이 웃음거리가 될 수 있기 때문이었다. 오늘 바로 착상을 한다면 괜찮지만 늦어지면 헛일이 될 수도 있는 상황이었다.

"아이고, 어쩌면 천사같이 성품이 착하니. 네가 우리 집안의 보물이 아니고 뭐겠니. 뭐든 하고 싶은 대로 해도 돼. 뭐든다 맡길 테니까. 필요한 게 있으면 아끼지 말고……. 우리가병원을 알아볼까? 아니면 알아서 편한 데서 하든가."

"제가 알아서 준비하겠습니다. 친척 중에 대학 병원에 계시는 분도 있고 제 스승님이 병원장님과 막역한 사이거든요."

"아무렴, 하고 싶은 대로 해야지. 비용은 아끼지 말거라. 네통장에 여유 있게 보내놓을 테니 아무 걱정 말고……."

시어머니는 중환자실에 누워 있는 아들이 살아난 것만큼이나 밝은 표정으로 말했다.

"서운하고 우리가 미울 만도 했을 텐데, 그런 생각을 하다니 정말 고맙다. 우리가 천복을 받았는데 뭐가 아깝겠니."

시아버지도 눈시울이 붉어지면서 이렇게 말했다. 돌아오는 길에 까닭 모를 눈물이 흘러 골목길에 차를 세우고 한참을 혼자 울었다. 막상 인공 수정을 하려고 하니 전혀 모르는남자의 정액을 제공받는 게 가슴이 아팠다. 남편이 깨어나면잘 했다고 하겠지만 나는 평생, 모르는 남자의 자식을 낳아기르는 게 어떤 마음일지 짐작하기 어려웠다. 이왕 마음먹은일이니 서두를 생각이었다. 그렇게 마음 다져 먹은 일이었지만 고향 친구와 전화 통화를 하면서 불편한 마음이 들었다.친구는 임신이 안 되어 무척 힘들게 시험관 아기를 낳았지만지금은 남편과 이혼하여 혼자 살고 있었다.

"나도 그 순간에는 그게 엄마의 모습이고 여자로서 최선이며 인간적인 모습이라고 생각했거든. 지나고 보니 그 판단이 꼭 옳은 것만은 아니었다는 생각에 빠져들 때가 있어. 만약 내가 시험관 아기를 낳지 않고 혼자 있었다면, 재혼하기도 쉽고 자유로울 텐데……. 그렇다고 심하게 후회하는 건 아니지만 답답할 때가 있어. 내 신세가 뭔가, 내 팔자가 왜 이런가, 전생에 무슨 죄가 있는지, 훗날 내 모습은 어떨지, 이렇게 살아서 무슨 낙이 있을까, 그런 저런 심정을 겪어본 내가 지금 할 수 있는 말은 남편이 건강해질 때까지 기다렸으면 좋겠다는 거야. 내 얘기가 꼭 옳다는 건 아니지만 인생은 서두를 게 있고 조금 기다릴 게 있다고 생각해. 나는 많이 아팠지만 너는 아프지 않았으면 해."

친구 말이 틀리지 않았다는 걸 알기에 내 결정에 대해 마음이 편하지 않았다. 그렇지만 더 이상 물러설 데가 없었다. 자칫하다가는 내 인생이 꼬일 수도 있다. 만약 남편이 깨어나지 못하면 옛말대로 청상과부가 될 것이다. 시부모가 붙잡고 늘어지지는 않겠지만 내 인생은 복잡해질 수밖에 없을 것이다.

"시부모님께 말씀드렸고 일단 한번 부딪혀봐야겠어. 남편도 불쌍하고……. 지금 내가 해줄 수 있는 거라곤 기도하는 것과 인공 수정하는 것밖에 없으니까."

혀를 차던 친구가 고맙게도 이렇게 말했다.

"너는 착하고 인간적이어서 반드시 복을 받을 거야. 너 같은 친구가 있어 내가 행복하다. 고마워."

상담하는 여자 의사는 친절했다. 집안의 아저씨뻘 되는 의사가 후배인 여의사에게 각별히 부탁을 했기 때문인지 여의사는 친절하게 인공 수정 과정을 알려주었다. 의학 지식이 없는 나는 인공 수정을 쉽게 할 수 있는 것이라고 생각했었는데, 의사의 설명을 들으며 그 과정이 생각보다 복잡하다는 걸 알게 되었다.

"생리주기가 28일이라고 했는데, 비교적 정확한 편인가요?"

"그런 편입니다. 생리통도 별로 없습니다."

"그만큼 건강하니 인공 수정하기는 좋습니다만, 한 번에 성공한다는 보장은 못합니다. 여러 가지 변수가 있으니까요."

여의사는 아동용 그림책 같은 자료를 펼쳐놓고 알아듣기 쉽게 설명했다.

"생리 시작 3일째 되는 날 내원해서 피검사도 하고 초음파 검사와 나팔관 조영술을 하게 됩니다. 그날부터 과배란을 유도하는 약을 처방받아 복용하고 생리 시작 5일, 7일, 9일째 되는 날, 이틀 간격으로 과배란 주사를 맞아야 합니다. 가능하면 비슷한 시간에 주사를 맞는 게 좋으니까 스케줄을 잘 조정해 보세요. 더러 소화불량이나 두통이나 피로감이 있을 수 있지만, 지금 건강 상태로 보면 잘 적응할 것 같습니다. 인공 수정하기 전에 괜히 불안해 하거나 걱정하는 것은 좋지 않으니 마음 편히 가지세요. 어머니가 된다는 게 그래서 숭고한 거지요."

의사의 친절한 설명을 들으면 들을수록 한 생명을 잉태한다는 게 얼마나 소중한 행위인가를 생각하게 되었다.

"남편께서 무정자라는 걸 입증하는 진단서를 제출하실 수 있죠? 그래야 정자은행을 이용할 수 있습니다. 이런 얘기를 하는 건 좀 그렇지만 선배님께서 특별히 부탁하셔서 그러는데, 원하시는 남성상이 있는지요. 예를 들면 신장, 체격, 인물, 두뇌, 가정 형편 등을 고려해서 선택하실 수 있거든요."

나는 의사의 친절한 설명에도 쉽게 대답하지 못했다. 뭔지 모르지만 답답하고 막막하기만 했다. 남편이 아닌 낯선 남자의 정자가 내 자궁 속에 착상하여 아이가 태어난다는 게 영 꺼림칙했으나 그런 생각을 오래 하고 있을 겨를도 없었다.

"지금 당장 말하지 않아도 괜찮아요. 특별히 원하는 게 없다고 해도 우리는 건강하고 좋은 유전자를 가진 정자를 고를 수밖에 없으니까요. 저한테 말하기 그러시다면 우리 선배님께 얘기해 보세요. 워낙 유능하신 분이고 다방면에 해박하셔서 제대로 된 조언을 받을 수 있을 겁니다. 어지간한 일로는 후배 의사들에게 부탁 같은 걸 하지 않는 분인데, 이번에는 각별하셨어요."

의사는 인공 수정 과정을 정리한 메모지를 내밀며 예약 날

짜와 자신의 연락처까지 알려주었다. 궁금한 게 있으면 언제라도 연락하라는 말도 잊지 않았다. 집에 와서 시어머니에게 전화로 병원에 다녀왔다고 하자 시어머니는 반색을 하며 한마디를 던졌다. 그 한마디가 마음에 송곳을 꽂은 것 같았다.

"이왕이면 의사 선생님께 인물 좋고 똑똑하고 집안도 좋은 건강한 젊은 사람 걸로 해달라고 부탁하는 게 좋겠다."

이튿날부터 마음이 바빠졌다. 생리주기를 따져 의사가 일러준 대로 시간표를 작성했다. 인공 수정한 지 2주째 되는 날 병원에 가서 혈액검사로 임신반응 테스트를 할 때까지 긴장을 늦출 수 없기 때문이다.

생리 후 11일째에 초음파검사를 했더니 난포가 많이 자라서 터질 준비를 하고 있다고 했다. 난포가 잘 자라지 않으면 과배란 주사를 맞아야 하는데 내 건강 상태가 양호해서 다행이라고 했다. 생리 후 12일째에 초음파검사를 했다. 의사는 난포를 터뜨릴 주사를 맞아야 한다고 했다.

"이 주사를 맞고 나면 36시간 정도 지나서 난포가 터지기 때문에 시간 전에 반드시 내원해서 대기해야 합니다. 조금 귀찮더라도 병원에서 기다리는 게 마음 편하니까요."

생리 시작 14일째, 드디어 인공 수정하는 날은 아침부터 마음이 바빴다. 시어머니가 같이 가겠다고 했지만 나는 혼자 가겠다고 동행을 거절했다. 배란 유도제를 투여했기 때문에 최적의 배란일이 된 거라고 했다. 나에게 정자를 제공하는 사람으로부터 정액을 추출하여 세척한 뒤에 기구를 삽입하여 착상되도록 주사한다고 했다. 착상 주사는 꽤나 아팠다.

옆방으로 옮겨 삼십 분 정도 누워 있으면서 별의별 생각이 다 떠올랐다. 사랑하는 남녀가 임신할 때는 즐거움과 행복이 어우러질 텐데 인공 수정은 절차가 복잡하고 아프기도 했으며 즐거움이나 기쁨보다 걱정과 묘한 불안감이 생겼다. 의사는 몇 가지 약을 처방해 주었다. 질 안에 넣는 질정제와 자궁 내막을 두껍게 해서 착상이 잘 되도록 하는 프로기노바를 처방받았다.

"이 알약은 아침과 저녁에 한 알씩 하루 두 알 드세요. 잊지 않고 복용할 수 있게 요일별로 적혀 있으니까 꼭 복용하시고 질정제는 주사기같이 생긴 스틱 기구에 넣어서 질 속에 저녁에만 넣으시고요. 아침에 이물질이 나오니까 가볍게 세정하세요. 2주 동안은 라이너를 해야 할 겁니다."

병이 완치되어 퇴원하는 기분으로 택시를 타고 집으로 갔다. 저녁상을 차리는데 초인종이 울려 확인해 보니 시어머니가 꽃바구니와 과일 바구니를 보냈다. 저녁밥을 먹는 둥 마는 둥 했다. 야릇한 기분이었다. 뭔가 이 기분을 설명하라고 하면 내가 아는 지식과 단어로는 표현할 수 없을 것 같았다. 인공 수정한 날부터 삼일 동안은 배에 가스가 차서 방귀도 잦고 움직일 때 콕콕 쑤시기도 한다고 했다. 정말 배에 가스가 차서 신경 쓰일 정도였다. 내일 아침에는 중환자실에 누위 있는 남편에게 인공 수정을 했다는 말을 할 생각이었다.
의료진의 말로는 남편이 신경 마비와 근육 마비 상태에 가깝
지만 말은 알아들을 정도가 되었다고 했다. 의사 표현을 못
하고 움직이지 못하지만 말은 알아듣는다고 했다. 그렇다고
할 말을 다 할 수는 없었다.

내게 아름다운 비밀 하나쯤은 새겨두고 싶었다. 정말 아름
답고 소중한 비밀을.

그대의 하늘이 언제나 청명하기를

동갑내기들보다 2년이 늦어진다는 사실은 나를 옥죄기 충분했다. 재수 생활 1년에 휴학 1년은 내게 조바심을 안겨주었다. 대학 시절에 군대에 가지 않으면 졸업 후에 군의관으로 복무해야만 했다. 우리 집 형편에 졸업 때까지 제대로 학비를 댈 수 있을지도 의문이었다. 아무리 생각해도 회복 불능이란 생각이 들었다. 빚 갚기에도 허덕이는 판에 내 바라지는 언감생심이었다. 방학 때도 시골에 갈 수가 없었다. 무슨 일을 하든 한 푼이라도 벌어야 했고 아껴야 했으며 닥치는 대로 돈벌이에 매달려야만 했다. 장학금을 일부 받지만 아르바이트를 하지 않으면 전공 서적이나 교통비를 충당할 수가 없었다. 점점 어려워지는 전공 공부를 제대로 하려면 시간을 쪼개 써도 감당하기 어려운데, 이것저것 가리지 않고 아르바이트를 하려니 매사 초조하기만 했다. 어두울 때가 있으면 반드시 밝은 때가 다가온다는 말도 내게는 해당되지 않는 말이었다. 돈벌이가 되는 것이면 무엇이든 가릴 처지가 아니었다. 죄를 짓거나 나쁜 짓을 하는 것이 아니라면 무엇이든 가릴 수 없을 만큼 절박했다. 문학반 활동을 접을 수밖에 없었고 친구들과의 만남도 꺼리게 되었다. 사람들에게 내 처지를 모두 털어놓을 수 없으니 소원해질 수밖에 없었다.

수천도 자주 만나지 못했다. 녀석도 사법 고시를 준비하기 때문에 밤낮없이 도서관 붙박이 노릇을 했다. 나는 아르바이트 때문에 도서관보다는 움직이는 버스나 지하철에서 책을 펼치는 경우가 많았다. 그런데도 외로움이라는 짓궂은 병을 자주 앓았다. 아니 그리움이라는 병이었다. 문학반에서 비교적 말이 잘 통했던 여학생들이 있었지만 친해지기는 쉽지 않았다. 아르바이트하느라 시간 쪼개기가 어려웠다. 밥 한 번 사는 것도 쉽지 않았다. 그렇다고 그들에게 내 궁색한 얘기를 털어놓을 수도 없는 일이었다. 더구나 이쯤이면 툴툴 털어 버려도 그만일 모니카의 잔상이 나를 붙잡고 놓아주지를 않았다. 수천이 말마따나 복수하기 위해서라도, 아름다운 복수를 꿈꾸기 위해서라도, 모니카의 마음을 편하게 해주는 것이야말로 가장 아름다운 사랑이라는 걸 알리기 위해서라도 연애를 해보고 싶었다.

그런데 막상 여학생을 만나면 모니카가 어김없이 겹쳐 보이곤 했다. 그렇다. '사랑이란 내가 사라지고 그대만 남는 찬란함'인지 모른다. 수천이 소개해 준 여대생은 내가 생각해도 과분할 정도였지만 다가가기가 거북했다. 수천이 제발 바보짓 그만하고 네 인생을 찾으라고, 모니카를 떨쳐버리고 청춘을 맘껏 사용하라고, 사랑을 상처로 간직하면 불행이고 그 상처를 추억으로 바꾸면 사는 게 천당이라고 지껄여도 귀에 들어오지 않았다.

술병을 놓지 못하는 아버지와 병줄을 풀어내지 못하는 어머니가 의지하고 있는 것은 나 하나뿐이었다. 어머니는 내가 의사가 되는 순간 모든 슬픔과 고통과 번뇌가 한꺼번에 사라질 거라고 생각했다. 아들이 의사가 되면 무시당했던 것이며 빚에 시달린 것도 거품이 될 거라고 믿었다. 남이 부러워할 만큼 좋은 집도 사고 보란 듯이 떵떵거리며 살 거라는 희망으로 세월이 빨리 흐르기만을 학수고대했다. 하지만 어머니에게 사실은 그렇게 될 수 없다고 말할 수도 없었다. 국가 고시에 합격하고 졸업한 뒤에 입대하여 군의관으로 복무한 뒤에도 또 공부를 하거나 병원에 취업을 해야 하기 때문에 어머니가 생각하고 기대하듯 벼락부자가 될 수 없다는 걸 설명할 수 없었다. 늘 애면글면하며 사는 게 내 팔자려니 하면서 안간힘을 다해 버티고 살아내는 세월은 어김없이 빠르게 흘렀다.

본과 4학년 여름방학에 의료 봉사하러 승합차를 타고 먼 길을 달렸다. 본과 4학년들은 국가고시를 준비해야 하기 때문에 방학이라고 해봐야 딱 일주일밖에 쉴 수가 없었다. 그러나 지도 교수는 그럴수록 의료 봉사를 통해 인격을 연마하고 의료인의 본분을 깨달으며 의료 사각지대에 있는 농어촌의 의료 실태를 고민하는 게 예비 의사의 도리라며 해마다 의료 봉사에 참여하라고 했다. 나는 등록금과 생활비를 벌기 위해 시간을 쪼개 써야 했지만 여름방학 때마다 3박 4일 동안 빠짐없이 의료 봉사를 했다. 해마다 의료 봉사하러 오가는 길은 휴가철과 겹쳐서 고행길이었다. 시골의 분교를 빌려 의료 봉사를 하였고 그 지역의 군청이나 면사무소의 도움을 받아 환자들을 동원했다. 선배 의사나 간호사들은 인근의 모텔이나 여관에 숙소를 마련하지만 학생들은 빈 교실에 모기장을 치고 자기 마련이었다. 주로 수요일 저녁에 도착해서 목요일 아침부터 환자를 맞이해야만 했다. 시골 노인들은 오전 9시부터 진료를 시작한다고 해도 7시쯤이면 줄을 서곤 했다.

저녁 식사를 마치고 다음 날 아침부터 시작할 봉사 요령에 대한 안내와 주의 사항을 듣기 위해 교실로 들어가던 나는 의료 요원이 아닌 일반 봉사자 대열에 서 있는 여자를 보고 가슴이 뛰었다. 의료 봉사를 하기 위해서는 의사와 간호사 외에 일반 행정 업무를 담당할 봉사 요원이 꼭 필요했다. 내 가슴이 뛴 것은 바로 그녀 때문이었다. 명찰의 이름은 달랐지만 모니카를 닮은 여자였다. 이가연, 새내기 미술 교사, 올해 초에 중학교 교사가 되었고 지인의 소개로 참여하게 되었으며 세상을 배우고 싶다고 했다. 봉사 요원들이 자기소개를 하는 시간에 나는 그녀의 목소리를 하나도 놓치지 않았다. 봉사 활동 기간 내내 나는 눈치채지 않게 그녀를 조심스럽게 챙겼다. 서로 대화할 시간도 없었다. 그저 스치며 인사하는 게 고작이었다. 저녁 식사 후에 그녀는 숙소로 갔고 나는 모기장이 치렁치렁하게 걸린 교실에서 다른 학생들과 어울려 잠들어야만 했다. 어떻게든 말을 붙여보고 싶었지만 그럴 기회가 생기지 않았다. 그녀는 약제실 옆방에서 행정 사무를 했고 나는 종일 간이침대에 누운 노인들을 살펴봐야만 했다.

일요일은 오전까지만 진료하고 점심 식사를 한 뒤에 평가회를 했다. 부족한 점과 개선해야 할 것들을 종합 평가하고 철수 준비를 꼼꼼하게 해야 한다. 담배꽁초 하나 남지 않게 청소도 하고 사용했던 시설을 점검하고 도와준 분들께 가벼운 선물도 전달하게 된다. 그런 뒤에 전체 봉사자들을 위한 회식을 하며 서로 위로하는 자리를 갖는다. 늘 봉사를 마무리하는 회식 자리는 끼리끼리 모여 있지 않고 섞여 앉기 마련이어서 나는 그녀 옆자리에 앉았다. 내 오른쪽 얼굴이 왼

쪽보다 잘생겨 보인다고 들었기에 일부러 그녀의 왼쪽 자리를 잡았다. 그녀는 스스럼없이 반겨주었고 술잔을 부딪치거나 술을 따를 때도 편하게 대해 주었다. 막상 그녀가 친절하게 응대해 주자 묘한 느낌을 받았다. 잊을 만도 하련만, 모니카에게 왜 미안한 생각이 들었는지 모른다. 나는 그녀에게 인형을 주게 될지도 모른다는 생각을 했다. 밝을 때는 태양이 별로 반갑지 않지만 어두울 때는 반딧불이가 매우 반가울 수밖에 없다고 했다.

"나는 한때 미대 갈 생각을 쪼끔 했어요."

그녀는 소주잔을 내밀며 해맑게 웃었다.

"그런데 왜 의대 갔어요?"

"본래는 신학대학에 가려고 했어요."

"목사님 되려고요?"

"아뇨, 신부님요."

"아, 가톨릭 신부님. 그럼 결혼도 못 하고 사랑도 못 하잖아요."

"사랑하고 싶어서 신학대학은 포기했고요, 그림처럼 아름다운 사랑을 할 자신이 없어서 의대를 선택했어요. 사랑을 해부해 보려고요."

"사랑을 해부해요? 나도 해부해 보고 싶어요. 알려주실래요?"

의대에서 사랑을 해부한다는 게 말도 안 되는 소리였지만 나는 이렇게 말하는 순간 이 여자와 뭔가 근사한 추억이 생길 것 같았다.

"알려드리고말고요."

말은 이렇게 했지만 사랑을 해부할 방법이 떠오른 건 아니었다. 그녀도 장난으로 여겼으리라.

"해부학으로 봐서 사랑은 신체의 어느 쪽에 있는 거죠?"

그녀가 이렇게 물었다. 나는 그 순간 대답할 말이 떠올랐다. 마치 사랑의 위치를 관찰한 듯.

"눈, 코, 귀, 입, 혀, 심장, 위장, 머리칼, 심지어 손발톱과 눈썹에도 있어요."

"아, 그래서 사랑하면 정신을 못 차리고 돌아버리는 거겠죠? 훌륭한 의사가 돼서 사람들에게 사랑을 처방해서 변치 않고 사랑할 수 있는 의술을 발명하세요. 3년인가 흐르면 사랑하게 만드는 호르몬 작용이 없어진다고 했는데, 그때 약을 먹거나 주사 한 방으로 사랑이 재생되는 의술 말예요."

나는 그런 약을 개발하면 그대에게 먼저 처방하고 싶다는 말을 하고 싶었지만 꾹 눌러 참았다.

"하지만 이런 사랑도 있어요. 도스토옙스키의 소설 『백야』를 읽었는데, 주인공 여자가 다른 남자와 결혼해 떠날 때 주인공 남자가 그녀에게 하는 말이 감동적이에요. 들어볼래요? '그대의 하늘이 언제나 청명하기를, 그대의 사랑스러운 미소가 언제나 밝고 행복하기를, 그대에게 언제나 축복이 함께하기를……. 한순간 동안이나마 지속되었던 내 삶의 지극한 행복이여! 한 사람의 일생 중에 그런 순간을 잠시라도 가졌다면 충분하지 않겠는가?' 서로 전혀 모르던 남녀가 만나 영원히 헤어지지 않고 관계가 영원히 유지되어야 성공이고 중간에 헤어진다고 실패가 아니잖아요. 세상의 모든 사랑은 전부 성공이에요."

"그러네요. 진정한 사랑이라면 정말 그래야겠네요."

회식을 마치고 상경하기 전, 그녀는 메모지를 접어 내 손에 쥐여 주었다. 그녀의 연락처가 적혀 있었다. 거기엔 미술 교사답게 소녀가 장난스럽게 윙크를 하며 웃는 모습이 그려져 있었다.

회식 때 마신 술 때문인지 봉사 요원들은 승합차가 출발한 지 얼마 되지 않아 대부분 잠이 들었다. 나는 영 잠이 오지 않았다. 눈앞에 이가연의 모습이 자꾸 아른거렸다. 모니카의 얼굴이 겹쳐지기도 했다. 모니카의 소식은 간접적으로 듣지만 연락하지 않은 지 꽤 오래되었다. 아이를 낳았다는 소식도 들었다. 그렇다면 내가 다른 여자를 사랑한다고 해서 죄가 될 것도 미안할 것도 아니라는 생각을 했다. 휴가철인 데다가 일요일이어서 상경길은 거북이걸음을 할 수밖에 없었다. 여러 대의 승합차에 나뉘어 탔던 봉사 요원들도 휴게소에서 만나 커피를 마시며 봉사 활동 후일담을 나누었다. 다른 차를 타고 올라가던 그녀도 휴게소에서 만날 수 있었다. 그녀는 내게 커피를 내밀며 말했다.

"사랑을 그림으로 그려보려니까 종이 한 장에 세상 만물을 다 그리고 세상의 물감을 다 동원해야 하고……. 그래서 의술을 믿어보기로 했으니 그런 줄 아세요."

나는 대답 없이 웃기만 했다. 그녀는 늘 뒷걸음질 치며 나를 애태우던 모니카와는 전혀 달랐다. 순간 떠오른 생각은 '이 여자는 내가 다가가도 절대 달아나지 않겠구나' 하는 것이었다.

지도 교수는 평소의 나답지 않은 모습이 신기해 보였는지 한쪽 눈을 찡긋해 보이며 손을 흔들고 지나갔다.

무더위가 한창이던 날 저녁에 그녀를 다시 만났다. 그녀는 인사동에서 미술 전시회를 관람하고 내가 아르바이트하던 시청 근처까지 걸어왔다고 했다. 그녀에게 더운데 왜 걸어왔느냐고 묻자 "차비를 아끼려고 걸었다"고 했다. 아낀 택시비로 냉커피나 아이스크림을 먹고 싶다고도 했다. 농담이겠지만 내가 시간을 쪼개서 아르바이트하는 걸 의식하여 배려하는 것 같아서 기분이 좋았다. 우리는 제법 소문난 이탈리안 식당을 향해 덕수궁 돌담길을 나란히 걸었다.

"연인들이 덕수궁 돌담길을 걸으면 왜 헤어진다고 한 줄 알아요?"

그녀가 나풀거리는 진초록빛 원피스 자락을 살포시 잡고 걸으며 물었다.

"그냥 하는 소리가 아닐까요. 수많은 연인들이 이 돌담길을 걸었을 텐데, 그중에 누군가는 헤어졌겠죠. 굳게 맹세했던 사랑이 깨질 수도 있었겠죠. 그래서 하는 소리가 아닐까 생각했는데."

"나도 그냥 하는 소리려니 했는데, 학교에서 어떤 선생님이 그러는데, 옛날에 덕수궁 돌담길 근처에 가정법원이 있었대요. 많은 남녀가 가정법원에서 이혼 판결을 받고 돌아갔기 때문에 생긴 말이래요."

"그럴듯하네요. 지금은 가정법원이 옮겨 갔으니까 누구든 돌담길 걸었다고 헤어지는 건 아니겠죠."

"어쩌면 수백 년이 흘러도 무너지지 않을 만큼 잘 쌓아 올린 돌담처럼 이 길을 걸으면 정이 도타워지겠네요."

싱거운 소리인지 모르지만 우리는 돌담길을 따라 걸으며 도란도란 얘기를 나누었다. 식당에 들어서자 늦가을을 불러 온 것처럼 시원했다. 두 사람이 창가에 앉아 그녀의 취향대로 음식을 주문했다. 식사를 하며 그녀가 원하는 대로 하우스와인도 한 잔씩 마셨다.

"처음이니까 정말 잘 보이고 싶어서 이런 곳으로 왔어요. 다음부터는 짜장면이나 설렁탕이나 잔치국수나 그런 걸 먹겠다고 우겨줄래요?"

나는 내 처지를 제대로 알려주고 싶었다. 아르바이트하느라 데이트할 시간도 그리 넉넉지 않다는 것도 말하고 싶었다. 어차피 알게 될 것이기 때문이다.

"알아요. 그럴 거예요. 저도 그런 음식 좋아해요. 사실은 오늘 내가 돈을 그려가지고 왔거든요. 쓱싹쓱싹 세종 대왕님을 그려가지고 왔지요. 그런데 남자의 자존심을 세워주는 게 도리다 싶어서 지금 참고 있는 거예요."

그녀는 내 처지를 조금은 알고 있는 듯했다.

"솔직하게 얘기해 줘서 고마워요. 사실은 졸업반 학생한테 들은 게 있어요. 2학년 땐가 집안에 문제가 생겨 휴학했고 아르바이트로 학비를 충당한다고요. 휴학하지 않았으면 지금 졸업반이라고. 나한테는 부담 갖지 말아요. 나는 배고픈 건 못 참지만 무슨 음식이든 잘 먹는 체질이니까요."

"나중에 졸업하고 의사가 되면 그때 맛있는 거 많이 대접할게요."

"당연히 그래야죠. 이렇게 만나다가 무슨 일이 생겨서 못 만날 수도 있잖아요. 우리 지금 약속해요. 10년 후 오늘, 지금 이 시각에 이 자리에서 꼭 만나요. 만약 이 식당이 없어지면 바로 이 자리에서 만나면 되잖아요. 약속할 수 있어요?"

"그럼요. 약속하고말고요."

그녀가 내민 새끼손가락에 내 새끼손가락을 걸었다. 소중한 것은 모두 공짜라고 했다. 햇빛, 공기, 빗물은 물론 내가 태어난 것도 공짜가 아닌가. 가연도 내게 공짜였다. 대가를 지불하지 않고 내 곁으로 왔다. 나도 햇살이나 산소처럼 그녀에게 내가 간직하고 있는 인형을 줄 수 있으면 좋겠다는 생각을 했다. 누군가에게 그 무엇을 주어본 적이 대체 언제였는지 생각나지 않았다. 이 나이가 되도록 연인을 갖지 못한 게 모니카 때문만은 아니었다. 모니카에 대한 애절함 때문에 다른 여자를 좋아하기 어려웠지만 대학을 졸업하기 위해서 아르바이트와 도서관과 강의실 외에는 마음을 쏟을 겨를이 없었던 것이다.

모니카에게서 벗어나고 싶었다. 내가 모니카에게서 벗어나야만 모니카도 비로소 자유로울 것 같았다. 우리는 금방 연인이 될 것 같았지만 오랜 시간 그냥 친구처럼 지냈다. 좀처럼 손잡고 걷거나 가볍게 입맞춤을 하거나 연인들에게 손짓하는 모텔을 기웃거리지 못했다. 그저 세월이 흐르면 언젠가는 연인이 될지도 모른다는 생각을 했다.

그러다가 마침 설악산 단풍 축제에 행사 진행 요원으로 일하게 되어 그녀에게 전화를 걸었다. 이번 주말, 토요일과 일요일 이틀 동안 단풍 축제를 하는데 갈 수 있느냐고 했다. 그녀는 기다렸다는 듯이 같이 가겠다고 했다. 나는 진행 팀을 따라 금요일 밤에 먼저 출발하고 회비를 낸 사람들은 토요일 아침 일찍 관광버스로 출발하는 일정이었다. 토요일 저녁 행사를 마치면 일요일 아침 식사 전까지 둘만의 시간을 가질 수가 있었다. 단체 관광객은 설악산에서 조금 떨어진 바닷가 리조트나 펜션 중에 숙소를 선택할 수 있었다. 그녀는 내 말대로 펜션을 선택했다. 진행 요원들은 종일 이리 뛰고 저리 뛰어야 했기에 저녁 무렵이면 지치기 마련이었다. 나는 야간 순찰 팀장에게 부탁하여 오늘 밤 늦게까지 쉴 수 있게 해달라고 했다. 내 성실성을 인정한 팀장의 배려로 나는 야근 수당을 받을 수 있는 해변 순찰 요원으로 선발되었다.

그날 밤 나는 가연과 호젓한 데이트를 즐겼다. 밤바람은 차가웠다. 파도를 타고 모래사장을 파고든 바람은 겨울을 품은 듯했다. 두툼한 옷에 목도리까지 했는데도 추웠다. 우리는 해수욕장 근처의 가게에서 잡고기 매운탕에 소주 한 병을 놓고 술잔을 주고받았다. 가게 주인 여자는 비싼 생선은 거의 양식장에서 기른 것이지만 잡고기는 바다에서 건져 올려 차마 버릴 수 없는 생선을 통칭하는 것으로 진짜 바다를 품은 고기라고 했다.

"두 사람 정말 잘 어울리는 한 쌍이네. 젊어서 실컷 다니면서 즐겨요. 우리 때는 놀면 죄짓는 줄 알고 벌어도 아끼고 모으며 사느라 재미를 모르고 살았지. 요즘 젊은 사람들도 공부하랴 취직하랴 집 장만하고 아이 키우랴 회사에서 쫓겨나지 않고 버텨야지, 죽기 살기로 경쟁하느라 잠잘 시간 줄이고……. 그러다 내 나이 되면 후회할 거야. 지금 실컷 재밌게 살고 놀러 다니고 사람답게 살아야지. 참 좋을 때요."

밤바람이 그렇게 차갑지 않았으면 해변을 걸으며 정담을 나누려고 했는데 오늘따라 파도가 높고 바람이 싸늘했다. 가을이 깊어도 해변에서 데이트하는 사람들이 있기 마련인데 오늘은 바람이 세차서 썰렁하다고 했다. 거친 파도 소리와 창문 틈새를 비집고 들어오는 바람과 매콤한 매운탕의 맛깔스러움과 주인 여자의 구수한 추임새 때문에 온통 우리 세상인 듯 분위기에 취할 수 있었다.

가연을 데리고 가게를 나왔다.

그녀는 내가 계산하는 동안 계산대 위 플라스틱 그릇 안에 있던 박하사탕을 두 개 집어 들고 나왔다.

"일단은 사탕을 왜 받아왔는지 진지하게 토론하고 사탕의 존재 이유를 규명해 봅시다."

가연은 내 입에 박하사탕을 넣어주었고 나는 찬바람을 막아주려고 옷자락을 펼쳐 가연을 감싸주었다.

"해답을 찾았어?"

"그럼, 찾았지."

"정답이겠지?"

"정답은 바로! 사탕이 녹기 전에 교환하라는 거지."

"교환? 어떻게 바꾸라는 거야?"

"내 입속에 있는 사탕을 상대에게 넣어주고 상대의 사탕을 내 입에 넣되 손을 사용하면 안 된다. 이상!"

"좋아, 실시!"

가연은 눈을 감고 반듯하게 나를 향해 섰다. 나는 가연의 머리를 두 손으로 감싸 안고 내 입술을 그녀 입술에 댔다. 그녀는 내 허리를 잡고 말했다.

"아, 따뜻해. 참 좋다."

우리는 손을 잡고 펜션 쪽으로 걸었다. 해변 길에는 파도치는 소리가 요란했다.

"이 사탕이 더 달콤하네!"

"이 남자가 내 입술을 훔쳤다고 경찰서에 신고하면 뭐라고 할까?"

가연이 내 손을 살짝 꼬집었다.

"경찰 희롱한 죄로 현장에서 삼세번 입 맞추라고 하겠지."

"그럼 우리 달려가서 진짜 신고해 볼까?"

"그러지 말고 우리 자진 신고하고 처벌받자."

나는 그녀를 끌어안고 입맞춤을 했다.

"참 따뜻해. 좋아."

가연이 나를 안고 있는 팔에 힘을 주며 말했다.

"놓아주기 싫어."

"나도! 밤새 얘기하며 같이 있고 싶어."

펜션 마당에는 단풍 축제에 참석했던 사람들이 어울려 술을 마시고 있었다. 나는 진행 요원 숙소로 돌아가야 하기에 작별 인사를 해야만 했다.

"내일 해가 뜨면 내가 가연을 사랑하는 거고 뜨지 않으면 미워하는 거니까 그런 줄 알아."

"치……. 나는 해가 뜨지 않아도, 눈만 뜨면 사랑하는 거다."

가볍게 입맞춤하고 셔틀버스가 기다리고 있는 곳으로 걸어갔다. 세상을 다 얻은 것 같았다. 팀장이 손전등을 흔들며 소리쳤다.

"출동이다! 비상!"

경황없이 셔틀버스를 탔다. 인원 점검을 하다가 단풍 축제 때 탑승 인원을 제대로 파악하지 못해 두 명이 숙소 배정이 안 된 걸 뒤늦게 알았다고 했다. 행사 요원이 수소문을 했더니 설악동에서 탑승하지 않은 게 확인됐다는 것이다. 명단을 확인하니 20대 후반의 남자와 여자로, 숙소 신청할 때 같은 방을 신청한 커플이라고 했다. 단풍 축제 본부에서 산악 구조대에 연락했지만 낙오된 두 사람의 동선을 파악하기 어려워 행사 진행 팀 중에 야간 산행을 할 수 있는 건강한 사람을 선발했다.

산악 구조대가 두 사람을 찾은 것은 새벽녘이었다. 바위에서 미끄러져 추락해 발목이 부러진 여자와 술 취한 남자를 구출한 구조대는 두 사람을 속초 병원으로 이송했다. 여자도 술 취한 상태여서 구조대원들과 진행 팀 요원들은 어이가 없었다. 나는 횡설수설하는 술 취한 남자 때문에 병원 대기조로 뽑혀 병원 복도 의자에 앉아 날이 밝기만을 기다렸다. 남자는 내게 소주 한 병만 사다 달라고 했다. 안 된다고, 더 마시면 큰일 난다고 말렸지만 남자는 자꾸 병실을 나가려고 했다. 남자가 울기 시작했다. 그리고 나를 붙잡고 주저리주저리 사연을 늘어놓았다.

"저 여자는 내 아내가 아니고 옛날 애인이거든요. 시집가서 딸도 하나 낳고 그냥저냥 사는 여자예요. 내가 공사장 건물에서 떨어져 많이 다치고 정상적으로 살 수 없게 되는 바람에 저 여자가 다른 데로 시집을 갈 수밖에 없었어요. 병원에서 일 년 넘게 누워 있었고 치료가 돼도 장애인으로 살 수밖에 없다니 어쩔 도리가 없었지요. 다행히 완치되어 멀쩡해졌으니 부모님 성화에 장가도 가야 했고……. 그런데 너무 보고 싶어 미칠 것 같아 애원했어요. 그래서 우리의 추억이 어린 설악산 단풍 구경을 가자고 해서 왔다가……. 조용한 곳에서 얘기를 하다가 갑자기 어두워져서 급히 내려오다가 길을 잃었는데 저 여자가 미끄러져 다쳤지요. 밤에 어두워 길도 찾을 수가 없고 아파서 한 발자국도 못 옮기는 여자를 깊은 산속에 두고 내려올 수도 없으니 이제 죽겠다 싶었어요. 날 밝을 때까지 살아 있어야 했죠. 한겨울처럼 추운데 걸칠 옷도 없고……. 배낭 속에 친구가 준 양주가 한 병 들어 있어서 우리는 추위를 녹이기 위해 마셨어요. 그때는 오직 살려달라고 애원했는데 지금은 저 여자가 나랑 여기 온 걸 들키지 않기만을 간절히 빌고 있어요. 어쩌면 좋겠습니까?"

남자는 자신은 어떤 상황이 되든 상관없이 오직 여자의 안

전만을 바라고 남편에게 들키게 될 것을 걱정했다. 행사 진행 요원들의 무심한 태도 때문에 더 걱정하는 눈치였다. 두 사람 모두 술에 취해 있었고 사고 경위를 묻는 말에 뭔가 감추는 듯했기 때문에 진행 요원들에게 동정을 받지 못하고 있다는 걸 남자는 알고 있었다.

"제가 도와드릴 수 있으면 좋겠습니다."

내 머릿속은 복잡해졌다. 속초 병원에 입원하게 되면 그녀의 남편이 달려올 것이고 그렇게 되면 다른 남자와 함께 조난당했다는 사실이 밝혀질 것이다. 주최 측에서 여행 보험에 가입해 주었지만 본인이 술을 마시고 사고당한 것이고 인솔자에게 신고하지 않고 별도 행동을 했으며 지정한 행사장을 크게 벗어났기에 병원비 부담도 만만찮을 것 같았다.

남자가 말하지 않아도 나는 짐작할 수 있었다. 두 사람은 할 얘기도 많았고, 호젓한 곳에서 둘만이 이야기를 나누고 싶었을 것이다. 결국 그것이 화가 되어 저렇게 땅이 꺼지도록 한숨을 쉬며 걱정하는 것이다. 행사 팀장에게 사정을 털어놓았지만 이런 일은 본부장의 허락을 받기 어려울 뿐 아니라 행사 차량을 서울로 보낼 수도 없고 보험 처리를 하려면 복잡할 거라고 했다. 이 시간에 본부장을 깨울 수도 없고 날이 밝으면 여러 가지로 상황이 복잡해질 것 같았다.

나는 행사용 승용차에 두 사람을 태웠다. 서울까지 왕복하는 시간을 계산하면서 내달리기 시작했다. 아침에 행사가 시작되는 시각까지 되돌아오기는 정말 빡빡한 시간이었다. 응급 처치만 한 여자는 가끔 앓는 소리를 했다. 남자는 여자의 손을 잡고 위로하다가 다리를 문질러주며 달래느라 경황이 없었다.

두 사람을 서울 변두리 병원에 내려놓고 다시 오던 길을 내달렸다. 아무리 속력을 높여도 행사가 시작하는 시각에 맞출 수 없다는 걸 알기에 마음은 더 조급했다. 축제 현장에 도착하자 본부장은 책상을 치며 소리 질렀다. 변명할 틈도 주지 않았다. 팀장이 옆에서 거들었지만 결국 나는 삼 일 치 수고비를 한 푼도 못 받고 쫓겨났다. 주최 측 입장에서 보면 내 행동은 당연히 계약 위반일 수밖에. 내가 행사 진행 요원으로 참여한 것은 이런 축제는 수고비가 제법 많기 때문이었다. 경쟁률도 높아서 신체검사와 면접이 까다로운 편이었다. 배낭을 꾸려 나오면서 나는 팀장에게 전후 사정을 말하고 내 실수를 인정했다. 다친 여자의 치료비는 보험을 적용할 수 있게 조치해 주고 그녀는 여행사를 통해 혼자 참여하여 펜션에서 여자들끼리 숙박한 걸로 해달라고 부탁했다.

"아이고, 인물 났다. 제 앞가림도 못하면서 오지랖은……."

팀장은 외부 행사가 있으면 나를 꼭 끼워 넣어주는, 나를 아끼는 사람이었다.

"본부장님이 나쁜 양반은 아니다. 네 마음을 나중에는 알아주겠지 뭐. 이걸로 밥이나 먹고 차비나 해라."

팀장은 지갑에서 잡히는 대로 돈을 꺼내 내 손에 쥐여주었다. 나는 염치 불고하고 받았다. 삼 일 치 수고비를 생각하면 본부장에게 무릎이라도 꿇고 애원하고 싶었지만 차마 그럴 수 없었다. 내 돌출 행동이 쉽게 이해될 수 있는 게 아니라는 걸 나도 알고 있었다.

가연과 나는 행사장을 벗어나 해변으로 갔다. 가연은 내 행동이 옳았다며 자랑스럽다고 했다. 식당에 들어가 회 무침과 매운탕을 주문한 우리는 소주를 마셨다. 수고비를 받지 못했다는 얘기를 하지 않았는데도 그녀는 눈치를 챘는지 얼른 밥값을 내버렸다.

단풍철이고 주말이어서 겨우 고속버스 표 두 장을 구했다. 더 놀고 싶어도 놀 수가 없었다. 밤새 운전한 탓인지 졸음이 쏟아졌다. 버스에 올라 가연에게 기댄 채 곯아떨어졌다. 길이 밀려 휴게소에서 버스가 멈추었을 때 나는 겨우 눈을 떴다. 화장실에 들렀다가 커피 한 잔을 마셨지만 고속버스에 올라 타자마자 또 정신없이 잠들었다. 서울에 도착하자 가연은 택시를 불러 나를 태우고 그녀가 기거하는 원룸으로 데려갔다.

"도저히 그냥 못 보내겠어. 여기서 자고 내일 아침에 내가 출근할 때 같이 나가자. 이틀 동안 못 잤으니 얼마나 졸리고 피곤하겠어. 얼른 씻어. 배고프지? 우리 밥할 시간 없으니까 음식을 주문하든가 라면 끓여서 밥 말아 먹자. 엄마가 보내준 김치가 맛있어……."

"라면 좋지."

지겹게 라면을 먹고 살았지만 그녀가 해준다니까 선뜻 먹겠다고 했다. 샤워를 하고 허겁지겁 라면을 먹었다. 가연은 내 손을 잡고 세면대에 있는 칫솔을 가리켰다.

"내 칫솔을 써도 괜찮아. 가방 열기도 귀찮을 것 같아서."

"내가 무섭지 않아?"

"뭐가 무서워?"

"여자 혼자 있는 방에 장정을 데려와서 양치질까지 시키면 그 뒷일을 감당해야 할걸."

"장정이 침입했다면 무섭겠지만 장정을 유혹한 거니까 성태 씨가 겁내야 하는 거 아냐."

"날 유혹했다고?"

"아니……."

"금방 유혹했다고 했잖아."

"사실 유혹이 아니라 유인한 거지. 목적이 있으니까 유인이 맞는 말이지."

"무슨 목적인데?"

가연이 재미있다는 듯이 웃었다.

"내 목적이 뭔지 알아맞혀봐."

"유인했으면 감금, 폭행 그런 거 아닌가."

"반은 맞혔네."

가연은 방금 내가 사용한 칫솔 위에 치약을 얹고 한쪽 눈을 찡긋했다. 그녀는 양치질을 하고 내 손을 잡고 장난스럽게 말했다.

"어젯밤에 우리의 첫 키스는 엉터리였어. 매운탕 먹고 첫 키스를 대충해서 분하잖아. 첫 키스를 엉터리로 했으니 추억도 엉터리가 될 수 있단 말이야. 그래서 어제 한 건 예행연습이고 오늘 하는 게 우리 역사상 최초가 되는 거야. 그러니까 내가 성태 씨를 유인하지 않을 수 있겠냐고."

그녀는 방 안의 전등을 모두 껐다.

"이제 성태 씨가 내게 정중하게 요청해야지."

"뭐라고 하는 건데?"

"알아서 정중하게 해봐. 시원찮으면 거절할 수도 있어."

나는 망설이지 않고 한쪽 무릎을 꿇은 채 말했다.

"세상에서 가장 아름다운 이가연 님께 감히 입술을 청하오니 부디 거두어주시길 바랍니다."

가연은 내 손을 잡아끌었다. 그리고 우리는 입술을 포개었다. 치약의 향이 혀끝을 타고 내 온몸으로 퍼져갔다. 가연이 내 혀를 가볍게 깨물었다. 나도 그녀의 혀를 가볍게 깨물었다. 입술을 뗀 그녀가 내 허리를 깍지 끼어 잡고 말했다.

"첫 키스한 날과 첫날밤은 다른 거야. 성태 씨가 여기서 잔다고 해서 딴생각하면 안 돼. 성태 씨가 신사인지 확인할 수 있는 기회를 갖고 싶었거든."

대꾸할 말이 변변찮았다.

"다음에 정말 우리의 사랑이 확고해지면 나는 아낌없이 사랑의 증거를 남길 거야. 우리는 이제 막 사랑을 시작했기에 아직은 불확실해."

"알았어. 소중한 건 지켜야 하니까."

"참기 어려우면 아무 말 말고 가방 들고 나가면 돼. 내가 모질어서가 아니라 우리 사랑을 제대로 가꾸고 싶어서 그래. 우린 사랑의 씨앗을 막 심었잖아. 꽃 피고 열매 맺는 것은 하루아침에 되는 게 아니니까."

나는 그녀를 왜 좋아하는지 말하지 않았다. 내가 솔직하게 말하면 서운해할 수도 있었다. 모니카를 닮아서 좋아하게 됐다면 누군들 좋아하겠는가. 가연은 침대에 눕고 나는 소파에 누워 이불을 덮었다.

"난 아무래도 잠을 못 잘 것 같은데."

가연은 맥주병을 들어 보이면서 웃었다.

의사 고시에 패스하고 대학 졸업 후, 군의관으로 입대하기 전날 밤, 나는 오랫동안 보물처럼 간직했던 인형을 가연에게 주었다. 모든 걸 숨기지 않았다. 인형에 얽힌 얘기를 하려면 모니카 얘기를 하지 않을 수 없었다.

"성태 씨같이 괜찮은 남자에게 그만한 사연이 없을 수 없 겠지. 언젠가 모니카를 만나보고 싶어. 우리가 사랑할 수 있 게 만들어준 분이니까. 좀 질투가 나긴 하지만……."

가연에게 모니카를 사랑할 수밖에 없었던 추억을 남김없이 고백했다. 숨기는 것은 도리가 아닌 것 같았다. 그 정도의 내 과거를 이해해 줄 수 없다면 한평생 같이 살 자격이 없다는 생각도 했다.

시골 어머니는 가연을 아예 며느리처럼 대했다. 이모네 집 잔치 때 서울 나들이를 한 어머니에게 가연을 소개할 때만 하더라도 썩 내키는 눈치가 아니었다. 활발하고 시원한 성격의 그녀를 어머니도 좋아할 줄 알았는데, 어머니는 의외로 마뜩잖아했다.

"수더분하지 않아. 그림쟁이니까 멋은 잘 내겠지만 살림은 장담 못하니까. 생긴 것도 서울 깍쟁이마냥 새초롬한 게……. 우리 같은 형편에 뭐든지 과하면 좋을 게 없어."

어머니는 우리 집만 빼고 세상 사람 모두가 잘산다고 생각했다. 그날 가연은 어머니에게 잘 보이고 싶은 욕심에 미용실에서 머리를 하고 제법 차려입고 나왔기 때문에 어머니 눈에 그렇게 보일 수도 있었다. 우리 집 형편에 여유 있는 집 딸 데려오면 감당하기 어려워질까 지레 걱정하는 눈치이기도 했다.

이모한테 무슨 얘기를 들었는지 태도가 돌변한 어머니는 가연을 두 번째 만났을 때부터 며느리 삼았으면 좋겠다고 했다. 의료 봉사 다녀오는 길에 둘이 잠깐 집에 들렀더니 어머니는 반색을 했다. 가벼운 반팔 티셔츠에 색 바랜 청바지를 입고 머리를 묶은, 화장기 없는 가연을 보고 어머니의 눈빛이 달라졌다. 평소의 어머니답지 않게 아들 자랑을 늘어놓기도 했다. 뻔한 속셈이었다. 내 아들이 괜찮고 전도양양하니 딴 맘 먹지 말고 얼른 챙겨서 결혼하라는 암시였다.

세 번째 만났을 때는 어머니가 약혼식 날짜를 잡자고 했다. 외아들 둔 어미의 심정을 너희는 모를 거라며 우리가 어렵게 사는 걸 아는 처지이니 더 미룰 것 없이 의사 고시에 합격하면 바로 결혼식을 하자고 서둘렀다. 내 생각도 별로 다르지 않았다. 가연만 좋다고 하면 군사 훈련을 마치고 군의관으로 임관하여 단출하게 결혼하고 싶었다.

"나도 거창하고 성대한 예식은 싫어. 대신 야외에서 양가 친지만 모여서 축의금도 받지 않고 조촐하게 하면 좋을 것 같아. 신랑 신부가 손잡고 동시에 입장하고 사회자 없이 주례 선생님이 진행하는 결혼식. 전에 친구 결혼식을 보고 나도 저렇게 하고 싶다고 생각했어."

보통 신랑의 본가 근처에서 결혼식을 한다는데, 아직도 빚잔치가 끝나지 않은 고향집 근처에서 결혼하는 건 마음이 편치 않았다. 군의관이 된 뒤에 어디에서 근무하게 될지 모르지만 군부대에 적절한 공간이 있으면 그런 곳에서 해도 좋을 것 같다고 가연과 의견의 일치를 보았다.

입대하기 전날, 인형을 가연에게 전해준 뒤에 그녀와 함께 모니카를 초대했다. 가연과 내가 데이트를 시작한 덕수궁 돌담길 근처의 이탈리안 레스토랑은 변함이 없었다. 가연은 왜 이 식당으로 모니카를 초대했는지, 오늘 받은 인형의 의미를 어찌 알게 되었는지 세세하게 말했다.

"고마워요. 리노가 군대 간 동안 우리 자주 만나요. 세상에 리노를 우리만큼 잘 아는 사람이 없겠죠. 가연 씨가 보지 못한 리노의 지난 시절을 내가 말해 주고 싶어요. 그래서 세상에서 가장 행복한 커플이 되었으면 좋겠어요."

모니카와 가연은 앉은자리에서 언니가 되고 동생이 되었다. 처음 만난 두 사람은 나보다 더 친한 사람처럼 정담을 나누었다.

"솔직히 말씀드리면 저 남자가 세상에 태어나서 제일 처음 사랑한 여자, 그 첫사랑 때문에 저를 만나기 전까지 연애 한 번 못해 봤다고 하고, 저를 좋아하게 된 것도 언니를 닮아서 호감이 갔다고 해서 조금은 질투도 했어요. 내 남자를 마음 아프게 한 여자가 밉기도 하고 고맙기도 했어요. 그런데 오늘 언니를 만나서 마치 허락이라도 받자는 듯이 말하기에 처음엔 좀 망설였어요. 만나보니 정말 뵙기를 잘했다는 생각이 들어요. 이만한 여자니까 그렇게 좋아했구나, 이만한 여자의 사랑을 받은 남자였구나, 나도 그만한 여자로 봐주는구나. 그러니까 나를 아끼고 사랑하는 게 진실이라는 걸 깨달았어요. 오늘 너무 좋아요. 뵙기를 잘했어요. 저도 예뻐해 주셔야 돼요. 정말 친언니처럼 따를게요."

추억을 떠올리는 듯한 표정의 모니카는 나와 가연을 보며 말했다.

"사랑하면 알게 되죠. 사랑도 봄, 여름, 가을, 겨울처럼 변하고 바뀌어요. 변할 수 있다는 걸 인정해야 해요. 사계절이 있어야 철마다 다른 경치를 볼 수 있고 꽃이 피고 지듯 풍요로운 경험을 하는 가운데 사랑이 깊어지는 것 같아요. 내가 결혼하고 아이를 낳지 못하거나 별거하게 되었을 때나 남편이 교통사고가 나서 장애인이 되었을 때 정말 고통스러웠어요. 리노를 마음 아프게 해놓고 떠나서 내가 벌을 받는 건 아닌지, 사랑하지 않으면서 그 사람의 조건을 보고 결혼해서 그런 건 아닌지……. 그러다가 신부님께 야단을 맞고 가슴이 철렁했어요. 사랑하고 사랑받는 것만도 서로 다 주고받은 건데, 그렇게 엄청난 걸 받았으면 당연히 엄청나게 주어야 하는 거라고 하셨어요. 아름다운 꽃을 보고 예뻐하고 아무런 대가를 바라지 않고 사랑하듯 욕심 없이 사람을 사랑해야 한다고 하셨죠. 두 사람은 정말 멋지게 사랑하고 행복하게 살아야 해요. 그래야 나도 질투가 나서 나름대로 잘 살려고 노력하겠죠."

우리는 밤늦도록 와인을 마시며 모니카와의 추억을 꺼내 날개를 달았고 가연과 내가 만난 이야기를 하며 웃었다. 조심스럽기도 했지만 모두 진실한 마음으로 서로의 상처를 위로해 주고 오래 만나온 사람들처럼 많은 얘기를 나누며 시간 가는 줄 몰랐다.

제4부

깊은 용서

어둠이 짙게 깔린 거리

살아 있는 것만으로도 기적이라고 했다. 서너 차례 재수술 끝에 어지간히 건강을 회복한 남편이지만 쉽게 지치고 통증이 자주 재발해 그때마다 고통을 호소했다. 내가 박사 과정을 포기한 것도 남편을 곁에서 돌봐야 했기 때문이었다. 남편이 운영하던 회사가 부도가 나서 회사 문을 닫았을 때는 엎친 데 덮친다고 시아버지의 장례를 치러야 했으며 쓰러진 시어머니의 병수발까지 들어야 했다. 그래도 성실하게 살아온 남편을 인정해 준 주변 사람들의 도움으로 3년 만에 새로 사업을 시작했다. 몇 년 동안 나는 회사 경리 사원 노릇을 해야만 했고 지금은 어느 정도 안정된 생활을 할 수 있게 되었다.

어렵게 얻은, 세 번이나 인공 수정 시술을 받은 끝에 태어난 딸아이는 그 흔한 사춘기도 겪지 않고 잘 자라주었다. 내 잔소리 없이도 스스로 공부도 열심히 해서 약학대학을 졸업하고 약사 자격을 취득한 뒤에 지도 교수의 추천으로 유명 제약 회사의 연구소에 다니고 있다.

리노는 가연과 결혼하여 우리 집에서 그리 멀지 않은 곳에서 살고 있었으나 둘 다 직장에 다니느라 만나기도 힘들었고 나도 딸아이를 기르느라 경황없이 지내며 서로 한동안 소식이 뜸했었다. 가연이 아들을 낳아 돌잔치를 할 때 우리 가족을 초대하면서 다시 만나게 되고, 크고 작은 일이 있을 때마다 서로 내 일처럼 나서서 도와주고 지내기 시작했다.

우리와 리노네는 부담 없이 왕래할 만큼 가까운 사이가 되었다. 딸아이가 성당에서 세례를 받을 때 가연이 대모를 섰다. 딸아이 세례명은 아녜스라고 지었다. 리노의 아들 시몬은 아녜스를 친누나처럼 따랐고 아녜스도 시몬을 친동생처럼 대했다. 남들이 보고 생긴 것도 많이 닮았다고 했다. 시몬의 대부를 서달라고 남편에게 부탁했지만 남편은 불편한 몸으로 대부가 되는 것은 시몬에게 미안한 거라며 극구 사양했다. 남편은 부도난 뒤 몇 년간 집에 칩거하다시피 하다가 사업을 재개할 때 도와준 리노를 평생 잊지 못한다고 했다.

의료 봉사 갔다가 늦은 저녁 시간에 집에 온 아녜스는 피곤하지도 않은지 이야기보따리를 풀어놓기 시작했다.

"리노 삼촌 되게 멋쟁이다. 온종일 환자들 진료하고 밤에는 특강하고 제자들하고 막걸리 마시고 노래하는데, 누구라도 반하지 않고 못 배길 거야. 엄마는 못 봤지? 리노 삼촌 춤추는 거!"

아녜스는 몇 번이나 의료 봉사를 가고 싶어 했지만 회사의 휴가 계획과 맞지 않아 이번에 처음으로 의료 봉사 팀에 합류했다.

"시몬도 영락없이 자기 아빠를 닮았어. 일 잘하는 거, 노래하고 춤추고 잘 노는 것까지. 여자애들이 시몬한테 홀딱 반하는 게 눈에 보여. 젊었을 때 엄마는 삼촌한테 반하지 않았어?"

"아니, 리노 삼촌이 나한테 반했지."

"진짜? 삼촌한테 물어봐야지."

"물어보나 마나야. 엄마가 한때 잘나갔었어. 옛날 사진 보면 몰라?"

"삼촌이 고백한 적 있어? 엄마 좋아한다고."

"당연하지."

"그런데 왜 삼촌하고 결혼 안 했어? 왜 아빠하고 결혼했어?"

아녜스는 궁금한 게 많은 것 같았다. 내가 대답하지 않자 아녜스는 내 손등을 살짝 꼬집으며 말했다.

"엄마가 연상이니까, 그것도 일곱 살이나 많은 연상이니까 그 시절에는 그런 게 용납되기 어려웠던 거지? 내 말이 맞지?"

"제 눈으로 본 거 같네."

"아빠가 들으면 섭섭해할지 모르겠는데, 사실 엄마는 삼촌하고 어울렸으면 폼 나게 살았을 거야. 공부를 더 해서 박사가 됐을 것도 같고, 아마 모교에서 교수님이 돼서 수많은 제자를 키웠을 거야. 아니면 삼촌한테 병원을 차리게 해서 떵떵거리는 사모님이 되었거나."

"그런 소리 하는 거 아니다. 시몬 어머니가 들으면 뭐라 하겠냐."

"그냥 해본 소린데 뭘. 하긴 엄마가 삼촌하고 결혼했으면 내가 못 태어났겠네. 그건 그렇고, 엄마 요즘은 연상인 여자와 연하인 남자 커플이 많아졌거든. 외국엔 십 년 이상 나이가 많은 여자와 커플이 된 연예인들 기사가 심심치 않게 올라와. 뭐 우리나라도 그렇고. 이상할 것도 없어 이젠. 의학적으로도 일리가 있대. 여성의 평균 수명이 길고 남성의 성 능력이 여성보다 짧아서 앞으로는 연상 여성, 연하 남성 커플이 대세가 될 거라잖아. 그래서 말인데, 만약 내가 연하의 남자를 선택한다면 엄마는 찬성이야 반대야?"

아녜스는 웃으며 말했지만 진지한 눈빛이었다.

"남자 친구 생겼어? 몇 살이나 어린 거야? 나이 차가 많은 건 별로 안 좋아."

"엄마 생각엔 몇 살이면 좋겠어?"

아녜스는 남자 친구가 생겼으면 좋겠다는 얘기를 한 적이 있었다. 대학 시절에 학교 연극반 선배와 잠깐 사귄 적은 있지만 아직까지 애인이라고 할 만한 남자를 만나는 것 같지는 않았다. 아녜스는 비교적 사생활이나 회사에서 어울리는 남자 동료들 얘기를 술술 털어놓곤 했다.

"서너 살 정도면 괜찮겠지."

"우리 엄마 참 멋쟁이다. 다른 엄마들은 별로 안 좋다고 반대한다던데."

"그나저나 그런 남자 친구가 생긴 거야?"

"아직은 아닌데, 나중에 생기면……. 좌우간 나는 연하를 고를 생각이니까 나중에 데려오면 엄마는 무조건 오케이 해야 돼. 아빠는 반대하겠지?"

아녜스는 제 아버지를 고리타분하다고 생각했다. 그럴 정도로 남편은 예법과 격식을 따지는 성미였다. 의료 봉사하느라고 며칠 동안 제대로 잠을 못 잤다면서도 봉사 활동하며 동료들과 시골 노인들과 동네 어린 아이들과 어울린 얘기를 한동안 쉬지 않고 늘어놓았다. 내년에도 가겠다고 하면서 나한테도 한 번쯤 같이 가보는 게 좋겠다고 했다.

"내가 가서 할 일이 있을라구."

"꼭 가봐야 해. 할 일 많아. 청소도 하고 설거지도 해야 하고 노인들 안내하거나 심부름할 것도 많다니까. 그래서 가자는 게 아니라 건강한 할머니와 몸이 아픈 할머니를 보고 배울 게 있으니까 가자는 거야. 엄마는 너무 고상하고 반듯해서 나이 들면 보나 마나 고생을 할 것 같거든."

"그게 무슨 소리야?"

"해마다 의료 봉사 가는 시몬이 그러는데, 아픈 할머니는 말수가 별로 없고 잘 웃지도 않고 할머니들끼리 어울리지도 않지만 건강한 할머니들은 장난도 잘 치고 말도 잘한다는 거야. 어떤 의사 선생님도 의료 봉사 후기에 그런 글을 썼는데 유심히 살펴보면 대개 그렇다는 거야. 아파서 말도 안 하고 어울리지 않는 게 아니래. 내가 유심히 살펴봤더니 우리 엄마도 나이 들면 아프겠구나 싶었어. 그러니까 엄마가 직접 가서 한번 보라는 거지."

"성격이 그리 쉽게 바뀔까……."

"성격을 바꾸라는 게 아니라 재미있게, 엄마의 행복을 추구하며 살라는 거지. 아빠처럼 살면 안 돼. 그러니까 저렇게 맨날 아프고 힘들잖아. 엄마마저 그러면 나는 어쩌라고."

아녜스는 실컷 잔소리를 늘어놓고 방으로 들어갔다. 서류를 정리하고 있던 남편에게 아녜스 얘기를 했더니 남편은 뜬금없이 이렇게 말했다.

"걔가 시몬을 좋아하는 거 아냐?"

"말도 안 돼. 걔들은 친남매처럼 지내요. 어려서부터 누나, 동생 하며 지내서 남의 눈에 그렇게 보일 수는 있겠지만."

말은 이렇게 했지만 느닷없이 내 심장을 콕 찌르듯 떠오르는 게 있었다. 시몬과 아녜스가 유별나게 가까이 지내는 건 사실이었다. 시몬이 대입을 준비할 때는 아녜스가 과외 선생 노릇까지 할 정도였다. 나는 잠이 오지 않았다. 슬그머니 일어나 아녜스 방을 노크했다.

"엄마, 나 지금 통화 중이거든."

"잠깐 할 얘기가 있어."

아녜스는 전화를 끊고 눈을 동그랗게 떴다.

"누구랑 통화했어?"

평소의 나답지 않게 캐물었다.

"시몬이랑 통화했어. 왜 엄마?"

"엄마한테 솔직하게 말한다고 약속해."

"내가 언제 엄마를 속이거나 그런 적 있나? 알잖아. 나처럼 별의별 말을 다 하고 비밀 다 털어놓는 딸이 어디 있냐고요."

틀린 말은 아니었다. 어머니인 내가 민망할 만한 얘기도 서슴없이 하는 편이었다. 친구들이 부모 몰래 남자 친구와 함께 여행을 가는 것에 대해, 자신이 그런다면 엄마는 어떨지

의견을 물어볼 만큼 나를 편하게 대하는 딸이었다.

"너 시몬 좋아하지?"

"어려서부터 시몬 좋아했잖아. 그런 애를 안 좋아하면 누굴 좋아하겠어?"

"그 얘기가 아니라 둘이 좋아하는 거냐고."

"엄마, 솔직하게 물어보면 안 돼? 서로 사랑하는 거냐, 이성으로 대하는 거냐고."

"엄마한테 할 말 못할 말 다 하면서 왜 시몬 얘기는 안 했을까?"

내가 이렇게 말꼬리를 잡고 늘어진 것은 남편은 뭔가 알고 있는 것 같아서 확인해 보고 싶기 때문이었다.

"아직 말할 때가 아니라고 생각했거든. 서로 확신이 서질 않았고, 양쪽 집안이 가족같이 지내는 데다가 시몬이 나보다 나이가 적으니까 내 마음이 복잡할 수밖에 없잖아."

"언제부터 그런 생각들을 한 거지?"

"엄마, 그런데 왜 갑자기 그런 생각을 한 거야? 엄마도 솔직하게 말해."

아네스가 다가와 내 눈을 똑바로 쳐다봤다.

"아빠가 무슨 낌새를 챘는지 둘이 좋아하는 것 같다고 하더라."

"그래서 엄마가 서운해서 이러는구나. 지난번에 아빠가 병원에 입원했을 때, 시몬이랑 문병 가서 들켰거든."

"뭘 들켜?"

"아빠가 검사받으러 간 사이에 시몬이랑 정원에서 손잡고 걸었는데, 아빠가 우리를 찾으러 왔다가 본 거야."

"그래서?"

"그것뿐이었어. 아빠 참 웃긴다. 그러니까 꼰대 소리를 듣지."

"느이들 손잡고 다니는 거야?"

"시몬이랑은 어렸을 때부터 손잡고 다녔잖아. 엄마도 옛날에 리노 삼촌이랑 시골에서 손잡고 다녔다며."

반박할 말이 얼른 떠오르지 않았다. 그러나 가슴에 옅은 통증을 느꼈다. 너희들은 그러면 안 된다는 말이 목에 걸려 나오지 않았다. 내 젊은 시절의 아픔이 밀려들어 혼란스러워졌다. 그 시절, 우리는 사랑했지만 그것을 이어가지 못하고 가슴에 대못을 박은 채 살았다. 그걸 너희가 재현해서는 안 된다. 사랑은 낚싯대를 물가에 드리우고 한없이 기다리기만 하는 게 아니니까.

"서로 뭔가 고백하거나 그런 건 없어?"

"없어. 우리가 어린앤 줄 알아. 요즘 애들은 고백 같은 거 안 해. 서로 자연스럽게 알아듣고 알아서 행동하고 그런다고. 나는 시몬이 좋아. 시몬도 나를 많이 좋아해. 만약 우리가 사랑하게 된다면 엄마한테 제일 먼저 말할 거야."

아녜스가 제약 회사 창립 기념일에 연구대상을 받자 리노가 우리 식구를 초대하여 조촐한 파티를 열어준 적이 있다.

그때 무슨 얘기 끝에 가연이 아녜스에게 "우리 집에 아녜스 같은 며느리가 들어오면 얼마나 좋을까. 딸이라면 더 좋았겠지만" 하고 말했다. 리노가 반색을 하며 "아녜스가 우리 며느리가 되면 나는 석 달 열흘은 춤추겠지" 하며 웃었다. 그때는 아녜스를 칭찬하기 위해 한 말이라고 생각했는데, 그들도 뭔가 알고 한 말이 아닌가 싶었다. 어쩌면 리노는 우리가 이루지 못한 사랑을 시몬과 아녜스가 이루어내기를 은근히 기대할 수도 있다는 생각을 했다. 리노가 가연과 결혼할 무렵, 군부대로 면회하러 간 내게 이런 말을 했다.

"내가 쌍가마로 태어나서 우리 어머니는 옛말대로 장가를 두 번 갈까 봐 외가에 가서 수저 한 벌을 훔쳐 왔다고 했어. 그러면 장가를 한 번만 간대. 그런데 우리 어머니의 주술은 틀렸어. 정신적으로 이미 나는 모니카에게 장가를 갔으니까. 가연이하고 결혼하면 얼른 아들을 낳아 잘 길러서 아녜스를 며느리로 맞으면 내 원풀이를 하는 건데. 하긴 그게 내 맘대로 되는 건 아니겠지만."

어째서 지금 리노의 말이 떠오르는지 모르겠다. 아녜스가 장난스럽게 자기의 어깨로 내 어깨를 건드렸다.

"엄마는 세상 근심거리를 다 끌어안고 사니까 나이 들면 종합병원 될지 몰라. 세상일과 인간의 미래는 예측할 수 없잖아. 그냥 살아. 엄마! 그냥. 내가 시집 안 가고 혼자 살 수도 있고 머리 깎고 입산할 수도 있고 남자 친구를 한꺼번에 세

명을 만날 수도 있고 나보다 스무 살 정도 나이 많은 늙은 남자를 좋다고 따라다닐 수도 있고……. 엄마는 너무 예민해. 그런 말 있잖아. 엄마가 내 인생을 대신 살아줄 수 없고 내가 엄마 인생을 대신 살아줄 수 없잖아. 엄마, 우리 너무 걱정하지 말고 살자."

침대에 누웠지만 잠이 오지 않았다. 뒤척이는 내게 남편은 불쑥 한마디 던졌다.

"요즘 애들은 저희 좋으면 그만이지 부모 말 안 듣는다니까 그래. 나쁠 것도 없으니까 당분간 그냥 지켜보자고."

"당신은 쟤들이 맺어지기를 바라는 거예요?"

"속을 훤히 알겠다, 양쪽 집안 서로 편하겠다, 꼬맹이 때부터 지켜봐서 흠 잡을 데 없겠다, 인물은 그만하면 빠지지 않겠다. 그럼 됐지 뭐."

나는 대꾸하지 않았다. 깊숙한 곳에서 치밀어 오르는, 꼬집어 말하기 어려운 것들이 말문을 닫아걸게 했다. 밤은 더디 갔고 내 머릿속은 점점 뜨거워졌다.

첫눈 같지 않은 첫눈이 왔다. 기상청에서는 서울 일대에 첫눈이 왔다고 했지만 눈발은 잠시 흩날리다 말았다. 응달에 있는 나뭇가지 위에는 수줍은 듯 살포시 눈발이 붙어 있었지만 양지바른 큰길에는 금세 첫눈의 흔적이 사라졌다. 아녜스는 울면서 뛰쳐나갔고 휴대폰은 꺼져 있었다. 내가 조금 심한 말을 한 것은 사실이었다. 참고 참았던 말을 꺼내놓자 아네스는 내게 너무 심하다며 울었다.

내가 보지 말아야 할 것을 본 날이었다. 집에 돌아온 아네스가 욕실로 들어갔을 때 그 애의 휴대폰이 드르륵 울렸다. 본의 아니게 문자를 보게 되었다. 첫 문장 때문에 휴대폰을 열지 않을 수 없었다.

'우리의 달콤한 첫 키스는 확실히 내가 사랑하고 있음을 깨닫게 해주었어.'

휴대폰을 든 내 손이 떨렸다. 문자를 보낸 것은 시몬이었다. 두 사람이 주고받은 문자를 떨리는 가슴으로 확인한 나는 참고 참다가 머리를 말리고 있는 아네스를 향해 언성을 높였다.

"오늘 어디 갔었니? 누구랑 있었어?"

아네스는 웃는 낯으로 말했다.

"시몬하고 저녁 먹고 맥주 한잔 했어."

"나한테 거짓말한 거 있지?"

"숨긴 건 있어도 거짓말은 안 했는데."

아네스의 말버릇도 오늘따라 못마땅했다.

"시몬하고 무슨 약속 했어? 숨기지 말고 말해. 오늘 왜 만났어?"

"첫눈 오는 날 만나기로 했거든. 첫눈 왔잖아. 그래서 만났어."

"그냥 만난 거 아니잖아. 그렇지?"

나는 둘이 만나는 현장을 보았다는 듯 윽박지르는 투로 말했다.

"사랑의 번개가 쳤지!"

아녜스의 말을 이해하지 못한 나는 더욱 화가 났고 아녜스는 그런 내 마음을 아직 모르는 듯했다.

"첫눈 오는 날 만나서 속에 숨겨둔 말을 하기로 약속했거든. 나중에 누가 먼저 고백했다는 말을 하지 말고 동시에 고백하기로 했었어."

"그래서 어쨌다고?"

"오늘 만나자마자 서로 고백했어. 사랑한다고, 변치 않겠다고……. 엄마한테는 차차 말하려고 했는데. 눈치로 보면 아빠도 찬성이고 리노 삼촌과 대모님도 좋아하는데, 엄마만 좀 이상하게 반대할 것 같아서 어떻게 엄마를 설득할까 고민하던 중이었거든. 엄마, 나 사랑하지? 나도 엄마를 이 세상에서 제일 사랑해. 정말이야. 내가 시몬을 사랑하는 것과 전혀 다른 사랑이야. 시몬과 내 사랑은 변할 수 있지만 엄마에 대한 사랑은 절대로 안 변하는 사랑이야. 그러니까 엄마도 기분 좋게 받아줘. 엄마, 사랑해."

아녜스가 내 손을 힘주어 잡았다. 착한 딸이었다. 몸이 불편한 아빠의 곁에서 늘 마음 졸이며 살아가는 엄마의 심정을 헤아려줄 만큼 속이 깊었고 공부도 곧잘 했으며 부모의 마음을 상하게 한 적이 별로 없었다.

"시몬은 나이도 어리고, 시몬 엄마는 네 대모님이고, 시몬 아빠는 어려서부터 네 삼촌이었다. 시몬은 아빠한테 고모부라고 부르고 엄마는 고모라고 불러. 무슨 얘긴 줄 알지?"

말을 하면서도 이 정도 논리로 아네스를 설득하기 쉽지 않을 거라는 생각을 했다.

"아빠가 그런 말을 하면 그런가 보다 하겠는데 엄마가 그렇게 말하는 건 정말 안 어울려. 대모님이 시어머니가 되면 안 된다는 법이 있나? 오히려 잘된 거잖아. 엄마하고 삼촌은 피를 나눈 남매가 아니니까 법으로 따져도 아무 상관이 없고. 엄마는 좀 이상해졌어. 나는 시몬과 사귄다면 엄마가 제일 좋아할 거라고 생각했거든. 시몬도 그렇게 말했어. 고모와 고모부가 제일 좋아하실 거 같다고."

아네스는 조목조목 따지며 다가앉았다.

"엄마가 안 된다면 안 되는 줄 알아. 하고많은 남자를 두고 왜 하필 시몬이냐? 우리처럼 친족처럼 지내는 집안끼리는 절대로 사돈이 되면 안 되는 거야. 부부란 늘 좋을 수만은 없는 거야. 그러다가 자칫하면 사돈끼리 원수가 되니까 가까운 사이일수록 멀리 살아야 한다고 하잖아."

나는 이런 말을 하면서 점점 궁색해지는 걸 스스로 알았다.

"엄마, 그런 식으로 따지면 남녀가 만나서 결혼하는 건 폭탄 돌리기 하는 거야. 내가 납득할 수 있으면 엄마 말대로 없던 일로 할게. 엄마답지 않게 억지 부리지 마."

"내가 무슨 말을 해도 너는 네 주장만 할 거고 엄마를 우습게 여길 거잖아. 이건 억지도 아니고 고집도 아니야. 딸을 사랑하고 딸의 앞날을 걱정하는 부모로서 당연한 거지. 절대로 용인할 수 없으니 다시는 내 앞에서 고집을 부리지 마. 분명히 말하는데, 정신 차리지 않으면 그냥 두지 않을 거야."

"그냥 두지 않으면 어쩌려고? 엄마, 내 인생 내가 책임지면 되잖아. 시몬을 사귀는 건 엄마가 아니라 나라고. 엄마가 간섭할 게 있고 안 할 게 있지. 이게 말려서 될 일이야?"

한 번도 내게 대든 적이 없던 아네스가 눈을 크게 뜨고 큰소리로 말했다.

"엄마가 말하면 들어야지. 어따 대고 바락바락 대들어."

"엄마가 말 같은 얘기를 해야 듣지. 알아듣게 말해 달란 말이야. 사랑하는 게 죄야? 시몬을 사랑하는 게 범죄 행위야? 사랑은 하느님도 못 말려. 난 시몬하고 결혼할 거야. 같이 살 거야!"

그 순간 나도 모르게 아네스의 따귀를 때렸다. 아네스는 울면서 뛰쳐나갔다. 아네스에게 손찌검을 한 건 처음이었다. 회초리 한번 들어본 적이 없었다. 아네스는 어렸을 때도 야단치면 눈물을 흘리면서 두 손을 싹싹 비볐기에 회초리 맞을 일도 없었다. 아네스가 뛰쳐나가자 남편은 내게 언성을 높였다.

"나도 참견할 자격이 있으니 한마디 하겠는데, 밖에서 들어봐도 당신이 지나친 거야. 좋아하고 사랑하는 게 죄도 아니고 당장 결혼하겠다는 것도 아니잖아. 그리고 내가 들어도 반대하는 이유가 명료하지 않단 말이야. 당신, 뭔가 숨기는 게 있는 거야? 도대체 당신답지 않다니까."

"친동생같이 지내던 애와 사귄다니까 어이가 없어서 그런 거죠. 남매같이 지냈잖아요. 뜬금없이 리노네와 사돈이 된다는 게 얼마나 어색하냐구요."

"뭐가 어색해. 오히려 서로 믿고 의지하고 더 편하게 지낼 수 있잖아. 내 몸 이런데, 늘 나를 챙겨주는 정성을 생각하면……. 아녜스를 데려가겠다 하면 얼씨구 좋아라 해야지. 아니할 말로 내 몸이 이러니까 당신한테 할 말을 다 못하고 살았는데, 그렇다고 당신한테 서운한 게 있거나 당신이 위세 부렸다는 게 아니라, 이번 일은 용납하기 어렵다는 걸 알라고! 뭔지 모르지만 반대하는 이유를 분명히 말하든가……."

남편에게 미안하다는 말밖에 할 수 없었다. 남편은 불편한 몸으로 아녜스를 찾아보겠다고 나갔고 나는 식탁에 앉아 와인 잔을 채웠다. 독약을 마시는 듯 와인을 마셨다.

아녜스를 찾으러 나간 남편은 돌아오지 않았고 아녜스 휴대폰은 여전히 꺼져 있었다. 이렇게 마냥 기다려서는 안 되겠다 싶어 나갈 채비를 했다. 그때 내 휴대폰이 경쾌한 음악을 쏟아냈다.

"아녜스가 우리 집에 있으니 걱정 말라고 전화했어요. 조금 전에 고모부도 오셨어요. 조금 있으면 고모부는 가실 거고요. 아녜스는 내일 아침에 우리 집에서 출근한다니까 걱정 마시라고 전화했어요."

가연의 전화를 받고 한편으로는 안심이 되었고 한편으로는 섭섭했다. 아녜스가 다른 데 가지 않고 리노네 집으로 갔으니 걱정은 덜었지만 나는 갑자기 외톨이가 된 것 같았다. 양쪽 식구들 모두 아녜스와 시몬의 교제를 찬성하는데 나홀로 반대하고 있었고, 아녜스가 하필 리노네 집으로 갔다는 것에 더욱 속이 상했다. 남편이 아녜스를 찾으러 나가서 곧장 리노네 집으로 간 것은 서로 긴밀하게 연락하고 있었기 때문일 것이다. 모진 풍파가 밀어닥칠 것 같은 예감이 전신을 감쌌다. 태풍이 몰아쳐 나를 얼어붙게 할지도 모른다. 어쩌면 내가 단숨에 부서질지도 모른다는 공포가 엄습했다. 남편의 약상자를 열어 수면제를 찾아냈다. 피곤해서 수면제를 먹고 잘 테니까 깨우지 말라는 메모를 남겼다. 한 알이면 30분 내에 잠든다 했고 와인도 석 잔이나 마셨는데도 잠들지 못했다. 망설이지 않고 또 한 알을 삼켰다.

수술 예약 환자 때문에 시간이 없다는 리노를 대학 병원 구내식당에서 만났다. 리노는 자리에 앉자마자 장난스럽게 말했다.

"우리 시몬이 정말 싫은 거야? 어려서 싫은 거야, 아니면 나를 닮아서 싫은 거야? 시몬이 낙담을 하는 걸 보니 옛날 내 모습이 떠올랐어. 우리는 아녜스를 너무 예뻐하고 좋아하거든. 시몬 엄마는 대모가 아니라 진짜 엄마가 되는 거라고 야단법석이었는데."

"할 말은 많은데……, 어디서부터 풀어나가야 할지 막막해……. 그렇다고 얘기를 안 할 수도 없게 됐어. 대책이 없어. 딱 죽었으면 좋겠어."

"무슨 일인데? 알다가도 모르겠네. 그깟 일로 죽겠다면 백 번도 더 죽었겠네. 그 어려운 시절도 잘 버텼고 힘든 거 다 이겨냈잖아. 왜 그러는데?"

"내 얘길 잘 들어. 평생 누구한테도 말할 수 없었던, 내 가슴에 죽을 때까지 묻어두었어야 하는 사연이 있어."

"겁나게 왜 이래……."

내 굳어가는 표정을 살핀 리노도 긴장하는 표정이었다.

"말할게. 그러니까 남편이 무정자증으로 아이를 가질 수 없을 때……. 아이를 가질 수 없는데도 시부모님의 성화 때문에 인공 수정을 하기로 했는데, 다행히 지인의 주선으로 인공 수정을 했어. 몇 번 실패하긴 했지만. 나는 그 당시만 해도 낯선 사람의 정자를 받아들이는 건 도저히 하고 싶지 않았어. 그래서 의사한테 특별한 부탁을 했지……."

"아……."

리노는 낮게 탄식 같은 소리를 냈다.

"이제 무슨 얘긴지 알겠어?"

리노는 고개를 끄덕였다. 그리고 굳은 표정으로 말했다.

"그 시절에 나는 돈이 된다면 죄짓는 것 빼곤 안 해본 게 없었어. 학비, 생활비, 교통비까지 벌지 않으면 바로 입대할 수밖에 없었으니까. 그 시절만 해도 의대생이나 법대생 중 건강한 학생들 일부가 정자 제공을 했지. 웬만한 아르바이트보다 많은 돈을 짧은 시간에 벌 수가 있었거든……. 그럼 조정선 박사님이 인공 수정한 거야?"

"맞아. 조 박사님."

"그랬구나. 내가 세 번인가 불려 갔는데. 그래서 아녜스가 태어났다는 거지?"

"그렇다니까. 그러니까 시몬과 아녜스는 결혼할 수 없어. 모르면 몰라도 어떻게 알면서 내버려둘 수가 있겠어."

"아휴, 그 얘기를 이제 하면 어떻게 해……."

리노는 황당하고 답답한 마음에 말문이 막히는지 사방을 두리번거리며 일어섰다. 식탁 위에 있는 커피를 한 모금 마시고 나서 리노가 다시 자리에 앉았다.

"얼마나 마음 답답하고 힘들었을까. 누구한테도 말할 수 없는 사연을 가슴에 품고 살았으니 오죽 감당하기 어려웠어. 그런 줄도 모르고 나는……."

"어떻게 하면 좋을까? 어떻게 이 문제를 풀 수 있을까?"

이런 걸 두고 풀 수 없는 숙제라고 했는지 모른다.

"다 털어놓으면 매형이 뭐라고 할까? 감추면 더 어려워지는데."

"남편 성미에 무슨 생각을 할지 짐작할 수가 없어. 몸이 저렇게 되고부터 열등감이 심하고 자존심은 더 강해졌으니……. 이런 사실을 알면 아마 견디지 못할 거야. 인공 수정을 했다고 해도 믿지 않을 것 같아서……. 나 혼자 생각한 건데, 조 박사님의 도움을 받으면 어떨까 궁리해 봤는데, 그것조차 믿지 않을 수도 있잖아."

"그럴 수 있어. 유전자 검사를 해도 내 피가 섞인 게 분명하고……. 그러니 의심하기로 작정하면 정말 복잡해질 텐데……."

해답을 찾기가 어렵다는 결론을 내린 우리는 점점 말수가 줄었다.

"어쩌면 좋을까? 남편이야 이해시키면 해결되겠지만 애들이 너무 힘들어할 것 같아."

"나한테만이라도 미리 얘기해 줬으면 애들이 그렇게 되지 않도록 분위기를 만들었을 텐데, 오히려 잘해보라고 부추겼으니……."

"설마 이렇게 될 줄 알았나. 내가 아녜스에게 사실대로 다 얘기해 주면 마음을 돌릴 수 있을까?"

"지금 우리가 할 수 있는 거라곤 그 방법밖에 없잖아. 시몬 엄마에게는 내가 기회 봐서 사실대로 얘기해야 될 테고."

"그러면 우리 둘이서 아녜스를 불러 사실대로 말하는 건 어떨까?"

"지금은 나도 전혀 모르는 걸로 해야지. 우리 둘이 짜고 거짓말하거나 과거를 속이는 걸로 오해할 수도 있어. 내가 할 수 있는 건 조 박사님을 만나게 해주는 것밖에 없어."

"아녜스가 내 말을 믿어줄까? 시몬도 불러내서 같은 자리에서 얘기하는 건 어떨까? 애들이 아직 철이 없어 저희들은 그런 거 상관없다고 우기지는 않겠지?"

"아니야. 알아들을 거야. 애들을 설득하려면 아녜스와 시몬을 유전자 검사를 시켜도 될 테고. 어쨌거나 고의로 누굴 괴롭히려고 한 일이 아니잖아. 따지고 보면 집안을 위해서, 평화로운 가정을 위해서 한 일인데. 마음 단단히 먹어야 돼. 내가 확인 작업에 적극적으로 나설 테고……. 그러니까 정신 바싹 차려야 돼. 죄지은 거 없어. 잘못한 게 없잖아."

아무리 생각해도 신통한 방법은 떠오르지 않았다. 리노는 수술 때문에 급히 들어가며 몇 번이나 하느님이 도우실 거라고, 기도하겠다고 말했다.

돌아오는 택시 안에서 나는 멀리 도망가고 싶다는 생각도 했다. 어차피 다 알게 될 일이다. 아녜스만 알고 넘어갈 수는 없는 일이었다. 사실대로 말해도 남편은 의심을 풀지 않을 게 눈에 선했다. 아녜스도 거짓말이라고 생각하기 쉬울 것 같았다. 리노가 남이라면 오해를 받지 않을 수 있지만, 젊어서부터 가까이 지냈으니 지금까지 리노와 남매처럼 지낸 것까지 의심을 살 수도 있을 것 같았다. 그렇다고 이 파고를 넘지 않을 수 없었다. 나는 아녜스에게 전화를 걸어 오늘 저녁에 엄마랑 얘기 좀 하자고 했다. 아녜스는 엄마 편한 곳으로 장소를 잡으라고 했다.

동네 커피숍에 들어선 아녜스는 애써 밝은 표정을 지으며 다가와 내 마음을 달래주려고 애썼다.

"엄마가 무섭다는 걸 처음 알았어. 그동안 단 한 번도 엄마를 무서워한 적이 없었는데……. 오늘도 보나 마나 야단치겠지. 그런 줄 알면서 엄마 마음을 아니까, 나를 사랑하기 때문에 그런다는 걸 아니까 나온 거야. 엄마, 내 걱정 말고 엄마가 하고 싶은 말 다 해버려."

벼르고 별렀지만 어디서부터 말해야 할지 감이 잡히지 않았다.

"엄마가 지금부터 사실 그대로, 더하지도 빼지도 않고 숨김없이 다 말할 테니 믿어줄 수 있지?"

"믿을게, 엄마."

"너한테 솔직하게 얘기한다는 게 엄마도 사실 걱정되기도 하고 가슴이 아프기도 하지만, 지금은 있는 그대로 말하고 네 판단을 기다리는 게 최선이라고 생각한다. 그러니까 엄마 얘기를 다 듣고 엄마를 미워하지 말고, 왜 너한테 이런 고백을 할 수밖에 없는지 이해해 주길 바라."

"그럴 거야, 엄마. 어떤 경우에도 엄마를 절대로 원망하지 않아. 엄마가 내게 얼마나 지극 정성이었는지 내가 제일 잘 아니까."

나는 아녜스의 손을 잡고 기도하는 심정으로 이야기했다. 아녜스를 설득하기 위해서는 어렸을 적 얘기부터 결혼 과정과 인공 수정을 할 수밖에 없었던 상황까지 남김없이 알려주는 게 옳다고 생각했다. 나는 이왕 털어놓기로 했으니 리노와 사랑했지만 각기 결혼할 수밖에 없었던 사정과 리노와 내가 많이 아끼고 서로를 지켜준 얘기까지 모두 말했다. 얘기를 시작하면 적어도 서너 시간은 걸릴 줄 알았다. 리노를 처음 만났을 때부터 나중에 인공 수정을 할 때까지의 이야기가 굉장히 길거라고 생각했는데, 한 시간도 걸리지 않고 설명할 수 있었다.

아녜스의 표정은 의외로 담담했다. 가끔 고개를 떨구기도 했다. 얘기를 하면서 나는 행복한 여자라는 생각을 했다. 이 정도로 아름다운 추억을 갖게 되었고 사랑받았던 그 시간들이 내 존재를 더욱 가치 있게 만들었다는 걸 알았기 때문이다. 얘기를 끝내자 그때까지 담담하게 듣던 아녜스가 눈물을 흘리기 시작했다. 나도 따라 울었다.

"엄마, 나를 믿지?"

나는 고개를 끄덕였다.

"시몬과 다른 일은 정말 없었어. 우리는 아직 그럴 만큼 가까워지진 않았어. 엄마가 힘들었겠다. 지금이라도 사실대로 말해 줬으니까 이제 걱정하지 마. 내가 잘 정리해야지."

아네스가 이렇게 말할 줄은 상상조차 못했다.

"이런 얘기를 시몬한테 할 수도 없고……. 우리 아빠가 알면 쓰러질지도 모르고……. 어떻게 하면 좋을지 지금은 모르겠는데, 내가 열심히 기도할게. 잘 이겨내야지. 어쩌겠어. 난 그런 줄도 모르고……. 엄마, 잘 해결될 거야. 힘내야 돼. 아네스를 믿어. 알았지?"

가슴이 찢어질 듯 아플 텐데 오히려 나를 위로하는 아네스의 심정을 이루 다 헤아릴 길이 없었다. 속이 깊다는 걸 알았지만 저렇게 담담하게 받아들일 거라고는 짐작하지 못했다.

"고맙다. 네가 내 딸이라는 게 자랑스러워."

"엄마, 더 이상 아무 말도 하지 마. 그냥 지켜봐주기만 하면 돼. 엄마가 자꾸 무슨 말이든 하면 내가 쓰러질 것 같아. 머릿속이 텅 빈 것 같아. 아무 생각도 안 나. 시몬에겐 어떻게 말해야 할지. 하지만 나도 엄마처럼 진실한 사랑을 하고 싶어."

우리는 한동안 식은 커피를 사이에 두고 창밖을 보며 침묵을 지켰다. 어둠이 짙게 깔린 거리에는 겨울을 재촉하는 바람이 낙엽을 굴리고 있었다. 커피숍을 나온 우리는 연인처럼 팔짱을 낀 채 집을 향해 말없이 걸었다.

벼랑을 향해 힘껏 밟은 페달

책상 위에 쪽지 한 장을 남긴 시몬은 평소에 즐겨 타던 산악자전거를 타고 어디론가 떠나버렸다. 회사에는 휴가를 신청했고 산악자전거 동호회 친구에게는 마음 가는 대로 달려보겠다는 문자를 남겼다고 했다. 나는 아내가 내민 쪽지를 보고 시몬이 자전거를 타러 간 게 아니라 집을 나가려고 한 것이 아닐까라고 잠시 생각했다. 시몬은 아내에게 전화를 걸어 깊은 산속으로 들어가니 휴대폰도 며칠 동안 꺼놓겠다고 하며 먼저 전화를 끊어버렸다고 했다. 아내는 필시 아녜스 때문일 거라고 했다. 며칠 전부터 시몬이 잠을 못 자는 듯했고 늦게 일어나 아침밥도 안 먹고 허겁지겁 출근했는데, 그때부터 이상했다고 했다.

"내가 아녜스를 만나볼까요?"

아내의 걱정을 모르지 않지만 나는 고개를 저었다.

"저희끼리 해결해야지 어른이 개입하면 더 꼬일 수 있으니까 며칠 기다려봐."

말은 이렇게 했지만 나도 속이 타들어갔다.

전화로 들은 얘기지만, 아녜스가 시몬에게 이별을 통보했지만 차마 한 핏줄이란 얘기를 할 수 없었다고 했다. 모니카도 아직은 그 얘기를 할 때가 아니라고, 훗날 마음이 정리되면 그때 하는 게 좋겠다고 했다는 것이다.

"시몬이 절망하는 걸 보고 아녜스가 몇 번이나 말해 버리고 싶었다는데. 시몬이 불쌍해서 말을 못 했다면서……, 만약 결혼하면 태어날 아기에게 문제가 생길 수도 있지만 법적으로는 근친혼이 아니니까 아이 안 낳고 살면 되지 않겠느냐고……, 저희들도 인공 수정을 해서 아이를 가지면 법적으로나 인륜적으로 문제가 되지 않을 거라고 말할 때 나는 정말 애들한테 미안해서 견딜 수가 없었어. 하필 이런 일이 왜 우리한테 생겼는지……."

모니카는 말을 잇지 못하고 한숨을 쉬고 조심스럽게 시몬의 안부를 물었다. 나는 걱정하지 말라고 잘 지내고 있다는 거짓말로 모니카를 안심시켰다. 평소 시몬의 성격으로 미루어 어떻게든 마음을 정리하고 오려는 생각일 거라고 생각하면서도 마음 한편에 부질없는 생각들이 떠올라 내내 가슴이 아팠다. 아무리 시몬을 믿고 기다리려고 해도 행여 시몬이 딴생각을 하면 어쩌나 하는 것이었다. 모니카와 나의 지극했던 사랑의 제물로 시몬의 고통이 시작된 게 아닌가 하는 불안이 핏줄을 타고 온몸을 맴돌았다.

아내는 종일 시몬의 친구들이나 시몬의 지인들에게 연락하며 안절부절못했다. 그런 아내를 보면서 몇 번이고 사실 그대로 털어놓을까 고민했다. 그러나 고개를 저었다. 시몬이 돌아오고 어느 정도 마음을 정리하면 아무 일 없었던 듯 조용해질 것 같은 생각이 들었다.

시몬이 집을 떠난 지 닷새째 되던 날, 수술을 끝내고 연구실로 가려고 가운을 벗는데 아내의 다급한 목소리가 휴대폰을 통해 자지러졌다. 나는 털썩 주저앉았다. 아내는 말을 잇지 못하고 울음을 토해냈다. 그예 올 것이 왔다는, 비극의 전주곡이 울리기 시작했다는 절망에 나는 하느님께 매달렸다. 무릎을 꿇고 두 손을 모았다.

시몬을 살려달라고, 누군가 죽어야 한다면 내가 죽겠다고, 시몬이 죽으면 나도 아내도 따라 죽게 된다고, 의사다운 삶을 살지 못한 죄를 용서해 달라고, 병들어 아프고 고통스러운 사람들을 더 따뜻하게 보살피지 못한 잘못을 뉘우친다고, 죽음이 임박한 환자를 제발 살려달라고 애원하는 가족에게 하늘의 뜻이니 담담하게 받아들여야 한다고 지껄인 나를 용서해 달라고, 지극하게 의술을 갈고닦아 아픈 이들에게 마음의 평화를 주지 못한 게으름을 참회한다고……. 나는 기도하고 또 기도할 수밖에 없었다. 지금 내가 할 수 있는 것이라곤 그것뿐이었다.

시몬이 산악자전거를 타다가 계곡으로 추락했는데 뒤따르던 동호회원들이 급히 지역 병원으로 옮겨 응급처치만 받고 큰 병원으로 옮겼다고 했다. 내가 달려간다고 달라질 게 없다는 걸 안다. 아내는 우리 대학 병원으로 긴급 후송할 수 없겠느냐고 했지만 지금은 중환자를 움직일 상황이 아니었다. 다급한 마음에 오랫동안 연락을 못하고 지내온 후배 의사를 찾아 전화를 걸어 시몬의 상태를 물었더니 위중한 상태지만 최선을 다하겠다고 했다. 내가 내려가서 살펴보는 게 어떠냐고 했더니 후배는 우선 맡겨주고 조금 경과가 좋아지면 우리 대학 병원으로 후송할 수 있게 조치하겠다고 했다. 만약 우리 병원으로 이송해도 내 손으로 수술할 수 없을 것이다. 큰 수술일 경우에 의사가 절친한 사람이나 가족을 수술하면 실패할 가능성이 있다는 'VIP 신드롬'을 걱정하는 듯했다.

그렇다고 마냥 기다릴 수도 없는 일이었다. 아내를 데리고 당장 달려가야 마땅한 상황이지만 이럴 때일수록 이를 악물고 견뎌야 했다. 응급처치를 끝낸 후에 가는 게 좋을 것이다. 그런 줄 알면서도 시몬의 위급한 모습이 자꾸 확대되어 머릿속을 스쳐 지나가고 불길한 생각이 점점 커지기 시작했다. 금방이라도 사망을 선고하는 목소리가 휴대폰을 통해 흘러나올 것만 같았다.

또 한 가지 위급한 상황도 연상되었다. 시몬의 소식을 듣고 행여 아녜스가 절망하여 무슨 짓을 할지 모른다는 걱정이 포개졌다. 누군가가 말했다, 사랑은 잘 벼린 칼날에 묻은 꿀일지도 모른다고. 인류 역사가 시작된 이후에 무수한 사람들이 사랑 때문에 죽었다. 시몬이 죽는다면 그 또한 사랑 때문에 죽는 게 아닌가. 나도 젊은 시절에 사랑 때문에 몇 번인가 죽고 싶었었다. 만약 사후 세계가 있다면, 사랑 때문에 죽은 이들이 무슨 생각으로 살까. 그리도 지독하게 사랑하다가 죽었는데, 사랑했던 그 사람이 살아가는 모습을 사후에 관찰하게 된다면 대성통곡을 할 수도 있고 죽기를 잘했다며 흐뭇해할 수도 있을 것이다. 어쩌면 사랑은 아름다운 꽃잎에 묻은 독일지도 모른다는 생각을 했다. 시몬이 죽는다면 사랑이란 단어를 증오할지도 모른다. 시몬이 괴로움을 한순간에 털어버리려고 벼랑을 향해 페달을 힘껏 밟았는지도 모른다는 생각이 수없이 내 마음을 지옥으로 치닫게 했다.

내가 모니카를 사랑하지 않았으면, 그녀가 나를 사랑하지 않았으면, 그녀가 조 박사를 통해 내 정자를 받아 인공 수정하지 않았다면, 했더라도 아녜스가 태어나지 않았다면, 아니 인공 수정해서 사내아이가 태어났더라면, 아녜스가 진즉 사랑하는 남자가 생겨 시몬을 사랑하지 않았으면, 시몬이 사랑하는 여자가 생겨 아녜스를 그냥 평생 누나라고 부르게 되었다면, 차라리 모니카가 비밀을 간직한 채 시몬과 아녜스를 그대로 두었다면, 나와 모니카가 세월이 흘러 인연의 고리를 잘라버렸다면……. 시도 때도 없이 치밀어 올라 엉키는 내 생각들 때문에 집중력을 잃고 정신이 점점 혼미해졌다.

　우리 대학 병원으로 시몬을 옮긴 것은 병원장의 각별한 배려와 지방 병원의 도움이 있었기 때문이었다. 병원 중환자실로 후송된 시몬의 상태는 여전히 위중했다. 아내는 도저히 집에서 편히 잘 수 없다며 병원 근처의 원룸으로 숙소를 정했다. 하루 두 번밖에 면회할 수 없는데도 굳이 급하게 병원 근처의 원룸을 얻은 것은 병원까지 걸어 다닐 수 있고 가까이에 성당이 있어 아침, 저녁으로 들러 기도할 수 있기 때문이었다.
　시몬을 후송한 이튿날 저녁에 모니카와 아녜스가 병원으로 달려왔다. 아내가 답답한 마음에 아녜스에게 무슨 사정이 있었는지 묻는 과정에서 시몬의 사고 소식이 알려진 것이다. 아내를 나무랄 수도 없었다. 오죽하면 아녜스에게 캐물었을까. 모니카와 아녜스는 울기만 했다. 마침 면회 시간이 되어 중환자실에 들어간 아녜스는 시몬의 손을 잡고 기도를 했다. 그리고 시몬의 귀에 대고 말했다.

"시몬, 사랑해. 하느님이 시몬을 꼭 살려주실 거야. 아프지 말고 건강한 모습으로 나한테 돌아와야 해."

내가 아네스를 안아주자 아내가 아네스의 등 쪽으로 다가가 등을 토닥였다. 모니카는 창밖으로 시선을 돌린 채 어깨를 들썩였다. 면회를 마치고 밖으로 나온 모니카는 눈짓으로 내게 할 말이 있다는 의사를 전했다. 복도 끝 휴게실로 들어간 우리는 긴 의자에 나란히 앉아 창밖을 바라보았다.

"아무래도 시몬 엄마한테 내가 먼저 얘기를 해야 할 것 같아. 시몬의 소식을 듣는 순간 이 모든 건 내 잘못으로 시작되었다는 걸 깨달았어. 그 당시에는 정말 그럴 수밖에 없었지만. 어쩌면 내가 그런 게 아니라 하늘이 시킨 것 같았어. 첫 번째 실패 뒤에 고민을 하면서 기도했어. 내 생각과 행동이 잘못된 거라면 벌을 달라고. 두 번째로 실패했을 때는 이게 벌을 받는 거라고 생각했어. 인공 수정을 할 때는 상대가 누구인지 모르는 게 현명하다는 생각을 했고, 그래서 비밀을 유지하게 만든 거라는 걸 잘 알고 있었지. 그러다가 마지막에는 이건 하늘의 뜻이라고 생각했거든."

"말하지 않는 게 좋을 거야. 아네스와 둘만 알고 있어야지……."

"괴로워. 죄지은 게 아니잖아. 그냥 털어놓고 야단을 맞는 게 마음 편해질 것 같아. 닫아놓고 괴로워하느니 열어놓고 아픈 게 나을 것 같아서."

"말하고 싶어도 지금은 아니잖아. 시몬이 깨어나거나 그러면 몰라도."

"시몬은 깨어나겠지. 깨어나야 여러 사람이 살 수 있는데……. 아네스가 소식을 듣고 털썩 주저앉더니 뭐라는 줄 알아?"

"뭐라고 했는데?"

"시몬이 영영 깨어나지 못한다면, 그럴 리야 없겠지만 정말, 만약이라도 깨어나지 못한다면 시몬의 영혼을 위해서, 시몬을 잘 보내고 싶어서, 천당에 꼭 가게 하고 싶어서 영혼결혼식이라도 해주고 싶다는 거야."

그 소리에 나는 휘청거렸다. 모니카가 얼른 내 손을 잡았다.

"견뎌내야 돼. 시몬을 위해서도. 다 내 잘못이지 누구도 잘못한 게 없잖아. 시몬 엄마 심정은 지금 어떻겠어. 리노가 견디지 못하면 다 무너져. 제발 마음 다잡고 시몬을 지켜줘."

모니카는 지금 죽고 싶을지도 모른다. 스스로 견디기 위해 내게 마음을 다잡으라고 했을 것이다.

두 사람을 보내고 나는 금방이라도 쓰러질 것 같은 아내를 데리고 원룸으로 향했다. 아내는 침대 위에 웅크리고 누웠다. 그리고 내게 손짓으로 가까이 오라고 했다.

"이건 엄마로서의 느낌, 아내로서의 직감이랄까……. 뭔가 이상하지 않아요?"

내 가슴에 송곳처럼 박히는 말이었다. 나는 아내의 눈길을 피했다. 아내를 바로 쳐다볼 수가 없었다. 머릿속은 갑자기 쓰레기들이 뒤엉켜버린 듯했다.

"당신은 내게 뭔가 말하지 못했거나 하기 어려운 게 있는 거 아닌가요?"

"무슨 얘기를 하는 거야?"

이렇게 되물었지만 아내의 직감이 두렵다는 생각을 했다.

"아네스에게 계속 물어봤어요. 왜 그만 만나자고 했느냐, 사랑하면서 헤어지자고 한 이유를 납득할 수 있게 말해 달라고 했어요. 아네스는 똑똑한 아이잖아요. 착하구요. 언젠가는 말씀드릴 수 있을 거라고, 하늘의 뜻일 거라고, 좋은 사람이 생겼다고, 시몬이 어리니까 부담스러웠다고, 시몬이 깨어나면 알게 될 거라고 하길래 다른 건 다 이해하겠지만 좋은 사람이 생겼다는 것과 하늘의 뜻이란 걸 이해할 수 없다고 했어요. 그래서 내가 시몬은 지금 위독하다, 시몬이 죽으면 나는 더 이상 못 살 것 같다, 그러니 제발 솔직하게 말해 달라고 애원했어요. 아네스는 계속 하늘의 뜻이란 말만 하다가 울어버렸어요. 하늘의 뜻이 뭐라고 생각해요? 당신은 알겠죠? 나도 알아야겠어요."

아네스가 무슨 말을 할 수 있었으랴. 그러니까 하늘의 뜻이란 말을 했으리라. 어쩌면 아네스의 표현이 가장 적절한 대답일지 모른다. 하늘의 뜻이 아니고서는 생길 수 없는 일이 아니겠는가.

"무슨 얘긴지 알다가도 모르겠네. 시몬이 저렇게 됐으니까 무슨 말을 할 수 있겠어. 할 얘기가 없으니까 그러는 거겠지 뭐. 아네스 눈빛을 봐. 제정신이 아닌 것 같잖아. 모니카 누나도 그렇고. 당신이 정신 바짝 차리지 않으면 안 돼. 지금은 다른 생각 말고 그냥 시몬을 위해 간절하게 기도하는 수밖에 없어. 진정하라구."

"언니는 왜 내 눈을 바로 쳐다보지 못하는 거죠?"

"지금 무슨 염치로 당신을 쳐다보겠어. 모든 게 자기 때문에 생긴 일처럼 어쩔 줄 몰라서 저러는걸."

"뭔가 이상해요. 내가 제정신이 아니어서 그런 느낌을 받았다면 차라리 좋을 텐데……."

아내는 침대에 엎드려 울기 시작했다. 사실대로 말하는 수밖에 없다는 생각도 했지만, 그렇게 되면 그 뒤에 치러야 할 일은 더 복잡해질 게 뻔했다. 나도 아내를 달래며 울고 말았다.

폭삭 늙었다는 말을 실감할 만큼 아내는 며칠 사이에 초췌해졌다. 밥술을 잘 뜨지도 못했고 수면제를 먹어도 잠들지 못했으며 비몽사몽간에 소스라쳐 놀라거나 헛소리를 하기도 했다. 저러다가 아내마저 병원 신세를 져야 할지 모른다는 생각이 들었다. 병원 일이 손에 잡히지 않았다. 중환자실 병동쪽만 보이면 가슴이 무거웠다. 병원장이나 동료 의사들이 휴가 신청을 하고 안정을 취하라고 했지만 그럴 수는 없었다.

그래도 수술실에 들어가는 걸 멈추지 않았다. 근심 걱정으로 몸 가누기조차 어려워도 수술실에 들어가기만 하면 마음을 집중할 수가 있었다. 시몬을 생각해서 더 꼼꼼하게 수술을 했고, 환자를 위해 기도를 했다. 환자는 마취를 하여 정신이 없으니 자기 몸에 칼을 대는지조차 모르지만 가족들은 환자보다 더 힘들어하고 간절하게 기도한다. 의사인 내가 환자와 그 가족을 위해 기도하면서 수술하면 더 좋은 결과를 얻을 거라는 생각을 했다.

곧 쓰러질 것 같던 아내는 오히려 나를 챙기기 시작했다. 여자는 약해도 어머니는 강하다는 말을 실감했다. 오전, 오후 면회를 하고 성당에 나가 기도하면서도 내 도시락을 싸주고 병원에 와서 부지런히 봉사 활동을 했다. 좀 쉬라고 해도 듣지 않았다. 기도하고 봉사 활동을 해야만 견딜 수 있다고 했다. 가만히 있으면 온몸이 부서지는 듯 아파서 견딜 수 없다고 했다.

모니카는 날마다 출근하다시피 병원을 들락거렸다. 회사에 휴가를 신청한 아녜스도 면회 때마다 시몬의 손을 잡고 기도했다. 나는 수술이나 진료 시간 외에는 두통과 현기증에 시달렸다. 제자들에게는 어떠한 경우에도 의사는 트라우마에 빠지면 안 된다고, 사람의 목숨을 다루는 직업인으로서 정신을 집중해야 인간 존중의 진정한 가치를 지키는 것이라고 했는데, 정작 나는 트라우마에 시달렸다. 죽어가는 자식을 지켜보는 아비의 가슴에는 수천 개의 못이 박혀 있었다. 죽어가는 가족을 지켜보는, 사랑하는 사람과 영영 이별하는 사람들을 곁에서 수없이 보면서 느꼈던 애절함과는 도저히 비교할 수 없는 애통함이 나를 시시때때로 할퀴고 찌르고 물어뜯었다.

고단한 게 아니었다. 몽롱한 것도 아니었다. 육신은 나락으로 추락하는 것 같았고, 혼은 가시철망에 찢기는 것 같았다. 칠흑의 밤길에 홀로 남아서 온갖 귀신들에게 사로잡혀도 이렇게 혼미하지는 않을 것 같았다. 새벽까지 어둠 속에서 처절하게 잡념과 씨름하다 못 견뎌 술이라도 마신 날이면 아침에 일어나지 못할 만큼 기진맥진했다.

휴대폰 진동에 덜컥 가슴이 내려앉고 두근거리기도 했다. 동료 의사나 수간호사의 전화번호가 뜨면 다리가 풀려 주저앉을 것만 같았다. 불길한 소식을 전해주려는 것 같아 얼른 받지 못할 때가 많았다. 전화를 받았는데, 만약 시몬의 임종을 알리는 거라면 어쩌나 싶어서 망설이며 전화를 받을 때마다 내 온몸의 피는 바싹바싹 말랐다. 그동안 임종을 앞둔 환자 가족들을 보면서 사람은 태어났으면 어차피 죽을 수밖에 없다고 생각했는데, 내 자식이 죽음에 이르게 되었다고 생각하니 하느님까지 원망스러웠다.

나는 허우적거리는데 아내는 하루하루 눈에 뜨이게 씩씩해졌다. 날마다 새벽에 일어나 성당에 가고 봉사 활동을 하고, 시간 맞추어 면회를 했고, 틈틈이 장을 보거나 비워둔 집에 가서 살림을 돌보았다.

학술 세미나를 마치고 밥을 먹는 둥 마는 둥 하고 아내가 기다리고 있는 원룸으로 갔다. 식탁 위에 소주병이 놓여 있었다. 반 병쯤 비어 있는 걸 보니 아내가 혼자 술을 마신 것 같았다.

"한잔할래요?"

"그러지 뭐."

"내게 할 말이 있지요? 하기 싫은 말. 이쯤에선 하는 게 좋잖아요. 그쵸?"

아내는 뭔가 눈치챘거나 짚이는 데가 있어서 채근하는 것 같았다. 가느다란 지팡이 하나로 하루하루 겨우 지탱하고 살아가던 나는 그 지팡이마저 곧 휘어지고 부러질 거라는 걸 알아챘다. 그건 홀로 사막에 남아 물도 없고 모자조차 날려 버린 것과 같은 상황이었다. 나는 선택의 기로에 선 걸 알았다.

술잔을 채운 아내의 불콰해진 얼굴에는 슬픔이 사라진 고요가 얹어져 있었다. 나는 거세당하는 수컷처럼, 그래서 영영 아내 곁으로 다가갈 수 없을 것 같은 혼란을 맛보았다. 상실이란 단어가 점점 확대되어 다가오고 있었다. 젊은 시절, 사랑에 굶주려 누구도 가까이 하고 싶지 않을 때 아내는 눈부시게 아름다운 자태로 나를 맞아주었다. 그녀는 내 영혼을 평정시켜 준 내 뮤즈였다. 모니카에게 매어 있던 사슬을 잘라내어 나를 자유인으로 만들어준 내 젊은 날의 은인이었다.

"오늘 아녜스를 만났어요. 내가 무슨 말을 하게 될지 당신이 더 잘 알겠죠. 일부러 술을 마셨어요. 맨 정신으로는 당신 말을 들을 수 없을 것 같아서요."

심장이 쿵쾅거리며 뛰었다. 나는 침묵으로 하고 싶은 말을 대신했다.

"당신이 언젠가 프로포폴 얘기를 한 적이 있었죠. 내시경 검사 때 사용하는 프로포폴은 깨어날 무렵인가 본인도 모르게 할 말을 하는 경우가 있다고. 더러는 물어보는 말에 대답하기도 한다고……"

나는 의자에 기대어 눈을 감고 있다가 술잔을 거푸 비웠다. 아내도 술잔을 비우고 씁쓸하게 웃었다.

"당신의 침묵과 당신의 비밀은 사랑이라는 이름으로는 용서받을 수 있을 거라 생각할지 모르지만 그렇지 않아요. 내가 견디고 있는 이 지독한 고통 때문에 용서할 수가 없어요."

내가 아내의 술잔에 남아 있는 술을 마셨으나 그녀는 말리지 않았다.

"당신은 알겠죠, 수면제를 먹고도 프로포폴을 맞은 듯이 속에 있는 말을 하는 수가 있다는 걸. 당신은 착한 사람이에요. 그러니까 수면제를 먹은 김에 고백한 거죠. 나는 당신이 그런 상태에서 하는 말이 아니라 맨 정신으로 진실을 말해주기를 바랐어요. 하지만 이젠 차라리 내가 몽롱한 상태로 듣고 싶어서, 당신의 심정을 고스란히 알고 싶어서 술을 마셨어요."

수면제를 먹었을 때, 더구나 술까지 마셨을 때 어떤 현상이 일어나는지 알기 때문에 내 딴에는 무척 조심한다고 했다. 프로포폴을 맞았을 때나 수면제를 먹었을 때 속에 있는 말을 하게 된다. 깨어나면 자신이 무슨 말을 했는지 기억하지 못한다. 아마 내가 숨겨둔 말을 꺼낸 모양이다. 놀란 아내가 사실이냐고 다그쳐 물었을 것이고 나는 시몬의 가출이 특별한 사연으로부터 시작되었다는 것을 죄다 털어놓은 것 같았다. 그래서 아내는 아녜스를 만났고, 아녜스는 모니카의 인공 수정에 관한 얘기를 할 수밖에 없었으리라.

"언니를 만나서 솔직한 얘기를 듣고 싶었지만 참았어요. 당신 말을 먼저 듣고 싶었으니까. 변명이라도 좋고 거짓이라도 좋아요. 당신 얘기를 듣고 싶어요."

자초지종을 털어놓을 수밖에 없었다. 내가 아내에게 고백할 내용은 사실 모니카가 해야 할 얘기였지만 아내는 내 얘기를 먼저 듣고 싶은 것 같았다. 내가 무슨 얘기를 해도 아내의 의심을 풀기 어렵다는 걸 짐작하고 있었다.

"하느님께 맹세할게. 추호도 거짓 없이 있는 그대로 말할 테니까 나를 믿고 들어줘."

아내는 고개를 끄덕였다. 나는 아내의 술잔을 뺏었다.

"우리 집이 망해서 여기저기 옮겨 다니며 공부하고 아르바이트하느라 경황없었던 건 당신도 알잖아. 그 시절에 의대생이나 법대생 중에 건강하고 인물이 괜찮다 싶은 애들은 정액을 팔아서 용돈이나 학비로 쓰는 경우가 있었어. 다른 아르바이트에 비해 비교적 쉬웠고……. 그때는 당신한테 민망해서 그런 얘기를 할 수가 없었어. 당신도 알지만, 조정선 박사님이 나를 잘 봐주셨기에 가끔 인공 수정용 정액을 제공하고 제법 두둑한 봉투를 받았어. 말은 못했지만 그 봉투 받은 날에 당신한테 미안해서 교수님 논문 도와드리고 돈 벌었다며 밥을 산 적도 있어. 당신이 기억할지 몰라. 당신 생일날 작은 금반지 끼워주면서 내가 한 말……. 의대생의 불로소득으로 선물을 마련했다니까 당신이 무슨 얘기냐고 물었지. 그래서 나중에 말하겠다고 했지. 세월 지나니까 그런 말 하기가 더 쑥스러워져서 말을 못 한 거지."

나는 아내에게 모니카가 한 말을 들은 대로 낱낱이 전했다. 아내가 내 말을 믿어주기를 바라지만 지금 아내는 시몬의 생사가 걸려 있는 상황에서 이성적 판단을 내리기 쉽지 않을 것이다.

"당신은 어찌 생각할지 모르지만 그 무렵에는 모니카 누나와 내가 만난 적이 없어. 정말 우린 한 번도 만나지 않았어. 인공 수정으로 아네스를 낳았다는 것도 이번에 시몬이 가출했기 때문에 누나가 할 수 없이 말한 거야. 아네스에게 말하기 힘들었을 것이고 나한테는 더욱 말하기 어려웠겠지……."

나는 무슨 말인가 하려다가 얼른 삼켰다. 이번 일은 매형이 알면 안 되니 어떤 경우에도 말하지 말자는 얘기를 하고 싶었지만 꾹 눌러 참았다. 그런 말이 아내의 감정을 상하게 할 것 같았다. 만약 매형이 이런 사연을 알게 되면 무슨 일이 생길지 모른다. 어쩌면 감당하기 어려운 일이 생길 수도 있다. 내가 무슨 얘기를 해도 아내는 되묻거나 말머리를 자르거나 하는 반응을 보이지 않았다. 아내는 내 얘기를 듣다 말고 잠들었다. 맥박도 확인하고 숨소리도 들어봤다. 잘마시지 못하는 술을 여러 잔 마신 탓에 견디지 못하고 잠든 것 같았다.

사달이 난 것은 사흘 뒤였다. 그렇게 강하던 아내가 쓰러져 입원했고, 모니카는 그날 밤에, 이실직고하라는 남편의 닦달에 저간의 사정을 다 토해 놓았다고 했다. 모니카는 남편 앞에 평생 처음으로 무릎을 꿇고 용서를 빌었다고 했다. 아네스도 아버지 앞에 무릎을 꿇었지만 남편은 조 박사를 만나는 것조차 거절한 채 별거하자며 노발대발했다는 것이다.

내가 그의 입장이어도 이해하기 쉽지 않을 일이었다. 내가 정액 제공자였다는 걸 안다면 누구라도 의심할 수밖에 없을 것이다. 쓰러진 아내를 면회하러 갔던 모니카는 자신의 짐을 다른 사람에게 떠넘기면 안 된다는 생각에 결심을 했다고 말했다. 내가 조금 더 참지 그랬냐고 하자 모니카는 가슴 조이며 살고 싶지 않다며 진실을 밝히고 떳떳하게 살기 위해 사실대로 말했다고 했다. 병상에 누워 있는 아내와 생명이 꺼져가는 시몬을 보며 실토하기로 작정했다는 것이다. 모니카는 "나는 죄가 없다"는 말을 연거푸 강조했다.

아녜스는 조 박사를 만나보니 그때 상황을 제대로 알 수 있게 되었다며 제발 아버지도 한 번만 조 박사를 만나보라고 애원했다는 것이다. 별거를 선언한 매형은 당분간 본가에서 지내기로 했고 아녜스는 그런 아버지에게 실망했다며 자신은 어머니와 살겠다고 했다는 것이다. 모니카와 매형은 별거를 하고 아녜스는 부모가 이혼을 하면 어머니와 살겠다고 했다니 평소에 단란했던 그 세 식구를 생각하면 마음이 아팠다. 매형은 내 전화를 받지 않았다. 사무실로 전화를 했더니 지금은 아무도 만나고 싶지 않다며 받지 않았다. 조급한 마음에 수차례 전화를 걸어 겨우 전화가 연결되었다. 한 번만 속는 셈 치고 조 박사를 만나보면 모든 게 밝혀진다고 말했으나 매형은 지금은 그러고 싶지 않다는 말만 되풀이했다. 인공 수정을 한 게 확실하다면 매형이 의심할 게 없으며 그 무렵에는 누나와 만난 적도 없다고 했지만, 매형은 더 이상 전화를 걸지 말라며 전화를 끊어버렸다.

만약 처음부터 모니카가 내 정액으로 인공 수정을 하겠다고 말했다면 어찌 되었을까? 우리들 중 그 누구도 좋아하지 않았을 것이다.

중환자실에서 긴급 호출을 받는 순간 나는 눈앞이 깜깜해지면서 천둥 치는 소리를 들었다. 병실 앞에서 기다리고 있는 병원장과 수간호사를 보면서 나는 다리에 힘이 풀려 휘청거렸다. 세상이 무너지는 걸 온몸으로 느꼈다. 숨을 쉴 수가 없었다. 병실 복도의 간이 의자에 주저앉은 내 손을 병원장은 힘주어 잡았다. 말은 하지 않았지만 병원장과 수간호사의 표정만 보고도 무슨 일이 닥쳤는지 대번에 알 수 있었다. 나도 환자 가족들에게 저런 표정을 짓지 않았는가. 휴대폰을 수간호사에게 내밀며 기어드는 소리로 말했다.
"집사람을 오라고 해주세요. 그리고……."
내가 직접 아내에게 말할 수는 없었다. 무슨 말을 할 수 있으랴. 아내에게 시몬의 현재 상황을 얘기하는 것은 아내에게 당신의 모든 것을 빼앗겼으니 순순히 받아들이라고 통보하는 것과 같았다. 수간호사의 친절하지만 낮은 음성과 알아들을 수 없지만 아내의 비명 같은 높은 음성이 한꺼번에 들려오는 듯했다. 그 순간 떠오른 얼굴은 아녜스였다. 시몬의 마지막 모습을 아녜스에게만은 보여줘야 한다. 그래야 시몬이 먼 먼 하늘나라로 갈 수 있을 것 같았다. 아녜스의 전화번호를 찾으려고 했지만 얼굴은 떠오르는데 이름이 떠오르지 않았다. 모니카의 전화번호를 찾으니 아네스의 이름이 있었다.

"아네스가 빨리 병원으로 와야겠다. 지금 빨리."

아네스는 얼른 대답하지 못했다.

"안 돼! 안 돼! 하느님, 이러시면 안 돼요!"

아네스가 이렇게 말한 것 같았다. 내 영혼이 몸에서 이탈한 게 분명했다. 듣거나 말하거나 보는 게 이리도 어려울 수 있다는 걸 비로소 알게 되었다. 죽어가는 사람만 그런 줄 알았는데 산 사람도 그런 게 어려울 때가 있다는 걸 알았다. 세상에 존재하는 어떤 단어로도 지금의 내 마음을 표현할 수 없었다. 순식간에 바닥이 무너져 내 몸이 땅속으로 꺼져들어가는 것 같았다. 나는 벽을 짚고 서서 겨우 지탱하고 있었다.

"거짓말이죠?"

겉옷을 미처 여미지 못하고 황망한 얼굴로 성큼성큼 내게 다가오며 나를 똑바로 응시하던 아내의 첫마디였다. 아내는 울지 않았다. 웃는 것 같았다. 아내의 표정은 무서웠다. 아내는 적진으로 뛰어드는 대장군의 기세였다. 칼을 들어 바위라도 깨뜨릴 듯 결연하고 당당한 눈빛이었다. 아네스와 모니카가 뛰어오고 중환자실 문은 지옥문이 열리듯 했다.

시몬은 산소호흡기와 갖가지 의료 기기로 중무장한 듯이 누워 있었다. 산소호흡기를 거두면 사망 선고를 할 것이다.

이미 시몬은 죽은 것과 다름없었다. 아내는 시몬의 이마에 입을 맞추고 말했다.

"시몬, 사랑해. 사랑해. 내가 곧 따라갈게⋯⋯."

눈물이 시몬의 볼에 뚝뚝 떨어졌다. 시몬의 볼에 내 뺨을 댔다. 차가웠다. 할 말이 무진장 많았는데 나는 고작 "사랑한다. 하늘만큼 땅만큼 억겁만큼 사랑한다"고 말했다. 아녜스는 얼굴이 온통 눈물범벅이 되어 모니카의 손을 잡아끌었다. 아녜스는 팔 벌려 시몬을 안고 입술을 달싹거렸다. 무슨 말인가 한 것 같은데 들리지 않았다. 상처 난 시몬의 입술에 입맞춤을 하고 두 손을 모았다.

"시몬, 사랑해. 넌 혼자가 아니야. 내가 늘 함께 있을게. 다음 생에는 행복하게 살자. 잘 가, 내 사랑."

순간 병실은 울음바다가 되었다. 담당 의사가 산소호흡기를 제거하고 의료 기기를 치웠다. 희디흰 천이 시몬의 몸 위에 반듯하게 펼쳐졌다.

아내가 쓰러졌다.

하느님은 사라졌고 하늘은 무너졌다.

사랑은 영원히 소중한 것

육신은 숨을 쉬니까 살아 있다지만 정신은 숨쉬기를 포기한 지 꽤 오래되었다. 남편은 별거한 뒤로 그 어떤 의사 표현도 하지 않았다.

나보다 더 심각한 것은 리노 쪽이었다. 리노의 아내 가연은 이 땅에서는 도저히 견딜 수 없다며 언니가 있는 프랑스로 떠났다. 중견 화가로 평판이 좋은 사람이었는데, 이참에 공부를 더 하겠다며 프랑스로 기약 없이 떠났다. 마음이 평정되면 돌아오겠다고 했지만 별거나 다름없었다. 리노는 말릴 수가 없었다고 했다. 서울에 있으면 가연이 절로 삭아버릴 것 같다고 했다. 공부를 하러 떠난다고 했지만 그것은 우리

들 곁을 떠나기 위한 핑계였을 것이다.

공항 대합실에서 가연은 남편이 아닌 아녜스의 손을 잡고 울먹였다.

"다 잊어버리고 가능하면 빨리 일상으로 돌아가야 한다. 그래야 시몬이 하늘나라에서 좋아할 거야. 난 널 미워하지 않아. 네가 진실로 시몬을 사랑해 줬잖아. 이제 시몬을 보내 줘야 해. 네가 행복하게 잘 사는 게 시몬을 편안하게 하는 거야. 시몬은 사라진 게 아니라 우리들 마음속에 영원히 살아 있을 거야."

리노는 출국 수속을 하기 위해 일어서는 가연을 안아주었다. 두 사람은 훌쩍거리며 눈물을 훔치고 있었다. 손수건을 내미는 내 손을 가연이 잡았다.

"언니, 미워해서 미안해요. 저 사람 외롭지 않게, 힘들지 않게 언니가 가끔 챙겨줘요. 언니를 위해서도 기도할게요. 아녜스가 견디기 어려울 거예요. 시몬의 몫만큼 잘 살아달라고, 울지 말고 멋지게 살라고 말해 줘요. 불쌍한 저 사람도 언니가 챙겨주세요."

눈물을 닦은 손수건을 주머니에 넣으며 가연이 말했다.

"울게 될 때마다 이 손수건으로 닦을게요."

나는 쏟아지는 눈물을 주체하지 못하고 돌아섰다. 아녜스가 등 뒤에서 말했다.

"엄마가 울면 안 돼. 시몬에 대해서만은 울 권리는 내가 먼저야. 엄마가 못 참으면 나는 공항이 떠나도록 통곡하며 울 거야. 삼촌이 가엾잖아. 그러니까 제발 우리 울지 말자."

나는 입술을 깨물었다. 아녜스 말이 그르지 않았다. 우리 모두에게 고통스런 이 시간은 내가 만든 게 분명했다. 그 당시에도 심각하게 고민했다. 지금 생각해도 내 결정은 아니었 다. 뭔지 모르지만 하늘이 시킨 것 같았다. 사랑했던 사람, 사 랑하지만 함께 살 수 없었던 사람, 남편의 무정자증 때문에 할 수 없이 인공 수정을 한다면 낯모르는 사람보다는 차라리 리노의 정자를 선택하는 게 운명이라고 믿었다.

두 번째 인공 수정에 실패했을 때 조 박사는, 심리적 부담 을 느끼지 말아라, 인간은 누구나 실패한다, 어려움을 극복 하고 나면 전에 보이지 않던 행복이 내 옆에 있었다는 걸 알 게 될 것이다, 이번 인공 수정이 성공하면 오직 그 내막은 하 느님만이 아는 거고 세상에 참 아름다운 생명이 탄생할 거 다, 라고 했다.

나는 그때 무엇에 홀린 게 아니라 그렇게 하는 것이 보편 적인 인공 수정이라고 믿었다. 그 행위가 이런 비극을 불러올 줄 어찌 짐작조차 했겠는가.

공항에서 돌아오는 길에 리노는 잠깐 집에 들렀다 가자고 했다. 가연이 전해 달라는 게 있다고 했다. 그것은 시몬의 초 상화였다. 가연이 직접 그린 초상화 속의 시몬은 활짝 웃고 있었다. 가연이 그린 것 중에 시몬이 제일 좋아했던 작품이라고 했다.

"이 집에서 혼자 견디기 어려울 텐데. 내가 자주 와주겠지만……."

내 말에 리노는 고개를 저었다.

"매형 때문에 당분간 우리 집 출입을 하면 안 돼. 조금도 의심하게 만들어선 안 돼. 병원 일이 바쁘니까 잘 견딜 거야. 죽은 사람도 있는데 산 사람이 못 견딜 게 뭐가 있겠어. 내게 반찬 같은 걸 주려면 아네스를 시키면 되잖아. 매형을 잘 돌봐야 돼."

내 생각도 같았다. 별거한 남편이지만 이혼 얘기는 나오지 않았다. 아네스와 시댁 식구들에게서 들은 말이긴 하지만 시어머니도 이혼을 반대한다고 했고, 남편도 이혼까지 생각하는 것 같지는 않았다. 내 마음은 언제라도 남편이 이혼하자고 하면 받아들일 수밖에 없다고 생각했다. 죄를 지은 게 아니라도 남편의 마음을 불편하게 했다는 걸 인정하기 때문이다.

우리가 얘기하는 사이에 아네스는 시몬의 방에 들어가서 나오지 않았다. 우리는 그런 아네스를 부를 수가 없었다. 시몬의 냄새를 맡고 있으리라. 시몬의 영혼과 대화하고 있으리라. 시몬의 베개를 안고 시몬이 덮던 이불을 덮고 있으리라. 시몬의 책상 앞에 붙어 있는 시몬과 아네스가 같이 찍은 사진을 보며 울고 있으리라.

한참 만에 시몬의 방에서 나온 아네스는 눈두덩이가 부어 있었다. 눈자위가 붉었다. 허공만을 응시했다. 집으로 오자마자 아네스는 시몬의 초상화를 제 방에 걸었다.

"엄마, 사람이 죽어도 영혼은 존재하는 거겠지?"

나는 대답 대신 고개를 끄덕였다.

"엄마, 엄마한테 거짓말하기 싫어서 하는 말인데……."

뭔가 불길한 생각이 들었다. 대꾸하면 안 될 것 같아서 나는 눈을 감았다.

"이번 한 번만 내가 하는 일을 무조건 허락해 줘. 엄마는 나를 잘 알잖아. 엄마를 속이고 싶지 않아."

무슨 일인지 모르지만 내가 허락하지 않아도 아네스는 반드시 하고 말 거라는 걸 짐작하고 있었다.

"그냥 나 혼자 해버려도 그만이지만 엄마 몰래 하는 건 정말 싫어."

"뭔데? 그렇게 간절한 거야?"

"시몬이 하늘나라로 갈 때 나 스스로 약속한 게 있어. 시몬에게 입맞춤하며 약속한 거야."

"뭐냐니까?"

"시몬과 내가 커플 반지를 나눠 가졌는데……. 내가 시몬의 방에서 그 반지를 찾았어. 우리가 같이 찍은 사진 앞에 둔 걸 가져왔어. 커플 반지를 나누어 가질 때 시몬이 나중에 멋진 프러포즈를 해주기로 약속했어."

"그래서 어쩌겠다는 거야?"

"지금도 시몬은 내 곁을 떠나지 못하는 것 같아……"

"시몬은 하늘나라에서 네가 행복하게 사는 모습을 보고 싶어 할 거야."

"엄마, 이건 내 소원이야. 준비를 다 해뒀어."

"무슨 소리야?"

"숙모한테도 말했거든. 반지를 가져가겠다고 하니까 그러라고 했어."

"빙빙 돌리지 말고 말해 봐."

"시몬에게 프러포즈할 거야. 그냥 보낼 수는 없어. 시몬은 나와 결혼하려고 했었어. 난 시몬이 어떤 프러포즈를 해줄 건지 얼마나 궁금했는지 몰라. 하지만 난 시몬에게 우리가 결혼할 수 없는 이유를 제대로 설명하지도 않고 시몬을 밀어냈어. 시몬이 너무 불쌍해. 내가 얼마나 프러포즈를 기다렸는데. 시몬에게 그런 말도 못했잖아. 이젠 내가 시몬에게 프러포즈할 거야. 내가 얼마나 시몬을 사랑했는지 보여주면 분명 시몬은 기뻐할 거야."

반대한다고 포기할 것 같지 않았다. 그렇다고 하고 싶은 대로 하라고 말할 수도 없었다.

"엄마, 엄마도 그 자리에 와줘. 난 시몬의 몫까지 살고 싶어. 이다음에 죽어서 시몬을 하늘에서 만나면 시몬이 없는 동안 있었던 일들을 얘기해 줄 거야."

아녜스는 이미 결심했고, 내가 반대해도 소용없을 것이다. 나는 아녜스의 손을 놓고 방으로 들어가 문을 잠갔다.

"엄마도 애절한 사랑을 해봤잖아. 이루지 못할 사랑을 했잖아. 엄마는 이루어지지 않는 사랑을 다른 방법으로 이루었잖아. 나도 노력해 보고 싶었지만, 시몬이 하늘나라로 가버렸어. 내가 사랑을 표현할 수 있는 건 이것밖에 없잖아."

나는 그래, 네 맘대로 해라, 네 사랑을 존중한다고 말하고 싶었지만 차마 입이 떨어지지 않았다. 내가 할 수 있는 것은 '묵인'이었다. 인력으로는 막을 수 없는 일이라고 생각했다. 아녜스는 소리 내어 울고 있었다. 문을 열고 나가서 아녜스를 안아주고 싶었지만 그 순간 나도 같이 울어버릴 것 같았다.

"엄마, 이번 금요일이 시몬의 사십구재야. 끝나고 시몬에게 프러포즈할 거야. 친구들이 와서 도와줄 거야."

울음 섞인 아녜스의 목소리였다.

"엄마, 그 자리에 오고 싶지 않으면 그냥 모른 체해 줘. 몰래 하는 건 죄짓는 거 같아서 말하는 거야."

뭔가 하고 싶은 말이 자꾸 목구멍을 비집고 나오려고 했다.

"엄마, 엄마는 사랑을 이루었고 그 사랑은 지금도 소중하잖아. 나도 내 사랑을 아름답고 소중하게 간직하고 싶어."

나는 벽에 걸린 십자가를 향해 무릎을 꿇고 기도했다. 생각이 많아 기도가 자꾸 헷갈리기만 했다. 묵주기도를 해도 마찬가지였다. 성가를 읊조리며 눈물을 흘리다 한참 만에 방문을 열고 나왔다. 아네스는 성모상 앞에 반듯하게 앉아서 기도하고 있었다.

　가연이 귀국한 것은 서울을 떠난 지 아홉 달 만이었다. 돌아오고 싶어 온 게 아니라 귀국할 수밖에 없는 사정이 생겼기 때문이었다. 이런 걸 두고 엎친 데 덮쳤다고 하는 건지 모른다. 가연은 리노가 신장암에 걸렸다는 소식을 듣자마자 파리에서의 생활을 접고 급히 귀국했다. 리노는 병원 일이 힘든 데다 마음고생이 심해서 체중이 줄고 피곤한 줄로만 알았다가 정기검진을 하면서 신장암 진단을 받았다. 리노는 진단을 받고도 열흘 가까이 아내에게 말하지 않았다. 당연히 달려와야 할 아내가 기별이 없자 절친한 동료 의사가 가연에게 귀띔을 했고, 놀란 그녀가 국제전화로 캐묻자 그제야 리노가 얘기를 했다는 것이다.

　가연은 내게 전화를 해왔다.

　"언니가 그이를 위로해 주세요. 저러다 죽을지 몰라요. 모든 게 제 탓이죠. 제가 떠나지 말았어야 했는데. 언니, 제발 그이에게 힘을 주세요."

　신뢰하는 사이가 아니면 할 수 없는 말이었다. 가연은 알고 있었다, 나와 리노가 '침묵의 사랑'을 했다는 걸. 그럼에도 가연은 나를 믿어주었다. 내가 얼추 30년 가까이 지켜온 침묵의 사랑은 착한 가면이었다. 들켜서는 안 되었지만 들킨다고 해도 부끄럽거나 민망한 부분은 없었다.

나는 오랫동안 착한 가면을 쓰고 있었다. 시집 식구들에게는 아이를 낳을 수 있는 여자로 당당하게 행세했고, 남편에게는 무정자증을 해결해 줄 수 있는 용감한 아내였으며, 기적처럼 아네스를 낳아서 시집 식구들에게 대견한 며느리로 인정받았다. 그 착한 가면이 구겨진 것은 인공 수정 때문이었고, 하필 리노의 정자를 선택한 탓이었다.

내게서 등을 돌린 남편의 행동을 탓할 수도 없었다. 내가 남편이라도 의심했을 법한 일이라고 생각했다. 서운한 게 있다면 밑지는 셈치고 한 번쯤 조 박사를 만나서 전후 사정을 들어보아야 했는데 남편은 그러지 않았다는 것이었다. 억울한 심정을 호소하는 사람들이 "하늘이 알고 땅이 안다"든지 "하늘을 두고 맹세한다"는 말을 하는 이유를 이해하고도 남을 만큼 답답했다. 리노와 나는 상대를 위해 참았고 믿었고 말을 안 해도 서로의 마음을 알 수 있었다. 하늘을 우러러 한 점 부끄러움이 없는 사랑이었다고 외치고 싶을 때도 있었다. 결백을 주장하다 지쳐 스스로 목숨을 끊는 사람들도 오죽하면 그러랴 싶을 정도였다. 병원으로 달려간 내게 리노는 덤덤한 표정으로 말했다.

"아무한테도 알리고 싶지 않았어. 시몬을 따라 죽고 싶은 생각뿐이었고…… 아내는 떠났고…… 차라리 이대로 죽으면 편하겠다는 생각도 했어. 어떤 때는 시몬이 날 데려가려는 걸까 싶기도 했어."

나는 소중한 생명을 다루는 사람이 할 소리냐고, 제발 허튼소리 말라고 타박했다. 암에 걸리면 누구나 입원하여 치료받는 건 줄 알았는데, 리노는 진료실에서 환자를 진료하고 있었다.

"일해도 괜찮은 거야? 입원하지 않으려면 휴진하고 시골로 내려가든지 해야잖아."

"약 먹고 주사 맞고 입원해서 낫는 병이 아니잖아. 신장 이식 수술을 받으려면 뇌사자 이식이나 생체 이식을 해야 하는데, 이식 센터에 신고한 뒤에 순서대로 이식을 해야 하니까 한참 기다려야 할 거야. 그동안은 무리하지 말고 하던 일을 계속하는 게 나을 거야. 휴직하고 가만히 있으면 잡념만 들고 불안할 테고, 그러면 더 나빠질 수가 있어."

"이 병원에서 제일 유능한 의산데, 병원이 나서서 빨리 제공자를 연결해 줘야지. 일반 환자가 아니라 특별한 사람인데."

"더 위급한 사람이 많기 때문에 정확하게 순서를 지켜야 돼. 목숨 귀하지 않은 사람이 어디 있겠어. 이식 센터에 신청하고 등록 번호 순서대로 이식 수술을 하는 거야. 환자는 돈이 있건 없건 지위가 높건 낮건 모두 평등한 거지."

"내가 듣기로는 중국에 가면 빨리 수술할 수 있는 방법이 있다던데. 돈만 주면 순서와 상관없이 할 수 있대. 워낙 인구가 많으니까 이식 건수도 많고, 멀쩡한 사람이 돈을 바라고 신장을 떼어 준다는 얘기도 들었어. 기다리는 동안 더 나빠지면 안 되잖아. 중국에서 사업하는 사람을 아는데, 한번 알아볼까?"

나는 마음이 급했다. 무슨 짓을 해서라도 리노를 살리고 싶었다. 내가 아니었으면 시몬이 죽지도 않았을 것이고 리노가 병을 얻지도 않았을 것만 같았다.

"사람 목숨은 노력하는 만큼 연장되는 게 아닌 것 같아. 의술을 인술이라고 하는 것은 정도를 지키라는 거니까. 신장암이란 진단을 받았을 때 비로소 내 존재가 가치 있다는 걸 알았어. 하느님이 나를 소중하게 쓰려고 병들게 했다고 생각하니 마음이 가벼워졌어. 하늘에 맡기고 순종해야 방법이 생기는 거겠지. 암세포는 미워하면 더 극성을 부릴 거야. 그냥 살살 달래는 수밖에 없어."

말은 그렇게 했지만 리노는 초췌했다. 시몬이 떠난 이후에 리노의 표정은 숙제를 풀지 못한 철학자 같다는 생각이 들 정도였다.

"의사니까, 어찌하든 남들보다는 좀 더 빨리 조치할 수 있잖아. 한시라도 빨리 서둘러."

내 속은 바싹바싹 타들어갔다.

"금방 죽는 병 아니니까 너무 걱정하지 마. 사람의 생명은 참 신비해. 이식 수술을 먼저 신청했다고 먼저 이식할 수 있는 것도 아니고 먼저 했다고 꼭 생존하는 법도 없고……. 혈액형이든, 뭐든 다 맞아야 하는데, 다 맞는다고 다 성공하고 늦었다고 다 죽는 게 아니니까."

지칠 만도 했으리라. 시몬의 죽음은 그의 인생 전체에서 가장 고통스러운 것이 분명했다. 아내가 떠난 것도 견디기 어려웠을 것이다. 별거하고 있는 내 처지는 내 잘못된 판단으로 시작된 거니까 견뎌야 한다지만 리노의 경우에는 그의 잘못이 아니기에 더욱 안쓰러웠다.

그래도 나는 아녜스가 옆에서 위로해 주니까 견딜 만했다. 아녜스는 농담처럼 엄마의 선택으로 태어날 수 있었고, 엄마의 정성으로 살아 있고, 엄마의 사랑이 하도 아름다워서 제 존재가 더욱 가치 있고 자랑스럽다고 했다. 세월 가면 아빠도 엄마가 소중하다는 걸 알 거라고 위로했다.

프랑스 파리에서의 생활을 정리한 가연은 화사하게 꾸미고 돌아왔다. 자식을 먼저 보낸 어머니 모습이 아니었다. 불현듯 미운 마음이 솟았다. 남편이 신장암이라는 연락을 받고도 닷새 후에 귀국한 것도 마음에 들지 않았다. 그녀는 내 표정을 읽은 듯했다.

"보나 마나 저이는 초췌할 거고, 저도 궁상스러운 차림으로 돌아오면 저이나 언니도 가슴이 시리겠지 싶어서 일부러 꾸미고 왔어요. 그곳에선 마음을 안정시키려고 그림에만 열중했어요. 언니는 그런 저를 보고 왜 그렇게 사느냐고 걱정했어요. 밖에 나가지 않고 사람을 안 만나니까 영락없는 거지꼴

이더라구요. 닷새 동안 잘 먹고 미용실에도 처음으로 가보고 짐도 부치고 화장도 해봤어요. 거지처럼 살았던 제가 미웠어요. 제 마음이 거지 같다는 걸 저이가 암에 걸렸다는 소식을 듣고 나서 알게 됐어요. 거지는 줄 게 없고 받기만 하잖아요. 저는 남에게 위로도 기도도 받기만 했어요. 혼자 웅크리고 들어앉아 받기만 했어요. 사랑도 주고 기도도 주고 관심도 주었어야 했는데, 오직 죽은 시몬과 초라한 제 영혼과 허망한 인생을 끌어안고 살았어요. 언니를 용서한 줄 알았고 이해한 줄 알았는데, 저이가 암에 걸렸다는 소식을 들으며 내가 용서를 못 해 줫값을 저이가 받는구나 싶었어요. 신기하게도 언니를 이해하고 시몬을 잘 보내는 게 어미 된 도리라고 생각했더니 건강도 좋아지고 침침하던 눈도 밝아졌어요. 언니, 제 어리석은 모습 보여주기 싫었어요."

가연은 고개를 떨구고 눈물을 훔쳤다. 우두커니 서 있던 리노가 가연의 어깨를 감싸 안았다.

며칠 동안 팽팽한 줄다리기를 하는 것 같았다. 고집 센 두 사람이 한 치도 물러서지 않겠다고 우겼다. 아네스는 법적으로 성인이고 스스로 결정할 수 있기 때문에 굳이 아버지의 허락을 받을 필요가 없다고 버텼다. 리노는 가슴 뜨거울 정도로 고맙지만, 아네스 아버지의 허락을 받지 않고는 아네스의 신장을 제공받을 수 없다고 거절했다. 신장은 두 개가 있어서 한 개를 이식해도 살아가는 데 지장은 없다고 했다. 아네스와 리노는 혈액형도 같고 유전자도 일치하여 신장 이식을 하는 데 최상의 조건이라고 했다.

아네스가 제 신장을 리노에게 이식할 수 있게 허락해 달라고 했을 때 나는 말문이 막혀 한동안 대답하지 못했다. 영화나 소설 속에서나 나올 법한 사연이 내 앞에 펼쳐질 줄은 상상조차 못했다.

아네스는 집요했다. 며칠 동안 고심해 보겠다, 나 혼자 결정할 일이 아니다, 아빠의 생각도 들어야 한다, 리노가 어찌 생각할지 모른다는 여러 가지 핑계를 대며 대답을 미뤘다. 나를 설득하다가 지친 아네스는 주저하지 않고 짓궂게 말했다.

"생물학적으로는 아버지잖아. 죽어가는 아버지를 살릴 방법이 없다면 모르겠지만, 있는데도 실천하지 않으면 인류적 적폐잖아. 성인이니까 혼자 결정할 수 있지만……. 엄마가 삼촌을 설득해 줘. 죽어가는 삼촌이, 내 멀쩡한 몸에 상처 내기 싫다고, 신장을 안 받겠다고 저러는데 엄마는 왜 침묵하고 있는 거야?"

나는 '생물학적 아버지'라는 말에 더 이상 침묵을 지킬 수는 없다는 생각을 했다. 바로 리노에게 전화를 걸었다. 리노는 당분간 사람을 만나지 않겠다고 했다. 왜 나를 피하는지 알 만했다. 아네스의 신장을 이식받지 않겠다는 뜻이었다.

나는 그날 밤에 아네스와 함께 쳐들어가듯 리노네 집으로

갔다. 리노는 이식 센터에 신청을 해두었고 다른 이식 수술
보다 순서가 빨리 올 수 있다며 한사코 거절했다. 가연은 아
녜스의 청을 들어주는 게 좋겠다고 했지만 리노는 난색을 표
했다.

"솔직하게 거절하는 이유를 말해 줘."

일부러 둘이 얘기하고 싶다며 가연과 아녜스를 내보냈다.
리노는 마지못한 듯 말했다.

"내가 매형이라도 견디기 어려울 거야. 그랬다가 정말 이혼
이라도 하자고 하면 어쩌려고 그래······. 아녜스도 그래. 언젠
가는 시집을 가야 할 텐데, 아무리 정교하게 수술한다 해도
흉터가 남을 거고 그러면 남편에게 뭐라고 할 거냐니까. 잘
설명하면 이해 못할 것까지는 없겠지만 출생에 대한 비밀이
라고 할 수도 있고······."

몇 번이나 비슷한 얘기를 반복했다.

"아녜스 아빠가 허락하면 이식 수술 받을 거지?"

리노는 대답 대신 고개를 저었다. 나는 단호하게 말했다.

"나도 하고 싶지 않은 말인데, 시몬과 아녜스는 정말 사랑
했어. 우리 젊은 시절처럼 순수했지. 시몬이 지금 하늘에서
뭐라고 할 것 같아? 거절하라고 할까? 천만에······. 아빠가
아녜스의 신장을 제공받아 건강해진다면 아녜스와 시몬은
비로소 사랑의 결실을 본 거잖아. 아녜스 아빠 문제는 지금
걱정할 일이 아니야. 더구나 아녜스는 한번 한다고 하면 못

말려. 나쁜 일을 하겠다는 게 아니라 태어나서 가장 의미 있는 일을 하겠다는데 어떻게 말려!"

아녜스는 리노에게 신장 이식을 하기로 결정하고 나서 마음이 편해졌다고 했다.

"어떻게 낳아 키운 아녜스인데……. 신장을 이식하겠다는데 내 마음이 가벼울 리 없잖아. 그런데 아녜스 얘기를 들으면 나보다 백 배 현명하구나 싶어. 진실로 사람을 사랑했다는 것 하나만으로도 사람답게, 가치 있게 사는 게 아니냐고 했어. 아녜스의 진실한 사랑을 받아주는 게 시몬을 위해서 리노가 할 일인 거야."

한참 만에, 깊게 고민하겠다는 대답을 겨우 얻어냈다. 물론 아녜스 아버지의 허락을 받는 조건이었다. 돌아오는 길에 아녜스는 장난기 섞인 말로 나를 위로했다.

"이다음에 만약 결혼해서 딸을 낳으면 엄마 같은 딸을 낳을 거야. 그리고 엄마처럼 사랑하라고 가르칠 거야."

"그나저나 네 아빠 허락받기 쉽지 않을 텐데. 그게 걱정이다."

"아빠가 거부하면 삼촌한테 그냥 오케이 했다고 하면 되지 뭐."

"네 삼촌이 어떤 사람인데 확인 않고 수술을 받겠어. 보나마나 전화를 걸든지 찾아가든지 해서 확인을 할걸."

"나도 그게 걱정이긴 한데……. 엄마, 우리 기도하러 가자. 하느님한테 떼를 써봐야지."

나는 아녜스가 하자는 대로 집으로 가는 길에 있는 성당으로 발길을 돌렸다. 차를 세우고 들어가니 우리 말고도 기도하는 사람들이 있었다.

"엄마는 저쪽에 가서 기도해. 나는 이쪽에서 할게."

기도를 해도 자꾸 분심이 들었다. 엉킨 실타래를 나 혼자는 도저히 풀 수 없을 것 같았다. 그럴 리야 없겠지만 만약 수술 도중 잘못되지 않을까 하는 불안한 마음도 점점 커져 갔다.

아녜스는 '누구든지 청하는 이는 받고, 찾는 이는 얻고, 문을 두드리는 이에게는 열릴 것이다'라고 쓴 글을 책상 앞에 붙여놓고 엄숙한 표정으로 말했다.

"엄마 나는 이 성경 말씀이 사실인지 거짓인지 하느님과 지금 내기를 시작했어. 나는 지금 하늘의 군사를 거느리고 적진으로 쳐들어가는 대장군이 된 기분이야."

아빠를 만나기로 약속한 아녜스는 배수진을 친 장수처럼 말했다. 남편 성미에 그리 호락호락하게 아녜스의 말을 들어주지 않을 것을 알기에 나는 조마조마한 마음으로 기다릴 수밖에 없었다.

아빠를 만나러 간 아녜스는 풀이 죽은 모습으로 들어왔다. 이튿날도 마찬가지였다. 사흘째 되던 날 저녁 늦게 휴대폰 벨

소리가 요란했다. 아네스가 울면서 전화했다.

"울지 마. 바보같이 왜 울어."

"엄마, 나 지금 울고 있는 거 맞지?"

"울지 말라니까."

"엄마도 같이 울어줄래? 나는 정말 실컷 울고 싶어."

"그래, 알았어……."

아네스의 심정을 생각하니 안쓰러워 눈물이 났다.

"엄마, 바보! 나는 기뻐서 우는 거야."

"무슨 소리야?"

"아빠가 두 손 들고 나를 안아줬거든."

"뭐라고? 정말? 진짜 허락받은 거야?"

"내가 뭐랬어. 하느님이 내 편이라고 했잖아. 내 기도발이 세다고 했지!"

"아빠가 뭐래?"

"내가 아빠 딸이 아니라 남의 딸인 줄 알았는데, 이제 보니 진짜 아빠 딸이라고 했어. 아빠랑 끌어안고 한참을 울었다니까. 나를 정말 사랑한다고……. 사람을 살리려고 희생하는 내 마음이 대견스럽고 자랑스럽다고……. 잘 자라줘서 고맙다고……. 그러니 어찌 울지 않을 수 있겠냐고. 그리고 또 아빠가 뭐랬는지 알아?"

"뭐라고 했는데?"

"수술하기 전에 엄마랑 셋이서 밥 먹자고 했어……."

"지금은 밥 먹을 정신이 없어."

내 매몰찬 반응에 아네스는 더 이상 말을 잇지 않았다. 지금 심정으로는 남편을 만나고 싶지 않았다. 별거도 일방적으로 통보했고 별거 기간 중에도 통화를 하거나 만나본 적이 없었다. 처음에는 오죽하면 그러랴 싶었는데, 나중에는 오기가 생겼다. 아네스만 아니면 내가 먼저 이혼하자는 말을 하고 싶은 심정이었다. 그렇게 되면 시몬을 잃은 리노가 더욱 괴로워할 것 같기도 했다.

"아빠가 속 좁은 건 사실이지만 장애를 갖고 살면서 얼마나 가슴을 졸였겠어. 더구나 엄마가 인공 수정까지 했으니 그 자존심에 얼마나 견디기 어려웠겠어. 아빠가 말은 못 했지만 조 박사님을 만났을 거야. 그러니까 나를 통해서 엄마랑 화해를 하려는 거겠지. 밥 먹자는 건 핑계고 어쩌면 엄마한테 오해해서 미안하다는 말을 할 것 같거든. 우리 아빠 사실 가엾잖아. 건강하고 예쁜 엄마랑 살면서 늘 마음이 편했겠어? 이쯤에서 엄마가 너그럽게 아빠를 받아주는 게 좋을 것 같아. 그래야 삼촌도 마음 편해지지."

아네스의 마음 씀씀이가 고마웠지만 내가 받은 마음의 상처는 결코 작지 않았다. 남편은 내게 해명하거나 변명할 기회도 주지 않았다. 남편의 마음을 알 길은 없지만 결혼 후 나와 리노가 부정한 짓을 했을 거라고 생각하는 것 같았다. 억울하고 불쾌해서 견디기 어려웠다. 정말 살맛이 나지 않았다.

물론 내가 의심받을 만한 원인을 제공한 건 사실이었다. 그걸 인정했기에 억울한 마음을 누르고 수모를 받아들일 수밖에 없다고 체념한 것이다.

"이식수술 결과를 알기 전에는 만나고 싶은 생각이 없으니 그런 줄 알어."

"그럼 수술 결과가 좋으면 아빠랑 밥 먹을 수 있는 거지?"

"그래. 그렇게 할게."

아녜스의 결정을 허락해 준 남편의 마음을 알 수가 없었다.

이식수술을 하는 날 새벽에 남편이 아녜스가 있는 병실로 들어왔다. 말쑥한 정장 차림이었다. 나는 엉겁결에 눈인사를 했지만 그는 내게 눈길을 주지 않았다. 어제 오후에도 내가 병실을 비운 사이에 다녀갔다고 했다. 남편은 리노의 병실에도 들러서 아녜스의 정성을 받아주어 고맙다는 말을 했다. 이식수술을 하기 전에 여러 가지 절차가 있는데 남편이 자세히 알아보고 나와 아녜스에게 설명해 주었다.

왜 마음이 바뀌었는지 물어보고 싶었다. 아마도 아녜스가 수술 전에 아빠 얼굴을 보여달라고 해서 나와 조우하게 만든 것 같았다. 병원 측의 배려로 아녜스가 오늘의 첫 번째 수술 환자가 되었기에 새벽부터 분주할 수밖에 없었다. 수술실로 들어가기 전에 아녜스는 남편과 내 손을 잡고 말했다.

"수술실에 들어가면 아무래도 시간이 걸릴 테니까 그동안 엄마랑 아빠는 사랑하는 아녜스를 위해 기도해 줄 거지?"

남편과 나는 고개를 끄덕였다.

"기도하지 말라고 해도 하겠지만, 이왕 기도해 주려면 두 분이 같이 성당에 가서 기도해 줘요. 아녜스만 위해서 하면 안 돼요. 내 몸의 일부가 삼촌 몸속으로 들어가는 거니까 삼촌을 위해서도 기도해 주세요. 그럴 거죠?"

아녜스가 양손으로 내민 새끼손가락에 남편과 나도 손가락을 걸었다.

"아빠는 성당에 나간다고 한 약속 지킬 거죠?"

남편은 두 번째로 아녜스와 새끼손가락을 걸었다.

"아빠, 지금 엄마한테 하고 싶은 말을 하세요. 제 앞에서 한다고 하신 말씀, 어서요. 저 수술실로 가야 해요."

남편은 고개를 끄덕이더니 나를 향해 두 손을 모으고 숨을 크게 마셨다.

"바보같이 오해하고 소갈머리 좁게 굴었으니 용서하구려. 당신 가슴을 아프게 한 잘못은 두고두고 갚겠소. 하느님과 우리 아녜스 앞에서 맹세하겠소."

아녜스가 남편의 손과 내 손을 끌어당겨 잡게 했다. 남편이 힘주어 내 손을 잡았다. 나도 모르게 내 손에 힘이 주어졌다. 수술실로 들어가던 아녜스가 손을 흔들며 웃었다. 남편이 손을 흔들었다. 남편의 두 볼에 눈물이 흘렀다.

지팡이를 짚고 걷는 남편이 녹색 신호등 불빛이 꺼질세라 서둘러 걸었다. 남편의 뒷모습이 멋지다는 걸 처음 느꼈다. 성당 마당 한쪽에 고운 자태로 서 있는 성모상 앞에서 남편은 지팡이를 내려놓고 큰절을 했다. 큰절을 세 번이나 하고 일어난 남편이 나를 돌아보고 웃었다.

　"당신은 성모마리아를 닮았소. 천사 같은 아네스를 낳았잖소."

　지팡이를 받아 든 내가 남편의 손을 잡고 성당으로 들어갔다. 이른 시각인데도 기도하는 사람들이 꽤 있었다. 남편은 또 십자가를 향해 고개를 숙였다. 그리고 내 손을 잡고 속삭였다.

　"당신은 마치 예수님 같구려. 내가 그리 많이 못질을 했는데도 나를 용서하고 있으니……."

　아침 햇살에 비껴 스테인드글라스의 화사한 일곱 색깔 모자이크 성화가 영롱하고 찬란하고 높고 쓸쓸해 보였다.

〈끝〉

바람으로 그린 그림

초판 1쇄 2017년 8월 8일
초판 4쇄 2017년 9월 30일

지은이 | 김홍신
펴낸이 | 송영석

편집장 | 이진숙 · 이혜진
기획편집 | 박신애 · 정다움 · 김단비 · 정기현 · 심슬기
디자인 | 박윤정 · 김현철
마케팅 | 이종우 · 김유종 · 한승민
관리 | 송우석 · 황규성 · 전지연 · 황지현 · 채경민

펴낸곳 | (株)해냄출판사
등록번호 | 제10-229호
등록일자 | 1988년 5월 11일(설립일자 | 1983년 6월 24일)

04042 서울시 마포구 잔다리로 30 해냄빌딩 5·6층
대표전화 | 326-1600 **팩스** | 326-1624
홈페이지 | www.hainaim.com

ISBN 978-89-6574-630-0

파본은 본사나 구입하신 서점에서 교환하여 드립니다.

이 도서의 국립중앙도서관 출판예정도서목록(CIP)은 서지정보유통지원시스템 홈페이지
(http://seoji.nl.go.kr)와 국가자료공동목록시스템(http://www.nl.go.kr/kolisnet)에서 이용
하실 수 있습니다.(CIP제어번호: CIP2017016637)